"坏学生"成大器的8种能力

"坏学生" 成功定律

银狐国际教育研究机构 黄志坚 著

重庆出版集团 重庆出版社

图书在版编目(CIP)数据

"坏学生"成功定律:"坏学生"成大器的8种能力 / 黄志坚著.
—重庆:重庆出版社,2010.7
ISBN 978-7-229-02264-8

Ⅰ.①坏… Ⅱ.①黄… Ⅲ.①成功心理学—通俗读物
Ⅳ.①B848.4-49

中国版本图书馆 CIP 数据核字(2010)第 090849 号

"坏学生"成功定律——"坏学生"成大器的8种能力
HUAIXUESHENG CHENGGONG DINGLÜ
HUAIXUESHENG CHENGDAQI DE BAZHONG NENGLI
黄志坚 著

出 版 人:罗小卫
责任编辑:陶志宏 李元一
装帧设计:重庆出版集团艺术设计有限公司·蒋忠智

重庆出版集团
重庆出版社 出版

重庆长江二路 205 号 邮政编码:400016 http://www.cqph.com
重庆出版集团艺术设计有限公司制版
自贡新华印刷厂印刷
重庆出版集团图书发行有限公司发行
E-MAIL:fxchu@cqph.com 邮购电话:023-68809452
全国新华书店经销

开本:720mm×1000mm 1/16 印张:15.25 字数:255 千
2010 年 7 月第 1 版 2010 年 7 月第 1 次印刷
ISBN 978-7-229-02264-8
定价:23.00 元

如有印装质量问题,请向本集团图书发行有限公司调换:023-68706683

坏学生为何都混得人模狗样

哲人说，戏如人生，人生如戏。

话虽平淡，却值得深思。之所以说人生如戏，是说它的无常，它的出人意料。譬如说，父母望子成龙，呕心沥血教育出来的却是个庸才，这样的事，难免让人扼腕唏嘘。

父母都有望子成龙，望女成凤的夙愿，于是他们就按照自己所谓的"成才秘笈"教育儿女，甚至越俎代庖地为孩子作着很多关键性的抉择，譬如说，上什么学校，学什么专业，将来从事什么工作。很多的老师也是如此，他们注重的是学生的成绩，是否听话。于是，是否听话、成绩好坏，成了评判学生好坏的标准，好坏之分也由此而来。

在他们的眼里，好学生，就是成绩又好，又听话的学生；坏学生则是成绩差，不听话的学生。父母和老师常常以好学生为荣，以坏学生为耻。这样，好学生常常得到的是掌声和赞扬，他们是父母的乖乖仔，老师眼中的红人；而坏学生常常得到的是批评与责骂，父母恨铁不成钢，老师骂其不可救药。

毋庸置疑，不论你曾经是好学生，还是坏学生，都有过相类似的经历。然而，当我们走出校园，真正踏入社会，有了一定的人生阅历之后，你就会发现，现实与父母、老师所期待的有着一定的差距，甚至是天壤之别。

在现实的检验下，好学生有大出息的少，而大多有出息的却是那些曾经被冷落的坏学生。

可能你会说，这样说，有失偏颇，不足为信。但是你回想一下，你曾经的那些小学、中学、大学同学，甚至是身边的朋友，那些有出息的人是什么人呢？我的经历可以印证这一点，曾经只知道说大话，泡妞的某同学，现在是某房地产公司老总；曾经七门成绩才300多分的某同学，现在是一个连锁超市的老总，全国有60多家分店；而我这个曾经严重偏科的差学生，却是几家大公司的营销顾问。而那些好学生呢？好的则是老老实实拿着微薄的薪水，被房贷逼成"房奴"的打工一族，当然还有更逊者。

个案可能还不能说明问题，偶尔在《商界》上看到一篇名为《坏同学为何都当上了老板》的文章，正好应证了我的结论。

文章大意是这样的：

一次回老家，与几位小学同学相聚。"忆往昔"之后，聊起了其他人现在的情况。谢老大自己办工厂，资产几百万；大王二当包工头，在县城买了几套房；杨拐子从卖盒饭起家，如今在城里盘下两家大酒店；小王二靠跑运输起家，发展到拥有60多台大小车辆的运输公司。

介绍完之后，大家纷纷感慨：想当年，他们还抄我们的试卷，有些甚至连初中都没读，如今却个个都当老板。而我们这些当初成绩优异的好学生，多半拿着死工资，买不起房，供不起车，境遇很一般。

文章分析说，坏同学之所以能当老板，是因为坏同学脸皮厚、敢于吃苦、有韧性、敢冒险、讲义气。一句话，那些坏同学之所以能够当上老板，是因为他们的思维和行为模式刚好符合了老板的特质。譬如说，坏同学敢冒险，就是做老板必备的素质。

风险有多大，利益就有多大。坏同学从小就有一种冒险精神，虽然每次恶作剧被发现后，都要受到严惩，但他们总也放不下那份快乐。因此，在每办一件事之前，他们想的是怎样获得快乐，而不是计算风险有多大。

文章最后总结说，经商光老实本分不顶用，脑袋瓜灵活、行为创新才是硬道理。这话可谓一语中的，不光经商不能太老实本分，做任何事情都是如此。畅销书《做人不要太老实》可谓道尽了老实人尴尬、被动的人生境遇。

可见，好学生之所以遭遇现实的尴尬就是因为在学生时代过于听话，过于守纪律，过于迷信书本上的知识。而坏学生的所作所为，正好契合了成功者的特质。正如电视剧《亮剑》中李云龙所说："乖孩子往往没出息，淘气的孩子也许能干大事。"他自己就是一个典型的例子，他之所以老打胜仗就是因为不按常规出牌。

以父母、老师所谓的坏学生的标准来衡量，可以说很多有作为的伟大人物，都曾经是不折不扣的坏学生。有人通过调查得知，不管是哪个领域的成功人士，譬如说政治家、企业家、文学家、军事家、艺术家、科学家等等，他们曾经是坏学生的比例都在90%以上。

纵观古今中外，不管任何领域，类似的例子举不胜举。

政治家方面，譬如成绩严重偏科，数学考试交白卷的丘吉尔；不交作业、成绩老不及格的普京。

说起商界的比尔·盖茨，大家可能无法把他同坏学生联系起来，这主要是被他首富的光环迷惑了。如果弄个商界坏学生排行榜的话，比尔·盖茨无疑名列第一。

比尔·盖茨大学未毕业，已是众所周知的事。至于他辍学的原因，大多数人都认为是他为了自己的事业，其实并不单单是这样。根据哈佛大学提供的当年比尔的学习成绩单显示，他当时在学校的学习成绩并不好，连他的老师都说："比尔当时并没有把精力放在学习上，他当年还因为成绩不好，担心自己毕业后，找不到适合自己的工作呢！"就是这个"坏学生"，抓住了最好的创业时机，蝉联了多年的世界首富。

商界方面的例子，还有曾经臭名远扬的花花公子：微软创始人之一、美国渣打通讯董事长保罗·艾伦，他除了不用功学习外，还是一个绝对的花花公子。还有网易首席执行官丁磊，他曾经是个喜欢睡懒觉、搞破坏、把逃课当家常便饭的坏学生……类似的例子太多太多，各个领域都可以列出一个"坏学生排行榜"。几乎每个成功人士的背后都可以找出一段曾经是坏学生的经历。

树有根，水有源。坏学生的成功就在于"坏"，在于他的不听话，不守规律，不迷信。任何事物都有两面性，很多的人只看到了坏的一面，却没有看到坏的另一面，而真正起决定性作用的东西往往正是我们所忽略的。何况人之初，性本善，本性坏的学生毕竟是少数，真正的坏学生，是失败的家长和老师共同作用下的结果。

再回到主题，坏学生之所以有大出息，正是契合成大事的必要条件，也就是说具备了成功人士的能力。坏学生的能力总结起来主要有8种，分别是：有主见、有胆识、有创造力、有韧性、有激情、有自知之明、有人缘、有变通能力。

如果你是孩子父母或者老师，你就应该改变教育方法了，乖孩子难得有大的出息，不妨从这 8 种能力上下手，让孩子学坏一点；如果你现在正是象牙塔内的学生，切不可盲目去做父母和老师眼中所谓的好学生，而是主动去历练这 8 个方面的能力，让自己成为有出息的坏学生；如果你已经走上了社会，不管你是社会菜鸟，还是老鸟，想要有所作为，不妨学坏一点点。

黄志坚

2009 年 8 月 1 日于长沙

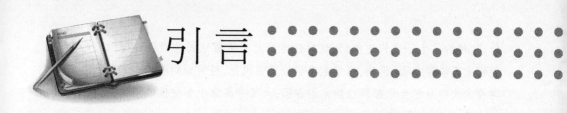

"坏学生"也有大出息

每位老师都有自己偏爱的学生,大多数老师无疑会偏爱好学生。而我却偏爱那些有个性有思想的坏学生,而且强烈地倡导所有想有所作为的人,做人不要太老实、本分,应该学着坏一点。这种坏,并非是损人利已的道德败坏,而是成大事的一种能力,只是这种能力常常被父母和老师忽视。

谁是好学生,谁是坏学生

按照传统教育观念,对老师的话言听计从,循规蹈矩,不敢越雷池半步的学生被视为好学生,成绩又好,又听话的学生就是老师眼中最完美的学生了;相反,不服从教导、破坏财物、好动、开小差、调皮捣蛋、粗心大意、不负责任的学生往往被视为"坏学生",而成绩又差,品德败坏,行为极其恶劣的学生则是老师认为无可救药的坏学生。

好学生的特征是从不缺课,更不会逃课,有病也会坚持上课。他们非常听老师的话,总是谦虚地向老师求教,他们总是能及时做完老师布置的作业,交作业的时候,他们是坏学生的及时雨。他们的身影除了出现在餐厅教室之外,就是图书馆。他们每天都起得很早,眼里常常布满红丝,他们过的几乎是苦行僧般的生活。不过,好学生一般都不喜欢运动,篮球、足球、跑步都跟他们无缘,在他们眼里,那是浪费宝贵的学习时间。他们也不太喜欢结交朋友,不喜欢团体活动,常常以书为伴。

在老师和家长的眼中,成绩好,又听话的好学生,当然是乖乖女,乖乖仔,这样的学生不会忤逆他们,这样的学生总是沿着他们已经设计好的道路走,他们觉得非常放心。因此,好学生在学校里很风光,经常受到学校和老师的表扬。学校的大部分学生干部职位被他们占据,大部分奖章荣誉被他们接受,他们是积极分子、先进个人、三好学生、优秀干部……

总之是被老师和家长认为最有出息的人。

坏学生的特征则几乎与好学生完全相反。迟到、早退、旷课、上课开小差是他们的家常便饭。成绩要么及不了格,要么就是严重偏科,他们只喜欢把精力放在自己擅长的功课上。他们一有机会就会逃课,即使去上课了,也是坐在教室里呼呼大睡,要么在下面做着自己喜欢而又与功课无关的事。

他们把老师的话当成了耳边风,老师说往西,他们偏要往东。他们视校规如儿戏,常常与之唱反调。譬如,学校规定男生要留短发,他们偏要留一头长发,而且染成红色;明明规定在学校上课要穿统一的校服,他们偏偏一身休闲装……

总之,坏学生在老师眼中不会有什么好印象,他们不明白坏学生为什么不沿着既定的路走,认为他们的个性太强,不服管束,对他们已经不抱什么希望,只能恨铁不成钢。

这就是传统教育中所说的坏学生与好学生:好学生=成绩好+听话;坏学生=成绩差+不听话。也就是说,区分两者的标准就是"学习表现"和"受控制程度"。

坏学生所谓的坏是一种成大事的能力

多年的教学生涯中,碰到过各种各样的学生,有调皮捣蛋、成绩差的坏学生,也有成绩好、听话的好学生,当然也有处于这两者之间的学生。虽说老师对每个学生都是一视同仁,但绝对的公平是不可能的,每位老师都有自己偏爱的学生。

不用调查,大多老师都喜欢好学生。譬如,你是一位语文老师,某位学生的作文写得相当好,上课时又专心听你讲课,你对这样的学生自然会偏爱,难免会把他叫到自己的办公室,格外地开小灶,传授一些写作技巧,并且送上自己收藏的好书。

这是人之常情,但我却对坏学生有一种特别的感情。在很多人眼里,似乎都是好学生才是老师眼中的宝贝,其实这是一种错觉,别看有些老师整天把那些学习好的学生挂在嘴边,然而在他们的内心深处真正喜欢的是那些坏学生。因为随着岁月的流逝,记忆之海也像大浪淘沙一样,留下的是有分量的大石头,小石头都被冲走。而好学生是那些被冲走的小石头,大石头却是能够给你留下深刻印象的坏学生。

对于很多老师而言,这可能是个比较尴尬的现象吧。想想自己曾经那么偏爱的好学生,为何就经受不住时间的考验呢?那些自己伤透了心,操碎了心的坏学生,为何留在记忆深处呢?一句话可以概之:因为投入,所以深刻。

任何事情就是这样,作为旁观者,永远不会有太深的印象,但如果事情是发生在你的身上,你感同身受那种场景,你就会留下深刻的印象。好学生经常不需要你操心,不需要投入你太多的精力,你只需要站在一旁默默地欣赏他,所以容易忘怀。而坏学生呢,他需要你投入相当多的精力,而且坏学生是刺头,弄不好就会扎人。想象一下,温馨的玫瑰与玫瑰花上刺伤了你手的刺,哪个会让留下记忆。

其次,学生毕业之后,很多的好学生很快就会淡忘老师的恩情,因为他觉得自己是好学生,获得老师的青睐是正常的,不会太在意老师的付出。而坏学生呢,却懂得报恩,常常念叨着,当初自己多么不懂事让哪个老师操碎了心,会时常回去看望老师。

说了这么多,仅仅只能说明我偏爱坏学生的主观原因,根本原因其实是因为坏学生将来会比好学生更有出息。

在传统教育下产生的好学生与坏学生,当他们毕业若干年之后就发生观预料的大逆转——曾经让老师们引以为傲的好学生人生际遇不尽如人意,恨铁不成钢,甚至是无可救药的坏学生却混得人模狗样。很多坏学生成了家、经理、高层管理人员、各行各业专业人才,他们接受好学生的应聘,率领他为自己赚钱,为社会经济发展作贡献,对于不合格的应聘者有"生杀"之权。

是什么原因造成了这样的尴尬呢?答案是因为好学生过于听话,循规蹈矩,过于迷信书本的东西,缺乏个性和创造力。而坏学生则正好相反,他们的叛逆、调皮捣蛋、开小差等等实际上是一种成大事的能力。

可见,所谓的坏学生,并不是指道德败坏,而是指那些有思想、不怎么听话,敢和老师校长顶牛,敢作敢为,学习成绩平平的学生。他们之所以有大的作为,正是因为其"坏行为",因为这种坏是成大事必备的能力,是一座容易被人忽视的宝藏。

记得在一次亲子话题的沙龙上,我提了一个问题:"认为自己孩子不听话的,请举举手!"有多半人举起了手,其中有几位妈妈举手时显然有些不自然,好像自己做错了什么事。

"恭喜你们有个不听话的孩子!"我欣喜而真诚地对她们说。举手的妈妈一脸的茫然。

"听话就是按你们的话去做?"我问道。在场的妈妈都点了点头。

我又问:"如果做人最成功是100分的话,你们给自己评多少分?"大部分妈妈认为在70—80分。

我又问:"想不想孩子的人生比你们更精彩?""当然想!"

我说:"听话的孩子最好的结果,就是按你人生的轨迹重复一遍,绝不会超越你,最多拿个六七十分,他们没有拿金牌的机会了!"

道理就是这么简单,但家长们似乎还是喜欢孩子"听话",认为听话的孩子才是乖孩子、好孩子、有出息的孩子。而事实上听话的孩子往往缺乏个性,没有创新、自信和自立能力,甚至心态失衡。

我曾经看过这样一幅漫画:一大帮学生入学前的脑袋都是各种各样的,有三角形的、四方形的、五角形的等等,经过学校的教育后,走出校门的学生的脑袋一律成了圆形了。这就说明很多学生因为过于听话,完全失去了自我,丧失了个性。

美国教育家对有创造力的孩子的描述是顽皮、淘气,所作所为时常逾常规。我国民间早有"小时不逞,大了无用"的说法。种种说法都说明了学生如果过于听话,就很难有大的出息,而淘气、顽皮的学生反而更有成就一番事业的可能。

无所谓好与坏,成才才是硬道理

近来,很多的人对80后颇有微词,各种言论都有,大多是指责他们不学无术,是消极、不思进取的一代,是地地道道的坏小子。

我认为,这些话有些言过其实,80后所谓的坏,一般也就是在网络上骂骂人,在工作上偷偷懒,在生活中占点小便宜。实际上,他们还是有梦想、有前途的一代。我比较赞同北大中文教授孔庆东客观的说法。

孔庆东说:"我所接触的学生、我自己的研究生,基本上都是80后的。我就没见过一个真正的'坏学生',他们顶多是'不大懂事'而已。一旦他们学到了真本事,就会坚定地奋斗下去。谁说80后没出息?鲁迅不就是80后的吗(1881),李大钊不就是80后的吗(1889)。一百年前的80后那么有出息,一百年后的80后焉知不会更上一层楼呢?"

从孔教授的言论中，我认为他侧面告诉了我们，其实很多的成功人士曾经也是坏学生。根据我的研究发现，凡是有所成就的人，按照传统教育的标准去评定，他们都曾经是坏学生。而且成就越大的人，越是典型的坏学生。像前言中讲过的伟大的政治家丘吉尔、普京，著名商业奇才比尔·盖茨、丁磊就是典型的例子。

可见，好与坏，原本就是个相对概念。从某个角度看，属于"好孩子"的，换个视角也许他就成了"坏学生"。也就是说，任何一个孩子，实际上都是"好"和"坏"的结合体。教育的目的不是要一个孩子学习成绩有多么好、多么听话，而是在于将来这个孩子能否独立行走于社会、能否对社会作出贡献。一所学校即便只是培养出了一个比尔·盖茨或者是一个普京，即便他们中途退学，即便他们学习成绩不好，这所学校对于社会所作出的贡献也是巨大的。

这就是这本书的意义所在，并非是教人学坏，而是要让学生和有志向的年轻人通过此书弥补传统教育的缺陷，学到成才的能力，成为真正有用之材。

目 录

第 1 章

成大事的第一种能力：主见 / 1

　　是否有主见，是区分好学生和坏学生的主要标准之一。好学生从小就听话，对父母和老师言听计从，少有自己的主见。而坏学生调皮、叛逆，只做自己喜欢的事，凡事自己拿主意。

　　其实，每种性格都是可以成功的，关键在于你能否坚持自己的个性。丹麦哲学家哥尔科加德说过："野鸭或许能被人驯服，但是一旦驯服，就失去了野性，再也无法海阔天空地去自由飞翔了。"如果一个人没有主见，只知道随波逐流，人云亦云，像浮萍一样，就很容易失去了自我，更别说成就一番大业。

第 **2** 章

成大事的第二种能力:胆识 / 27

知识是信息的累积,它可以借着学习、观察或模仿而获得;当一个人的知识充实了之后,不仅视野变得更加宽广,而且见解也变得更加高超与深远,这就是所谓的见识;见识足以激发一个人的道德勇气或使命感,此种道德勇气或使命感,即是所谓的胆识。

坏学生,从小就有一种冒险精神,虽然每次恶作剧被发现后,都要受到严惩,但他们总也放不下那份快乐。因此,在每办一件事之前,他们想的是怎样获得快乐,而不是计算风险有多大。正是这种乐于冒险的天性,使他们拥有了更多成功的机会。而好学生因为听话,缺乏独立自主的历练,当真正面临大事时,却畏手畏脚,惊慌失措,最后与机会擦身而过。

第 **3** 章

成大事的第三种能力:创造力 / 53

高尔基说:重要的不是知识的数量,而是知识的质量。有些人知道得很多,但却不知道最有用的东西。有些好学生上了十几年的学,都是靠死记硬背书本上的知识获得好成绩的,早就习惯了"盗版"、"抄袭",哪有什么原创能力啊?而坏学生也许学习并不好,但是对新鲜事物的发现和接受能力远比那些听话的好孩子要快得多。春天到了,好孩子坐在教室里温习功课的时候,大多是坏学生第一个发现草木吐出了绿芽。

这是一个创新的时代：产品只有不断地创新，才能招揽顾客；世界纪录只有不断地刷新，才会魅力无穷……时代唯一不变的就是变，生活每天都在变化中发展，如果没有创新能力，就无法与时俱进。可见，想要成就一番大事，创新能力是不可或缺的。

第 **4** 章

成大事的第四种能力：韧性 / 83

所谓的韧性，也可称作弹性，是拿得起，放得下的豁达心态；一种能屈能伸、进退有度的圆融处世的能力；一种百折不挠、滴水穿石的坚持。人生不会总是一帆风顺，能屈能伸才能泰然踏过人生的种种坎坷；拥有平常心的人，才能进退自若，从容面对人生的起落与浮沉；百折不挠的人，才能最终抵达成功的彼岸。

坏学生由于经常惹祸，免不了经常被责骂，甚至受皮肉之苦。天长日久，就练就了一副好耐性，能吃常人不能忍受之苦。挫折对于坏学生们来说，就如同韭菜一样，割了长，长了割，已经感觉不到痛苦。而好学生时常被掌声和表扬包围着，很少经受生活的打击和挫折，所以，一旦踏入社会就会暴露出其脆弱，很难适应多变的社会。

第 **5** 章

成大事的第五种能力:好人缘 / 111

人际关系的重要性,是毋庸置疑的。一个人的成功,基本技能只占了小部分,绝大部分取决于人际关系。坏学生虽然学习不太好,但是大多为人仗义,敢为朋友两肋插刀,另一点就是他们不太顾及面子问题,敢于表现自己,从而为自己赢得了好人缘。而好学生,往往两耳不闻窗外事,一心只读圣贤书,不善于去结识朋友,建立关系。

年轻的时候是人格完善的关键期,与什么人交往,怎么交往,将是每个人一生尤为重要的一环。就像多米诺骨牌一样,如果一环处理不好,那么后面的人生就轰然而倒。这个时候,如果能够打造好自己的人际关系网,就会让今后自己的工作和生活如鱼得水,左右逢源。

第 **6** 章

成大事的第六种能力:变通力 / 141

常言道,树挪死,人挪活。成功之道,只有变通一条,老办法不是在每个时候都能用得上的。我们做事取胜的办法不能一成不变，即便过去多么奏效的办法，也不能永远使用，必然随时间、地点、条件的变化而变化，这就是懂得变通的道理。只有懂得变通的人，才会对外界敏感，易于挖掘契机，也善于找到解决问题最完美的办法。

坏学生是最不懂得循规蹈矩的一群，他们对纪律和规则反感，是其严重的破坏者。遇到什么问题，一般都会沉着应对，将坏事变成好事。他们的信条通常是：规则是死的，人是活的，既然规则是人定的，那么人就有办法改变规则。而好学生则是一根筋，无论是学习还是做事，都死抱着规矩，盲目地坚持所谓的原则，结果陷入死胡同。

第 **7** 章
成大事的第七种能力：激情 / 173

不知你们是否留意，虽然成功者与平凡者在外在的形象上，没有多少的差别，但是稍有眼光的人，一下就能分辨出他们中哪些是成功者，哪些是平凡者。究其原因是因为成功者在言行举止上表现出一种感染人的气质，这种气质就像黑暗中的夜明珠一样闪烁着光芒，而平凡者没有这种气质。

好学生与坏学生在长相上并无多大差别，但同样可以轻而易举分辨出来。究其原因，就是前面所说的感染人的气质在起着作用，这种气质就是激情。坏学生很容易因为一件小事情而兴奋，做事会投入全部的激情。而激情恰恰是成功所必备的条件之一，正如爱迪生所言：激情是能量，没有激情，任何伟大的事情都不能完成。

第 **8** 章

成大事的第八种能力:自知力 / 199

坏学生有自知之明,懂得自己的长处在哪里,短处在哪里,绝不会自不量力去做自己不擅长的事情。而好学生恰恰相反,他们把自己当做了无所不能的超人,追求学业和爱好全面发展,结果反而不过独精一门的专长。

西方有一首诗:"动物明白自己的特性——熊不会试着飞翔,驽马在跳过高高的栅栏时会犹豫,狗看到又深又宽的沟渠时会转身离去。"人也是如此,你能做什么,不能做什么是上苍决定的。对自己的能力不管是妄自菲薄,还是狂妄自大,都会使你与成功失之交臂。换言之,做任何事情,都需要有自知之明,扬长避短才能发挥自己最大的潜能。当然,认识和了解你自己是每个人毕生都要做的功课。

第 **1** 章

**成大事的第一种能力：
主见**

⏻

　　是否有主见，是区分好学生和坏学生的主要标准之一。好学生从小就听话，对父母和老师言听计从，少有自己的主见。而坏学生调皮、叛逆，只做自己喜欢的事，凡事自己拿主意。

　　其实，每种性格都是可以成功的，关键在于你能否坚持自己的个性。丹麦哲学家哥尔科加德说过："野鸭或许能被人驯服，但是一旦驯服，就失去了野性，再也无法海阔天空地去自由飞翔了。"如果一个人没有主见，只知道随波逐流，人云亦云，像浮萍一样，就很容易失去了自我，更别说成就一番大业。

坏学生，彰显"真我"的风采

用是否有主见来作为区别好学生与坏学生的一个重要特征，或许这种说法有失偏颇。但不得不承认，"坏学生"往往是孩子群中有主张、有主见的人。坏学生往往显得更有主见，大致是因为坏学生往往把自己不同于大众的观点说出来，人们在他们的这种行为中，感到他们很另类，或许他们的观点并不是那么的离经叛道、别树一帜，只是一个小小的"我以为"。尽管如此，便足以被人们扣上"坏学生"的帽子了。

坏学生是"意见领袖"，还是"捣蛋王"

坏学生经常对大家一致认同的观点率先表示反对，他们经常在大家沉默无语或无所适从的时候率先提出自己的看法或主张，他们经常在"团结一致"的群体中做出一些奇怪的举动、说出一些让人瞠目的言论……千万不要以为他们是在故作姿态、哗众取宠，其实，他们这样做的目的非常简单——

第一，他们的确是这么想的。他们有着自己的观点和想法，或许在别人眼里他们的想法和做法很怪异，但至少他们认为那是正确的。

第二，既然有自己的主张，就应当用最直接的方式表达出来。说出主张，不必看别人的脸色，不必因为身处的环境而有所限制。

由于有了以上两点心理特质，"坏孩子"们往往有了两种截然不同的"身份"——要么是"意见领袖"，卓尔不群，成为真正有领导能力和亲和力的"孩子王"；要么是"调皮的捣蛋鬼"，在成人眼中破坏着孩子们生活中的"和谐"氛围。

其实，无论是"意见领袖"还是"调皮的捣蛋鬼"，都是成年人在一个既定的思想环境中，给予的不同认定。但这却使人们忽略了他们身上的成功要素——有主见。

主见就是一个人在对待事情上的看法，不以他人的意志为自己的意志。事实上，没有人能对任何事毫无观点。然而，在生活中，我们会看到不少人，在需要发表自己观点或见解时沉默不言、缄口不语。这并不代表他们没有想法，而是他们的想法和见解被"世故"、"聪明"深深地压在了舌头底下。

"事不关己，高高挂起"是家长要求孩子们必须要做到的。除了学习以外不要去管其他的事情，尽管也有"风声、雨声、读书声，声声入耳；家事、国事、天下事，事事关心"的警醒，但在一些家长和老师看来，只能当做笑言了。

多年来，"好学生"的教育结果是让人们把自己的观点和言论先是藏在心里，然后用眼睛扫视着谈论的对方，审视着身边的环境，像一只容易受伤的小动物一般，用敏感的触觉感受着身边人的一言一行、一举一动，然后在脑子里扒拉一下小算盘，算算性价比，然后小心翼翼地、试探性地说出一些含蓄的看法。稍有危险，就会立刻改弦易辙，转变航向。

那些快人快语，想什么就说什么的人，往往被认为是"不成熟"、"幼稚"的表现。在我们的文化氛围中，语出惊人、锋芒毕露，会让人陷于一种"被动"的位置。宁可躲进人群中，在一个个相似的面孔中找不到自己，寻求一种心理慰藉。

不要低估自己

这样做时间长了，许多人就会觉得比别人差，从而不敢透露出自己的主张，形成自卑心理。这种自卑心理千万要不得，一定要扬起奋斗的风帆，战胜自卑、大声地说出自己的主张。

小刘因为学习不好，学生年代便觉得低人一等。到了工作岗位后，她也摆脱不了过去的阴影，总觉得自己的能力不如他人。心里总是害怕自己工作不如人家，时间长了工作就会保不住。因此，她变得沉默寡言、不善与人交流。但是，她工作非常认真、细致，特别喜欢与小朋友接触。尽管，她经常在背后帮助人家，人家也非常感谢她，然而她就是不敢直接面对他人的夸奖，一说就脸红。在一次开会期间，不善于发言的她屡经提醒才开始磕磕绊绊地说出了自己的见解。

她说："嗯，现在有些故事书呀，和我小时候看的差不多，都是一些纯粹的故事，可我觉得……"小刘愣了愣，四处看了看众人继续说，"如果加上一些知识，把它们融入到故事中，和故事主人公进行无缝对接。例如，让故事主人公最终说一些名人名言啦、做人做事的窍门啦等等。这样不就既有知识性又有可读性了嘛！"

她的话，立刻赢得了众人的认同。看到自己的建议受到了重视，她非常高兴。其后，经理把这项工作全权交给了她。小刘不知从何处来的勇气，也许是对多年来的自卑心理的回击。她觉得自己不应该再丢脸了，所以便奋力地工作。最终，她策划的一套故事书获得了巨大成功。通过这件事，小刘像获得了新生。工作开始积极主动起来，越来越出色。

其实，和小刘一样，许多人都有这种自卑心理，从而，忽视并低估了自己的能力。每个人都有自己擅长的事情，即使没有也会有喜欢做的事情。通过喜欢出发，你同样会获得对工作有利的信息和资源。例如，小刘就是如此。

千万不要有自卑心理，因为有了它，当问题出现后，就会因这种消极情绪把问题夸大。例如有些人认为学业不好，就等于没有了成功希望。其实，这些问题在人生旅途上，只不过是一个小小的插曲而已。学习好不等于一切都好，丘吉尔偏科严重照样成了伟人。郭德纲中学没有毕业照样成了名人。因此，只要把喜欢的事情变成特长，坚持下去，就可以用特长获得幸福、获得成功。

从毛毛虫的实验说起

在学校中经常看到，一个同学拿了一个新奇的玩具、看一本新奇的书、玩一个好玩的游戏、穿一身或漂亮或帅气的服装之后，迅速影响了其他同学，在全校形成了一种风景。尽管，这种风景大多是在私下。许多老师为此非常挠头，但换个思想却会发现：这种现象在成年社会中也是屡见不鲜。

经历过 20 世纪 80 年代的人都会记得，蝙蝠衫、喇叭裤、夸张的塑料彩色耳环、"爆炸头"、手提录音机、被满街哄抢的"当家"大白菜……这些那个时代的特有"标签"已经随着岁月离我们远去了，留下的是那些泛黄的记忆。在对于那个时代的记忆中，除了这些特定的"符号"，更多的是这些"符号"带来的"流行"，于是，"流行"成为那个时代充斥大街小巷的"时髦"词汇。这就是从众心理。

人们常常把跟随流行的人称作"盲从"。盲从流行，就是跟随大众。尽管这种行为最保险，也有一定的好处，但这些都是针对企业。对于个人发展来说，跟随流行、跟随大众则是死路一条。我们不妨看看下面的毛毛虫实验。

盲从会迷失自我

法国科学家约翰·法伯曾经做过一个著名的"毛毛虫实验"。在实验中，他发现，毛毛虫似乎有一种"跟随者"的习性，总是盲目地跟着前面的毛毛虫走。他在一个花盆的边缘上摆上许多毛毛虫，让它们首尾相接围成一个圈。同时，他在花盆周围不远处撒了一些它们最喜欢吃的松针。本来，他期盼着看到虫子是在什么情况下发现那些美味的松针。然而，实验的结果却让他感到失望和震惊——这些虫子总是互相首尾相顾，一只跟着一只，绕着花盆边一圈圈地行走。时间慢慢地过去了，毛毛虫固执地兜着圈子，一分钟、一小时、一天……在连续七天七夜之后，所有的虫子都用尽了最后的气力，筋疲力尽后死亡了。

应该说，导致这种悲剧的原因就在于毛毛虫的盲从，固守原有的本能、习惯、先例和经验使毛毛虫付出了生命的代价，并且这种代价是毫无意义的。只要有一只毛毛虫能够破除尾随的习惯，转身看向那松针，这种悲剧完全可以避免。

这个实验的意义并不局限于生物学领域，对于人类同样有借鉴作用。毛毛虫的盲从导致了死亡，而人类的盲从却更为可怕——它让人失去了独立思考、独立判断的能力。它使人们失去了自我、没有了主见和思想能力，就像一个被掏空了心肺的稻草人。

因为，跟随大众会迷失自我，混同于平常人中。这就好比把一只羊放入羊圈里，所有的羊在大多人眼中都是一个样子，刚才那羊再也找不到了。如果把一只羊放入非羊的其他动物圈里，那么显而易见那只羊立刻就可以被找到。这就是随大流的人和与众不同的人的区别。

不要随大流，要与众不同

从众就是人云亦云、随大流。当一个身处某一环境的人，发现自己的行为和意见与这个环境中的大多数人不一致时，他的内心会产生一种压力和恐惧。于是，人们自然而然地会产生一种"视多数人颜色行事"的心态。

有时盲从行为并不是出于本意，譬如在一个气氛热烈的场合，听报告或者观看演出，当前排的人起立鼓掌，后面的人也纷纷被"传染"起来鼓掌，即便有人并不觉得那个报告或者节目很精彩。由此，大多数的"从众"行为，既无害又无利。

这是不是说，从众本身也算不上什么严重的"缺点"呢？不然，虽说现实生活中的所有人在大多数时间内都是随众，但在某些关键时刻就必须凸显自己的主见啦。而这就是坏学生能够更有出息的关键，一贯的"乖乖生"之所以失败的原因。"乖乖生"在长时间的失去自我后，也就根本不知道什么才是关键时刻。与此相反，对于大多数"坏学生"来说，他们有时也"从众"，但那是基于他们独立思考后的结果。

"司马光砸缸"给我们的启示

让我们回顾一下，"司马光砸缸"这个大家都耳熟能详的故事吧。

也许那是一个幽静的庭院，园子里花草茂盛，春意盎然，一群孩子聚集在园子里戏耍。突然，一声尖叫打破了这工笔画一般的气氛。一个孩子从假山石上掉了下来，落入假山石下的一口几尺高的水缸里。

在听到尖叫声的那一刹那，相信包括司马光在内的所有孩子都被惊呆了。一时间，他们不知所措、无所适从。相信，很多孩子的脑袋中是一片空白，以他们的年龄，他们应该没有遇到过如此突如其来的祸事。

一个孩子，我们称其为 A，也许他和那个落缸者比较要好，但似乎是一时间被吓到了，A 更多的是伤感和绝望。他可能意识到了——自己可能将永远失去这个好朋友，由此，他的身体僵直，站在那里一动不动。

另一个孩子，我们称其为 B，他应该是为数不多的想到去营救落水者的人之一。但那缸实在太高了，他或许想到借助群体的力量爬到这个缸的边缘，从而伸手拉出那个孩子。如果这个想法被尝试了，应该至少也是一个能解决问题的"笨办法"，但终究我们没有看到在任何传说中有这一点。也许，这个想法仅仅显现了一下就被他自己否决了。他没有这个勇气和经验去组织所有不知所措的孩子。

孩子中终究会有点小聪明的，这个孩子我们称之为 C。也许，"砸缸"这个"创意"并不独独属于年幼的司马光，可能这 C 也想到过——砸破缸，救出同伴。但他终究没走出这一步，也许之前大人曾经教导过他，远离那个缸、那缸很贵重，他终因"听话"而没有做出砸缸之举。

那么好，现在，年幼的司马光出手了，他没有犹豫应不应该"冲动"地做出举动，没有考虑是否应该听大人的教诲，或许在别的情况下，他的行为方式有些"鲁莽"，但在危急关头，恰恰是这种"鲁莽"，这种率性而为，救出了同伴，成就了司马光"砸缸"的"壮举"。

其实，对于司马光的举动，换做另一个场合，很有可能被那些老实的同伴以及大人们视为"坏孩子"。其实原因很简单，往往这种敢于做、肯思考的孩子，都是"不好管"的孩子，这个"不好管"，在某些时候便被等同于"不听话"。

大人们总是不喜欢"不听话"的孩子的，因为对于家长和老师而言，虽然他们也知道，独立思考、有思想、敢于表现等特性，对于孩子的成长是有益的，甚至是必要的。但在对孩子的管理上，他们更愿意采用"保守疗法"，即让孩子学着"听话"，这种做法教导出来的孩子不会好到哪里去，但也不至于坏到哪里去，更不会去学坏。

于是，在这种教育思想和管教模式下，我们的孩子越来越会看他人的眼色行事，视周围环境而动，"大家做什么我就做什么"，从众者甚，盲从者多，独立思考和挺身而出的也就渐渐地少了。而坏学生们却不管这些，依然我行我素。

就是这种我行我素才塑造了成大事、成功的必备条件——主见、担当的勇气。由此，你还愿意盲从、丢失自我吗？答案显而易见。

你是否被盲从心理操纵

丢失自我的盲从是很危险的,它让你与你的成功渐行渐远。最危险的是,有的人已经形成了盲从的习惯,可能自己都没有意识到自己被盲从心理操纵着。因此,摆脱盲从,首先得自我意识到自己是否被盲从心理操纵着。

猴子都是"好学生"

曾经有动物学家做了一个实验,以检验心理被操纵这一问题。主要操作方式就是:将十只猴子先后关在一个笼子中,笼子上方吊着一个香蕉和一桶热水。看猴子如何作为,结果显示:猴子们和我们的一些好学生的做法非常相像。很听话而且意志薄弱,受到挫折后就开始服从大多数人的做法。这个实验过程如下:

科学家先把十只猴子关在笼子里,猴子如果拉动香蕉,水桶就会掉下来,水就会浇到所有猴子身上。起初,每只猴子都去抓那个香蕉,结果浇下的水使得它们变成了"落汤猴"。后来,猴子们渐渐发现了香蕉和水桶的关系,如果再有猴子妄图拉动那个香蕉,其他的猴子就会群起而攻之。一星期后,所有猴子都不会再去拉动那只香蕉了。

不久后,科学家往笼子里放进了一只新猴子,换走了十只猴子中的一只。而这个时候,吊着的香蕉早已经不再连着水桶了,如果有一只猴子去拉,就会拿到香蕉但不会被浇水。新猴子看见有香蕉立刻眼睛放光,伸手便要去抓,不想被那九只有"经验"的猴子群起围攻,痛扁了一顿。在尝试 N 次后,那只新来的猴子再也不愿意去拉那个香蕉了。

后来,实验者又换进了一只新猴子,又从剩下的九只老猴子中换走了一只。挨打的一幕再次上演,打它的包括八只老猴子和第一次换入的那只新猴子,一共九只。如此,再换来一只,打它的是七只老猴子和前两次换入的两只新猴子。如此类推，换走了第一批十只猴子中的全部。

现在的十只猴子，都没有被水浇过的经历。但却全部继承了前十只猴子的"光荣传统"，继续阻止新来的猴子染指香蕉。如果说，前几次猴子因拉动香蕉而连累大家是"罪有应得"的话，那么后来的猴子挨打却实属"冤枉"，因为就连"行凶者"自己也不知道，为什么要去打那个试图取香蕉的猴子。显然，后来的所有新猴子甚至不曾目睹大家因拽动香蕉而遭水浇的场面。但是，触碰香蕉者就应该被围攻，这一群体习惯却被保留了下来。

其实，抛弃生物学角度，把猴子的现象扩大到人类思维范畴，或许这个实验的原因很容易被理解。应该说，每次被换入的那只新猴子，在从来没有被水浇过的情况下，只是看到所有的猴子都在打那个"倒霉蛋"，于是自己也不假思索地加入了"暴力九猴组"，换言之，就是盲从于其他八只猴子的行为。

许多人都有猴子的行为

当然，人与猴子毕竟不同。不过，盲从这一现象在人类社会中也是屡见不鲜的。人们在看电影时，总会在某个关键场面出现的时候，先是听到一两声干脆痛快的掌声，继而喝彩四起、掌声雷动。很多人曾经有过这样的经历，在看电影时，在一片哄笑或掌声后，经常有某位观众问身边的人："他们笑什么？"

相反的情况出现在京剧表演现场，熟悉梨园行的戏迷都清楚，从最早京剧戏园子看戏，到今天舞台剧场里的京剧演出，喝彩、喊好、鼓掌都是要看"点儿"的，会听戏的人都知道哪个角儿、哪个角色、哪场戏、哪个唱段的"喝彩点儿"在什么地方。在不该喝彩的时候喝彩，在不该鼓掌的地方鼓掌，会被别人看作外行，遭人耻笑的。

于是，盲目从众者虽然有，但在戏园子里，你还是能看到更多"有主见"的懂戏者。相比戏迷，"乖乖生"们的举动更像笼子里的猴子，在不知缘由的情况下，盲从群体。

盲从心理自检

说到这里，你会不会扪心自问："我是不是一个盲从者？"如果你有自知之明，能确定自己不是，那可太好了。如果你不敢确定，不妨做一下小小的测试：你是否有过如下的经历？

1. 你是否喜欢参加有组织、有安排的团体性活动？

2. 你是否平时较多地关注商品的打折信息？

3. 你是否更多时候去看电影是因为这部片子是"大片"，而并不是因为你喜欢这部片子的导演或演员？

4. 你是否有比较新奇的衣服或饰品，却不敢穿戴出去？

5. 你是否在参加活动时，宁可踩着时间到，也不愿意早些到场，以借此机会和别人攀谈一阵？

6. 你是否在课堂回答问题时，即便是自己很熟悉的内容，也不主动举手？

7. 你是否有过听从别人推荐而买一本图书或音乐 CD 的经历？

8. 你是否会在熟悉的朋友的聚会上争抢着点菜？

9. 你是否曾经沉迷于网络游戏、网络小说或其他"网络快餐文化"？

10. 你是否更愿意同朋友一起闲谈、逛街而不愿意独自做些属于自己的休闲活动？

11. 你是否遇到过如下情况，自己喜欢的歌曲、音乐、电影、读物却很难找到相同爱好的知己？

12. 你从不主动邀请朋友们出去玩或参加娱乐活动？

13. 你是否会在接到工作、学习的任务后，立刻就会感到，不完成它心里不安？

14. 在街头遇到求助者，因怕受骗，而不愿意多说一句话，哪怕考察一下对方是否是真的"骗子"。

15. 乘坐公交时，如果不是急事，你是否会因为怕下一趟车迟迟不到，而宁可去挤一辆很拥挤的车？

如果上面的 15 个问题你有 8 个或 8 个以上选择"是"的话，那么恭喜你，你有着和很多人一样的心理特质，是正常的。同时，这句话的另一个意思是，也许，你有着潜在的从众甚至是盲从心理特征。

如果你想做一个属于自己的人，想做一个愿意在特定的时候特立独行的人，如果你有自己追求的目标并且愿意达成你的目标的话，听我的，学着找回自己，做回自己。要想找回自我，就需要按照下面四节所要叙述的内容去做。首先就要标新立异，其次就要不迷信和慎交友。

坏学生最擅长"标新立异"

我们时常发现,无论是在媒体中频频现身的成功人士,还是我们身边的那些小有成就者,往往具有这样的特征:具有开拓性思维、能在反对声音中坚持自己的意见、善于用逆向思维和跳跃式思维考虑问题、敢于对既定的"真理"提出疑问……显然,在这里,"标新立异"摇身一变成为了"卓尔不群"。

许多坏学生都有一些标新立异的行为,例如着装——奇装异服;学习——经常逃课;语言——或者匪气十足或者张口闭口网络语言、动漫词汇或者说些成人才会说的话;思想——怪异。但现实却告诉我们越是"标新立异"的学生,越容易有出息。

诺贝尔奖得主有出息吧,但伊瓦尔·贾埃弗(1973年物理学奖)却是位经常逃课的人,小柴昌俊(2002年物理学奖)则是位成绩经常倒数第一的人。

由此,我们还是认认真真地考虑一下"标新立异"到底是什么吧。其实"标新立异"这个词语之所以出现,本身就是一种怪异的思想,当然,这种评语是在今人眼中。有些时候,在它出现时,却是一种褒义词。

标新立异的另一面

在传统的教育中,"标新立异"这个词显然带有一定程度的贬义色彩,警示人们要"中规中矩",不要"标新立异"。从古圣先贤到标杆、榜样,无不为我们拓出了一条道路,"木秀于林,风必摧之",因此,还是随大流比较安全。如果稍不遵从这种道路,便有一大堆"不听老人言,吃亏在眼前"的训词等待着我们。诸如这样的警告恐怕并不陌生:不按套路出牌,最终吃亏的只能是自己;即便最后成功了,也是"标新立异"的小聪明,长久不了的!

《世说新语·文字》说的是支道林对《庄子》的解读大大出乎于当时的知识分

子理解。向秀在我国思想史上是一位了不起的学者,为了研究、注释《庄子》几乎穷尽了一生的才学,直到累死了也没有注释完成。其后郭象接过了他的研究工作,最终完成。后人们便把他二人的观点奉为圭臬。可到了东晋支道林这里,却大大颠覆了之前二人的不少观点。对于他的观点,当时的人们非常惊讶,便用标新立异这个词来形容他的观点。在那个时候,"标新立异"是一种褒义词。

之所以出现人们称赞"标新立异"这种现象,其根本在于那个时代是我国历史上思想大跃进时期。两晋南北朝时期的中国思想,就像春秋战国时期"百家争鸣"那般,在自由中获得成长。支道林的"标新立异"之举很受当时的大部分知识分子欣赏,可随着儒家"中庸"思想的逐步深入人心。"标新立异"这个词,逐渐在许多人看来成了贬义词。

然而,在如今这个追求自我、追求个性的时代,我们不妨看看它的实质内涵与表象。在说这个问题之前,我们可以先问以下三个问题:

第一,你是否承认人因为天生原因,一生出来就有很大的差距,无论是在生活上还是智力上。有的人一生出来就锦衣玉食,有的人则需要一根萝卜吃一天。有的人学习不用很努力,就可以门门成绩优秀;而有些人即使非常努力,也仅能维持及格水平。

第二,你是否承认,成功可以学习,但不可以复制?齐白石先生曾经说过"学我者生,效我者死",你承认他说的吗?

第三,你是否承认勤能补拙?

如果你承认上述三点,那么,标新立异的真谛就出来了。标新立异的真谛在于:在承认人生而不同的情况下,根据自己的喜好勤劳地去努力。学习成功者的路径,思考自己的努力方向。如此,坚持下去,一往无前、无怨无悔地坚持。不论旁人怎么说、怎么笑、怎么指责你是"标新立异"都无怨无悔。

标新立异好处多

今日世界有个特点,即信息多得让人挑花了眼,人才多得让我们根本无法知道哪个人才才是真正的人才。因此,人们也就顺水推舟,懒得去分析哪个信息才是有用的信息,长此以往垃圾信息充斥了世界;人才太多了怎么办?好办,干脆不去管他了,反正都是人才,先用着再说。

为了更快地展现自己的真正才华,该怎么办?只好标新立异喽。先吸引人们的眼球,注意了就会有细致的考察,才会最终发觉你是真正的人才。因为这个原因,人们便绞尽脑汁地进行了各种炒作,各类花招纷纷使出。

2008 年中国十大诉讼案件中，就有一个因为姓名中有个"C"而被拒发第二代身份证的案件。这个普通的案件闹得沸沸扬扬，直到 2009 年 2 月底才正式有了结果。某 C 改名，公安机关免费为其升级身份证。

这个案件之所以很受人关注，其背后的因素很明显，就是受了近千年束缚的"自我意识"觉醒。再加上人才众多，许多人只好出些奇招、怪招吸引人。人的名字确实有自我选择的权利，某 C 这个案例就"广告效应"来说是非常成功的。因此，标新立异也要考虑社会发展趋势，如果契合社会潮流那么就会事半功倍。

标新立异的标签很容易被换下

在一千四百多年的考试文化笼罩下的国人，对于通过考试获得成功的路径依赖非常大。凡是考试成功者，人们就认为有了希望，不成功者就认为这辈子完了。当丁俊晖执著地在台球桌上"玩"的时候，他的周围一定有许多人在指指点点，说："哎呀，你看他，学都不上了就知道瞎玩，哼，一辈子能有什么出息！"然而，如今呢？当这些人在遇到丁俊晖的时候，恐怕就该说："哎呀，你可真厉害，玩也能玩出世界冠军！"

没错，这就是人们心中认为的标新立异。这个标签是很容易被换下去的，不用担心它会长久的跟随你，一贴上就换不下来了。

说到这里，请注意一点！我们的伟大祖先为我们创造的伟大汉字，不能仅仅从表面上去理解。如果说标新立异、贪图捷径是同义词，为何还多此一举创造出这个词语呢！标新立异不应该是我们心中的传统理念——去茅山道士那里，学了"穿墙术"后，就想凭借着它去别人家里拿钱。如果真的这样想，那肯定就是贪图捷径、好逸恶劳啦，我也没有半点质疑。好逸恶劳、贪图捷径就是贬义词，任何人都不会否认，但标新立异至少是个中性词。

所以说，不要怕标新立异得不到承认。努力坚持下去，就会有不同的评价出现。世间的事情就是这样：没有成功的时候，人们都会取笑你，但是成功之后，人们就会颂扬你，甚至为你去找一大堆成功的理由。

只要"标新立异"这一行为，是经过深思熟虑的，是凭着自己的心去认真体会的，而不是跟随他人的意见而进行的行为，它肯定就会成功。随身听的发明就是如此，发明者和我们一样，觉得如果有这么个东西，那我听东西不就方便了吗？按照最流行的市场营销观点：先有市场，然后才有产品。

发明者自身并不是一个市场，因此，许多公司认为这是发明者自身的爱好，没有市场推广价值。但是，索尼却独具慧眼，买下了产品的专利权，最终推广到了

世界。其实,这背后的道理也很简单:

一个人虽然不是市场,但他却是市场的一员。由此,也就代表了某种需求,能否成功的关键在于这种需求大不大,能不能支持新产品的出现。根本不是一个人不能代表市场。所以说,不要怕被别人冠以标新立异,当标新立异获得成功的时候,别人就会把你当作正道。

不唯书，不唯众，不唯师

人生中最大的盲从，就在于迷信权威。人生不同阶段会有着不同的权威，成年前，我们会迷信父母的话、老师的话、书本的话。成年以后，书本的话仍然会影响着我们，父母的话、老师的话可能就会让位于学者的话。然而，他们的话真的那么重要吗？回答是很重要的，但绝没有重要到"唯命是从"的地步。

不要迷信书本，避免书呆子的悲剧

"书呆子"是人们对死读书、只唯书的人的一种蔑称。当然，人们蔑称的这种人是"小书呆子"，"大书呆子"则不包括在内，陈景润在老百姓的眼中就是位"大书呆子"。可以说，他的头脑中只有科学、只有学问，而没有生活。但是，芸芸众生不可能成为大科学家。所以，"小书呆子"降落在我们头上的可能性会更大一些。

清代有位叫做黄景仁的诗人，他的祖先非常有名，叫做黄庭坚，北宋著名诗人，诗与苏轼齐名，人称"苏黄"；书法精妙，与苏、米、蔡并称"宋四家"。有如此祖上，他的水平也不会低到哪里去。他曾经写过一首诗，诗中有这样两句："十有九八堪白眼，百无一用是书生"。由此"百无一用是书生"这句话迅速流传到了民间，一直流传到今天仍然被人时不时地提出来。

为什么这句话有这么大的影响力？原因就在于：它切合了普通百姓对于身边的"书呆子"的观感。请看，书生上不能冲锋陷阵，下不能肩担手提。唯一能做的，就是所为的传道、授业、解惑。然而，书呆子传的道、授的业、解惑的方法，却都是照搬书本，远离实际。

作为芸芸众生的我们，决不能成为"书呆子"，即使大书呆子也最好不要做。为什么说最好？因为，有些大书呆子确实心里只有科学、学问，其他东西都不顾。但既然能成为大书呆子，就成为吧，大不了国家养着他。但是，还有许多大科学家、大学问家都不是书呆子,他们也有自己的喜好,自己对生活的乐趣。例如钱学森就非常喜欢文学艺术,就非常懂得生活。爱因斯坦的兴趣更是广泛,毕加索的生活更是令人目瞪口呆。

不要迷信大众的判断力

有一句话叫做"真理可能掌握在少数人手中",这句话就是说我们不要迷信大众的判断能力。大众要生活就必须顾及到这而放弃那,他顾及到的就认可,顾及不到的因为不懂也就不认可了。为此,你所创新的方向并不是他们能够理解的。再加上,各种因素,例如传统思想、观念下的惯性思维等等,大众的判断能力更有待商榷。

例如,日心说出现挑战了地心说,被地心说俘获的大众如何对待持有日心说的人呢? 奚落、嘲笑而已。最终如何? 他们有的被烧死、有的被流放、有的不得已痛哭流涕地"反省"。

这是科学的例子,我们再看看社会。社会上有许多例证,告诉我们大众的判断力是有问题的。当所有人都去股市炒股,就连卖菜的、在家哄孙子的老奶奶、老爷爷都抱着钱去股市的时候,聪明的人全都撤了。结果,大众!那些很少炒股票的人迎接了"熊市"的到来。

我们再看看,我们需要仰视的巨富们。李嘉诚这位华人中最有钱的人,之所以能够成功就是敢于做别人都不去做的事情。他巨富于所有人都看衰香港房地产,抛弃这个市场的时候,却逢低买进、大量囤积。历史证明他赢了。

在我们周围还会看到一种现象,师哥师姐在选择专业的时候,往往去找最热门的专业,结果如何? 大学四年毕业后反而成为了冷门专业。当然,这并不能反证,现在最冷门的专业几年后会成为最热门的专业。

那么应该如何挑选职业呢? 毕竟俗话说得好"男怕入错行,女怕嫁错郎",现在无论男女入错了行都很令人挠头,人们要生存下去,只有依靠社会。选择好了职业,就等于日后好的生活获得了一半。在这个时候千万不要迷信大众的判断力,一定要根据大众的判断力,结合自己的思考去选择自己的道路。

从读完这段话开始,你就应该为你将要选择的道路进行积淀啦。无论你是否已经毕业,思考都很重要。没毕业的,进行第一次挑选;已经毕业的、工作的进行第二次选择也不是不可以。那就是用心问问自己,自己擅长什么、喜欢什么?做好这些,社会需要你做什么?

比如,你喜欢画画。那好,你就要判断画画这条路你是否能成功。也许你判断不清,那好,请父母、请专家来呀。你需要弄清从事这条路的人每年会有多少,你身边有多少人在从事这项工作,比如,他们会做画家、画匠。

从事画匠的会有许多种,例如给书报刊做封面,做插图,做漫画,做网络画手等等。那么,你喜欢哪个?从事画画,肯定要先从画匠开始,直到画家。这个时候,你就需要规定自己每天需要画多长时间、参加哪些绘画比赛、未来先从事哪个工作等。

明确了上述内容之后,不妨参加一些比赛、社区活动等。寒暑假期间还可以试着向一些机构投稿,例如到了大学阶段很多学生都在做兼职工作,这样既有利于锻炼能力,又有利于社会实践。

不要迷信老师和权威的话

请注意,我们一直是在说不要"迷信",迷信就是别人说什么就听什么,根本毫不思考。当然,因为年龄、阅历的原因,老师、长辈的话中的绝大部分都要听。但是,同样因为年龄、阅历的原因,家长、老师身上的棱角、创新力度也都大大降低了,混同于常规思维。

而常规思维的人是不能够具备创新能力的,也很难在芸芸众生中脱颖而出。因此,我们就需要思考。特别是当我们已经确定了自己的路径之后,老师的反对言论在仔细琢磨之下应该进行升华。说得对的地方就听取,不对的地方就应该和他们商量共同研究解决。

到了社会上,更会有一些学者、科学家出现。对于他们的言论,应该分清是否是他的专业。如果是他的专业,那么就应该充分地考虑。如果不是他的专业,就应该像对待其他普通人的言论一样对待,不能因为他是学者、专家乃至科学家而进行迷信。在不同行业、领域内,他们其实和我们一样或者是外行或者是入门程度很低的人。

特别是在目前,社会整体浮躁氛围如此严重的情况下,学者、科学家中的一些人同样非常浮躁,也会在利益的驱使下成为既得利益者的代言人。

提防那些"烂苹果"的侵害

某人在采摘苹果时,发现在一筐苹果中有个别有问题的,但仅仅是指甲盖大小的一块黑斑而已便没在意,一并放入筐中。后来邻居看到了,告诉他,应该赶快把坏苹果扔掉,以免整筐烂掉。但他因为心疼不肯扔掉,每一次都先挑烂苹果吃,把烂的部分削去,把剩余部分吃掉。

过了一阵,筐里的苹果都下去一半了,但他发现自己还在吃烂苹果。为什么烂苹果总是吃不完呢?一开始只是有几个坏的而已啊?他大惑不解,便把这半筐苹果都倒了出来。结果很令他诧异,剩下的半筐苹果竟然全都是烂的,个别的甚至都烂透了!

其实,在一筐苹果中,哪怕仅仅只有一个苹果是坏的,如果不能被及时清除的话,那么,一大筐好苹果也都会被传染,最终全部烂掉,这就是著名的"烂苹果效应"。

当心"坏苹果"感染了你

在我们的交往中,交友不慎而越陷越深最终不能自拔的例子很多。朋友中有"好苹果"也有"烂苹果"。《论语·季氏》中说:"益者三友,损者三友,友直、友谅、友多闻,益矣;友便辟,友善柔,友便佞,损矣。"显见,古人对"人心有风险,交友需谨慎"的认识比今天的人只多不少。

"近朱者赤,近墨者黑"这样的格言永远是真理。然而,人们耳熟能详的真理之所以被一再传诵,大抵是因为实在太过危险,以至于一不小心就会误入歧途。假如不是因为交友不慎而吃亏的事例,在时时刻刻的发生着,这样的教诲想必也不会被流传得如此广泛。很多道理,说来易,做来难。交友要慎重也是如此。

我的一位朋友执教于某班,班中有一名学习成绩属于中等偏上的学生。他貌不出众,平时呢?也是凡事不出头,属于没有什么作为的那类人。大概是出于四平八稳的时间太长了吧,想"找找刺激"。这名学生不知从什么时候开始,染上了一个"不可饶恕"的恶习——偷书。

他经常在放学后到学校附近的书店,在逛书店的同时,将喜欢的书偷走。一开始,他只是偷他喜欢看的书,到后来,竟然偷上了瘾,一发而不可收拾,每每出手,都是贼不走空,其技术之娴熟,大概能让很多扒手、惯犯汗颜。起初,可能他自己也觉得这是件不太光彩的事,所以没什么人知道,到后来,大概是习以为常了,渐渐不以为耻反以为荣,在他自己的好友圈子里炫耀自己的"战绩"。

当然,那些朋友一开始也觉得心里很别扭,纷纷劝他不要偷东西,但无奈他依然故我,朋友们也就放弃了这种努力。在发现朋友并没有强烈反对自己后,这名"神偷"同学越发张扬,甚至让朋友"点菜"——你想看什么书,我今晚给你拿来!

俨然将自己当成燕子李三或者草上飞之类的江湖豪客了。见这位"神偷"朋友如此仗义,同时也的确"偷技"了得,既然可以没什么风险的白得书,何乐而不为呢?于是,有一些朋友真的开始"点菜"啦。这"神偷"果真并不食言,满足了大多数朋友的要求。

他因此也就在同学圈中人气十足。但是,人有失手,马有失蹄。终于有一天,书店多年的丢书案件告破,这位并不出众的老实孩子竟是偷书贼的消息一经披露,举校哗然。相关老师当然对此事做出了比较得体的处理,相关"人犯"也被一一揪出,加以教育了一番。

在这一过程中,老师们惊奇地发现,他的那些朋友中,竟然有很多是学习成绩好、老师家长眼里的"好学生"。而那些公认的"坏学生"却鲜有与之接触的,这让老师们大惑不解,为什么偏偏是"好学生"经常与这样的孩子成为好友呢?在研究分析后,有老师提出结论:对于书籍的需求,"好学生"们总比"坏学生"要来得强烈一些。

虽然对于大人来说,读书、听音乐、看电影都算是休闲方式,但在学生的世界里,课余是否读书却能成为区别"好学生"与"坏学生"的重要标志。再者,那些"好学生"们的兴趣、爱好也成了办错事的"帮凶"。"坏学生"们因为从小被管教,见的事情不多、想问题单纯,因此自身免疫力要比一些"坏学生"低很多。特别是在某些坏朋友投其所好的情况下更是危险。就连成人世界里都在流传着一句戏言"不怕领导铁面无私,就怕领导没爱好",更何况孩子呢!

无论是谁都需要朋友

古人云，"少无良师，长无益友，壮无善事，老无令名"所谓人生四大悲也。古人常把"良师"和"益友"相提并论，可见在古人眼里，交友是一件很重要的事情。绵延五千年的中国文化给我们留下了许多交友故事、格言，它们都应该被我们重视。

"桃花潭水深千尺，不及汪伦送我情。""此地一为别，孤蓬万里征。""莫愁前路无知己，天下谁人不识君。""数声风笛离亭晚，君向潇湘我向秦。"在这些带着离愁别绪的诗句中，古人刎颈相交，高山流水的友情被展现得淋漓尽致。

有人说，没有知己和挚友的人生，是残缺的、不完美的人生。《聊斋志异》的作者蒲松龄在谈到友情时写道："天下快意之事莫若友，快友之事莫若谈。"

是的，生活在社会上，如果人们心灵的家园缺少友情的灌溉，也许他的人生枝繁叶茂，但却永远不会有那飘浮久远的馨香。

在生活中，我们往往发现，"坏学生"交友广泛，虽然他们往往我行我素，但他们身边总是少不了三五成群的好友。但是，无论是"坏学生"还是"好学生"，由于年龄和生活阅历的原因，他们可能根本缺乏辨别"良友"与"损友"的能力，一旦交友不慎，很有可能走入歧途，不可自拔。

显然，这种担忧并不是空穴来风。一般来说，"好学生"接受的交友教育是这样的：不能在外面乱交朋友，朋友必须是"老实的"好孩子，在学习上互相促进，在生活上互相帮助……"好学生"的家长对于孩子的朋友，要求是"门当户对"。

所以，"好学生"结交"损友"的风险大大降低，在远离坏孩子的同时，他们也失去了很多。水至清自然也就没有鱼了，因为没有鱼所需要的养分。不但交不到"损友"，连"良友"也为数寥寥，甚至根本没有朋友，导致自闭、自私的心理。

相反，"坏学生"交友的一个特点就是"交心"，你对我好，我自然对你好，如此简单。有人会问，那么若是有人蓄意利用友情怎么办，"坏学生"岂不吃亏？不然，我们说的"坏学生"并非游走边缘的坏学生，他们有一定的自主意识和分辨能力。"坏学生"之所以被很多人视为"坏"，很大一部分原因是因为他们"不听话"。

这里就有一个问题：家长和老师的话就是完全对的吗？就一定要听吗？如果是因为家长老师对孩子的过分关心或者保护过甚，而对孩子正常成长起到了束缚那就得不偿失了。例如，有些家长严禁孩子与成绩比较差的孩子交往，其实，成绩差并不代表一无是处。在其他方面那些差孩子往往可以给成绩好的孩子带去许多，例如如何与人交往、如何拥有爱心等等。

与比自己差的人交友，同样可以学到东西

清代著名词人纳兰性德应该算个不折不扣的"坏学生"，他的"坏"显然不是因为他的"学习成绩差"，或者说以当时的"功课"来说，纳兰词可谓独辟一代词风，连康熙皇帝也爱不释手。纳兰性德的"坏"，显然是由于于家长看不惯的"不听话"和"乱交友"。

纳兰性德的老爸纳兰明珠是康熙年间的重臣，身居"相位"二十余载，相当于现在国务院总理的样子。按说，像这样的家庭环境，纳兰性德如果不被娇宠得成为一个纨绔子弟应该实属不易，可偏偏，纳兰性德是一个很有"主见"的孩子，他气质上多受汉文化影响，既有积极的抱负，也更向往温馨自在、吟咏风雅的生活。他老爸给他找的工作应该不错了——康熙的侍卫，这是个在当时高干子弟非常艳羡的工作。

可他看到了政治党争倾轧的污浊内幕，与他诗人的禀赋和生活处境相矛盾，遂将无尽凄苦倾诉于笔端，凝聚为哀感顽艳的词章。同时，纳兰性德另一个令传统教育不满的就是他结交了很多朋友，无论贵贱，其中多是汉人文士，也有很多与当时政治思想相左之人，他与这些朋友们吟风弄月，诗词相和，相聚绿水亭。

"德也狂生耳，偶然间、缁尘京国，乌衣门第。有酒惟浇赵州土，谁会成生此意。""未得长无谓，竟须将、银河亲挽，普天一洗。鳞阁才教留粉本，大笑拂衣归矣。如斯者，古今能几？"在纳兰的友情词中，这种以淡薄名利的思想慰藉失意朋友，向朋友倾诉，与朋友共勉的内容，成为他作品中的亮点。可以说，没有他的这些"不入流"的朋友，纳兰词也不会成为有清一代的文学巅峰。

勇敢做回自己，做个有主见的人

有人说，没有主见的人是天性使然。其实不然，每个人的天性是一致的，在成长的过程中，影响到自身发展的，不仅是外界，还有自身的心理因素，这些都让人在长大后有了千差万别的性格特征。没有主见的人，究竟是因为什么才失去了自我做主的能力，只能随波逐流，甚至盲从他人呢？回答是惰性使然。

"随便"，让我们失去了自我

当我们原地转圈圈，转来转去十几圈后站住，结果会如何？身体还是会惯性地继续旋转。如果继续思考惯性，我们就会发现这种情况多得很。当所有人都在被问一个问题时，回答"是"。突然轮到你的时候，提问者突然转换了话题要求你回答的是"否"。想想结果如何？大多你还会惯性地回答"是"。在这种情况下，惯性思维就是一种惰性。

当一个事情被反复强调，思维势必会"懒得"去改变它。长此以往，就会不自觉地失去了自我做主的愿望，随着这种愿望的丧失，长此以往，他连自我做主的能力也就丧失了。原因很简单，当一个人在"听话"听久了以后，他会在以后的行为中，继续脑袋空白，潜意识里会小声地说："随便你吧，按既定方针办。"

"随便"不仅仅会在潜意识中出现，时间长了更会在口头中出现。学生时代，面对不及格的试卷，有些人会说"随便，反正我的成绩就这样了"。工作时代，面对派下来的工作，大大咧咧地说道"随便，爱咋地咋地"。

更多的"随便"其实含有"没有太好的选择"、"不知道如何选择"的意味。多年前，有一种冰棍的名字就叫"随便"，这个冰棍的名字来源于一个社会现象，张三问李四"你想吃什么冰棍？答曰"随便"。这一幕几乎天天在上演，于是"随便"这种冰棍便应运而生了。看似可笑的一幕，却不得不值得我们深思，我们到底有没有自己的需要？

其实，"随便"这个词让我们失去了太多的东西。它使我们失去了不少想要的和得到了许多不想要的。知道了想要的，就明白了最需要的；知道了不想要的，就懂得了放弃，近而减轻身上的重压。在懂得了不想要的和想要的之后，我们才能找回自我、杜绝盲从。

向周星驰学习保持自我

一个人之所以能够成功，靠的就是自我努力。没有这个即使你是天才都不会成功，如果你有自我努力，即使你是草根也会获得成功。草根周星驰的成长道路就是一个很好的证明。

现年47岁的周星驰，恐怕没有几个人不知道。然而，许多人并不知道周星驰从事演艺事业的道路多么艰难。他从小和四个姐弟在母亲的抚养下，艰难地上了初中。初中还没毕业，周星驰便和许多年轻人一样梦想着去当明星。许多人都认为他不行，原因就在于演员或者长得很丑或者长得很帅才可以出镜率高一些。然而，周星驰的模样却并不帅。

他和好朋友梁朝伟一同去考试，结果梁朝伟非常顺利地进入了影视圈，从此一帆风顺，红了二十多年。而周星驰第一次考试便失败了，经过他不断的努力终于考入。当好朋友已经和刘德华、黄日华等人并称"五虎将"的时候，周星驰还只能当一名跑龙套的演员。起初，扮一个被抓来给梅超风练"九阴白骨爪"的倒霉蛋。最后，终于有了说台词的机会，被黄蓉、郭靖暴打一顿之后跪地求饶。

然而，即使在这种情况下，他还带着对影视的热爱，对导演说"我伸掌挡一下再死吧"，导演非常蔑视地说道"快点拍戏，不要话那么多！"其实，周星驰自导自演的《喜剧之王》中，便有许多情节是他的亲身经历。

好友的飞黄腾达、人们的蔑视与戏谑，并没有让周星驰气馁。他仍然抱定走自己的路，用自己的心去体验角色。《射雕英雄传》中，他的镜头虽然很短，但却仍透露出了某些成功基因。就在梅超风一掌抓住周星驰脑袋的时候，他那痛苦的夸张表情在日后许多周星驰电影中都可以看到。从那个时候起，他便在摸索着自己的道路。

果然老天不负有心人，周星驰的努力获得了回报。李修贤、万梓良等人先后提携他，使他逐渐获得了成功。

通过周星驰的案例，不禁让人想到了联合国教科文组织曾经在《学会生存》中的一句话，"未来的文盲不是不识字的人，而是没有学会怎样学习的人"。其实，这里的学习千万不要以为是学习文化知识,这里的学习是一种更大的学习。它包括:学习文化知识、学习社会知识、学会自省、学会自主学习等多种技能,其中关键的就是"自主学习"。

要自我,首先就要学会独立

每个人都要学会自主学习。在学生时代就是自主学习文化知识并从中具备做事的能力和知识;到了社会就是自主学习别人的工作经验、学习工作的基本能力和知识等。

学会独立思考。没有独立思考的人就等于没有灵魂,不知道用自己的脑袋思考问题。思考自己有什么优点和缺点,思考自己想做什么,思考自己能做什么,思考现在的环境是否允许我做我想做和我能做的事情。如果允许就去做,不允许就要思考环境不允许下,还需要积累什么样的能力等等。

周星驰在演艺道路上,看到帅哥、丑兄都获得了成功,而自己却平平常常毫无建树。他根据自己对于电影的理解,特别是前人的经验,逐渐摸索出了"无厘头"这种表演风格。特别是,切合草根阶层追求上进的心理,塑造了一个又一个草根在苦难中逐渐成功的形象。如此,既切合自身又符合社会环境,想不成功都很难。

学会独立规划。个人的发展和企业、团体一样,都需要有明确的发展目标,拒绝什么样的诱惑。如果不事先确定这些,其他人怎么做你就怎么做,永远跟着潮流走。哪个赚钱就做哪个,最终也会因为看走了眼而丧失一切。

在进行上述思考的同时,要学会拒绝其他人,特别是父母长辈对自己规划的干扰。倾听他们的意见,如果经过仔细思考觉得他们的建议有正确的地方就应该采纳。相反的情况出现,就需要加强和父母长辈的沟通,直到他们理解和支持为止。

当周星驰有了一套自己对于电影的看法后,李修贤出现了。他与李修贤谈了很久,让李修贤看到了一个年轻人对于电影的执著与新奇观念。由此,使得李修贤拉了他一把。其后,他又拒绝了电视对他诱惑,在成名之后不再接拍电视剧,专心搞电影。其实,在影视圈有个不成文的潜规则:电影演员要想保证自己的地位,就不能接拍电视剧。不信你可以看看,凡是国际级电影影星几乎都不接拍电视剧。

找回自己的三部曲

只有找到真正的自我,才能变得有主见。"自我"这个词有时会带有些许贬义。"这个人很自我""他自我得让人接受不了"……是的,极度自我的确是不可取的。但是，在茫茫人海中，如果没有自我，混迹于常人又如何被人认出来呢？极度自我不可取，但是，没有自我却不能成功。为了成功，还是试着让我们找回属于自己的认识、个性和爱好吧。找回自我，一般可以通过以下方式进行：

第一，培养兴趣爱好

试着去培养兴趣爱好，并不仅仅是爱好本身，通过干自己喜欢的事情学着找到自我，找回自信。你可以任意按照心的选择去选择，兴趣未必高雅，只要喜欢就可以。哪怕是做软陶、橡皮泥等小手工，也会在玩的同时，认识到"这就是我要玩的东西"。

第二，学会思考问题

试着找一件人们争论的事情，例如一则新闻、一种现象、一件事情，把你对它的看法写出来，和其他人的回答进行对照。寻找哪些评价得比其他人更好一些，特别要注意那些你觉得回答得不如其他人的地方，找到问题的原因，这样就可以尽力弥补它们啦。

第三，试着接触社会

每个人都要接触社会，不论是坏学生也好，好学生也好都是如此。让他们早一些接触社会，可以让他们提早明白真正的社会是什么样子。只要在这期间，时刻注意不要受到社会不良风气的影响。毕竟，学生阶段他们的判断能力还有限。

第 **2** 章

成大事的第二种能力：
胆识

知识是信息的累积，它可以借着学习、观察或模仿而获得；当一个人的知识充实了之后，不仅视野变得更加宽广，而且见解也变得更加高超与深远，这就是所谓的见识；见识足以激发一个人的道德勇气或使命感，此种道德勇气或使命感，即是所谓的胆识。

　　坏学生，从小就有一种冒险精神，虽然每次恶作剧被发现后，都要受到严惩，但他们总也放不下那份快乐。因此，在每办一件事之前，他们想的是怎样获得快乐，而不是计算风险有多大。正是这种乐于冒险的天性，使他们拥有了更多成功的机会。而好学生因为听话，缺乏独立自主的历练，当真正面临大事时，却畏手畏脚，惊慌失措，最后与机会擦身而过。

坏学生敢做敢为，胆识过人

当一群街头混混在校门口拦住同班的同学，威胁勒索，他们可能会挺身而出，用拳头说话，以暴制暴；在校外，他们做着很多看似不该是学生做的事，却表现得"肆无忌惮"；在球场上，他们疯狂投入，为了打出好成绩，充当老大……他们，被我们称为"坏学生"。

"问题"总统奥巴马给我们的启示

在翻阅名人青少年的经历时，我们经常会发现，那些成功的名人，在青少年时期，往往都是"坏孩子"，并且是"胆子大"的坏孩子。

2009年1月20日，巴拉克·侯赛因·奥巴马当选美国第44任总统，成为美利坚合众国首位黑人总统。然而，少年时代的奥巴马，却是一名胆子"贼大"，什么都敢做，什么都敢干的"坏学生"。

少年奥巴马就读于夏威夷最好的私立中学——普拉荷中学，这是一所精英学校，当年孙中山也曾经在这里学习。然而，良好的学习环境却让奥巴马成为了一名"坏学生"。

据他在自传中称，他在恣意放纵中度过了中学时代。中学时代的奥巴马什么都敢尝试，什么都敢做，在人们眼里是一名标准的"不良少年"。他说："我在十几岁的时候是个瘾君子。当时，我与任何一个绝望的非洲裔青年一样，不知道生命的意义何在。烟酒、大麻……"

1979年，成绩一般却酷爱运动的奥巴马从中学毕业。奥巴马说，当时他深受学习重压，以至于有时觉得自己是个"实验品"。为此，他上中学时一度叛逆。

我们当然不是希望孩子都像少年奥巴马一样去吸毒、酗酒，显然，奥巴马后来的成功和当选总统，和他曾经是个"坏学生"没有直接关系。我们并不能因为他曾经是个坏学生，而断定坏学生成长之后，就一定能成功或者成为总统。

但是，我们可以看到，奥巴马在做"不良少年"时的一些特定品质肯定影响了他的成长之路，所谓"性格决定命运"，就是这个道理。一个人在少年时期的思维、行为模式，肯定会影响到他日后的为人和性格。

有些教育者说，坏孩子凡事不畏惧，对老师和家长敢于"冒犯"，所以不好教育。其实恰恰相反，因为坏孩子虽然表面上看来是个"刺头"，但他们不会伪装，一切都是"真心"的表现。

从这个意义上说，坏学生的一些特定品质决定了日后的成功。"坏学生"做的其实都是他们心中所想——想什么，就做什么。而好学生呢，有时候不是不敢想而是不敢说更不敢做。他们成功的机会其实比"坏学生"要多，但就是因为畏首畏尾，才错失了成功的机会。

做胆大心细的追风少年

20世纪90年代，有一部香港电影《逃学外传》。该片讲述了一群"坏学生"由常常"使坏"恶搞老师，到渐渐地与班级老师产生了浓浓的师生情的故事。影片中，吴奇隆饰演的坏学生形象深入人心，一件皮衣，骑上摩托后，任寒风吹乱了头发……这几乎成为那个时代坏学生的经典装束。

在这个"坏学生"角色中，我们可以看到，坏学生往往具有很大的闯劲和特立独行的气质，但又有着敏感的内心。和影片中所表现的一样，坏学生往往什么事都敢做，什么话都敢说。但是，他们做事、说话都有着很强的目的性，废话不说，多余的事不做，心中总有一个目标，不管这目标是什么方面的什么事情，他们会为了这个目标去努力，不畏艰险，不计较付出。也许，该片的主题曲《追风少年》恰恰能表现"坏学生"们的状态：肩上扛着风，脚下踩着土，心中一句话，不认输……

仔细留心你会发现，坏学生们总有一个显著特点——胆子大。他们可以为别人强出头，而不考虑后果；他们可以只做自己喜欢的事，而不考虑环境是否允许；他们可以为了一个单纯的目标，想说就说，想做就做，而不管结果到底如何……

在成年人看来，这些坏学生的行为和心态是典型的不成熟的表现，因为考虑事物不周全，所以莽撞；因为莽撞，所以无所忌惮；因为失去了忌惮，所以敢作敢为，尤为胆大。可是，细想来，我们会发现我们的判断也许并不正确。因为"莽撞"与"胆大"并不能天然地画上等号，他们的差别在于"细心"。莽撞者，行事粗鲁无忌，对任何事不假考虑，想如何便如何；而胆大者，大多与心思缜密相连，所谓"胆大心细"就是真实写照。

胆大的孩子，并不是因为对所做的事不假思索，他们一般会对后果考虑得很清楚，对影响到做事的方方面面都加以分析——这并不需要一个很长的过程，他们天生就具有这样的能力。但他们的"肆无忌惮"其实是来源于深思熟虑后的判断——我就是要做这件事，多困难我都不在乎。看似执拗，但这就是坏孩子，他们不是"无知者无畏"，他们是不怕跌倒，不怕失败，敢于拼搏，敢于从头再来的"坏孩子"。

见识决定成功

除了大胆细心，坏学生还有什么呢？见识。我们经常说某人有胆有识，那么，对于成功，识和胆是同样重要吗？回答是肯定的。

识即见识——明智地、正确地作出判断及认识的能力。通俗地讲，见识就是指一个人在工作和生活中，知识、经验、教训以及分析问题的思路、解决问题的能力。见，决定了识，只有见得多，走得远，才能获得充分的一手材料和大量信息，从而通过自身的判断，掌握正确分析问题的能力。例如，现在非常热的收藏，其实就是锻炼"见识"的行业。在这个领域，人们在互相谈论间经常听到的话就是说某人"有胆有眼"。这里的"眼"就是指"眼界"、"眼力"、"见识"。有这样一个典型的事情：

前些年，一位在业内小有名气的收藏家在接受媒体采访时，说起了自己"捡漏"的经历。他"捡"的是一个价值约五十万元的钧瓷梅瓶。一般而言，他所去的那家位于旧货市场里的摊位是不会有"真东西"的，绝大多数都是仿制品和赝品。但当问到他为什么能从那里一眼认出这是真品时，他只是淡淡地回答"见多了自然能判断"。当问到为什么卖东西的人能以赝品的价格出售时，这位收藏者不无得意地说："因为他见得不多，所以不识货。"

在收藏界，如果一个人少了"见识"，就会"打眼"——被别人骗，即使被人骗了还要吃哑巴亏。因为，如果被同行知道了，所有人就都不敢再来找你看验收藏品了。然而，"有胆有眼"的收藏者，往往是收藏界的成功人士。

"有胆"决定了他在非常时刻能够当机立断，在纷繁复杂的事物或情形中快速作出判断，从而出手做事。这和生活一样，往往，人们成功的机会转瞬即逝，人生中匆匆而过的机遇太多，只有大胆并且能慧眼识机遇的人才能够把握良机。而"有眼"则更为重要，若没有足够的见识和辨别真伪的能力，即便"有胆"也不过是个收藏界莽汉，轻则损失几万几千，重则倾家荡产，在生活中也是一样，如果没有足够的见识，单纯凭着胆量，吃亏上当的几率也将大大增加，更谈不上成功了。

胆识，攀登高峰的天梯

在孩子小的时候，家长很不希望孩子有"胆识"，因为那意味着孩子"调皮"、"不老实"、"不踏实"、"容易惹祸"。诚然，对于年龄较小的孩子来说，"有胆识"确实很容易给家长们带来麻烦，给孩子自身带来伤害。但我们也必须承认，随着孩子在一天一天地长大，胆识对于他们来说，越来越重要，适当地给孩子些机会，让他们锻炼胆量、增长见识，在他们的成长历程中，至为重要。

有胆识才能成功

各类调查都可以证明：在传统教育模式下，学习成绩好的学生显得比"坏学生"更加缺乏胆识。

就"胆"而言，坏学生往往具备较强的社会交往能力，因为相对于中学环境，大学更像是一个"小社会"。在这个社会环境中，个人人脉和交友圈子基本都要自己去开拓，认识新朋友，融入某些团体，都需要学生自己去做。坏学生具有这种"天然"优势，因为他们本来过的就是这样的生活。

好学生则多少有些不适应这种"小社会"，他们往往是"不敢"主动接触，有点不知所措。他们从小就被人"领"着去接触社会，从小就缺少一种"从零开始"的经验和胆量，在交往中表现为"怯"。同时，各种学生团体、爱好组织中，处处也都有坏学生的身影。

当然，好学生们也有着特长和兴趣爱好，他们也乐于参加一些社团，参与一些社团组织的活动。但是，我们会发现，一些个性张扬、彰显特色的兴趣社团更多的属于坏学生，尤其喜剧、音乐等需要表现个人能力的社团更是如此。令人更奇怪的就是，"坏学生"在这些团体中，往往是作为"领导者"、"组织者"或"意见领袖"出现，而好学生显然更加愿意服从社团的组织，不太愿意挑选角色和位置，通过自己的特长和努力为组织"添砖加瓦"。

就"识"而言，坏学生的优势则更加明显。一般来说，坏学生往往比好学生有更多的见识。因为坏学生一般不会满足于两点一线的生活方式。他们的生活一般会很丰富、朋友也会很多。所以，更多的经历使得他们比好学生能更多地接触社会，接触到方方面面的事情。单纯对于学习来说，"见识"并不能起什么直接的作用。无论你眼光多么独特，也不会比千年来、无数人总结的理论更正确。因此，要学习好这些理论，"见识"的作用并不大。

但是，在今天多元化教育的时代，一个学生的见识，更能体现他的综合素质。我们记得，当上世纪末本世纪初，"新概念作文大赛"在我国教育界启动以后，"新概念作文"成了语文教育的一大亮点。它强调让学生真实、真切、真诚、真挚地关注、感受、体察生活。而韩寒、郭敬明、张悦然等"新概念作文"培养出的作家中，许多成绩并不好甚至也可以说是一种"坏学生"，但他们却在学习之外的其他领域获得了巨大成功。

胆识使人走向成功

具备胆识的人更容易走向成功之路。因为具备"胆识"，在需要力排众议的时候，不会瞻前顾后；在发现机遇的时候，不会犹豫不决；需要做出果断的处置时，不会畏首畏尾。

《堂吉诃德》的作者，伟大的作家塞万提斯曾经说过："丧失财富的人损失很大，可是丧失勇气的人，便什么都完了。"对于一个人来讲，如果说，失去了机会就失去了很多，但是如果丧失了勇气那就失去了全部。

若想成就事业，胆识是必不可少的个人特质。在一定时候，胆识能起到决定性作用。凡是有成就的名人和伟人，无不胆识过人。

有胆识的人比别人更"快"地注意到机会的来临并把握它。机遇总是转瞬而逝，当机遇擦身而过时，别人还来不及反应、来不及考虑清楚是否需要把握它，有胆识的人已经在瞬息间做出了决定，也许别人还在观望，但此时的他们已经开始了自己的行动。

有胆识的人比别人更"准"地把握时机。他们的思想从来不会被过去的经验和条条框框所左右、桎梏，他们有着敢为天下先的勇气。如此，他们就会更多地尝试他们那些大胆的想法，使得他们能获得更多的发展机会。机会多，成功率自然就高。

真正有胆识的人比别人更有"智"。有胆识的人绝不是一介莽夫，他们往往智勇双全。他们能在学习、工作、生活中发现更多的"路"，并且用自己的头脑判断这些新发现、新思路。

有胆识的人比别人更能"隐"。这个"隐"指"隐忍"，人总有失败的时候。面对失败，有的人输得起，有的人则一蹶不振。有胆识的人相信自己能赢，相信自己的能力。他们不服输、不认输，他们往往像一名坚强的战士，在生命的战场上总能"背水一战"、绝处逢生。无疑，以上这些心理素质使得有胆识的人更接近成功之路。

很多人都说："如果当初我也如何如何……"往往，说这些话的是今天看来很平庸的人，或许他们过去的确有机遇、有能力、有思想。可是，他们之所以发出这样的感慨，恰恰是因为他们"没这样做"。自己失去了机会，与人无尤。

没有"三识"就不会有三十而立

曾经在一本杂志上看到了一篇名为《三识而立》的文章。作者开门见山地指出，对于很多人来说"三十而立"是一种误导，如果一个人不努力，没有长进，到了三十怎么会自然而然地"立"起来呢?六十也未必能"立"得起来。"三十而立"不如说是"三识而立"。"三识而立"应该指学识、见识、胆识。

但是，对于一个刚刚走向社会或者尚未走向社会的学生来说，胆识显见更为重要。见识，坏学生应该拥有;学识，这一点似乎坏学生差些。但是学识包括理性知识和感性知识。感性知识就是社会实践中得到的各类知识，包括理性知识指导实践后得出的新的感性知识。理性知识则主要是书本上的知识。对于一个人成功来说，感性知识的重要性要大于理性知识。

特别是，如果理性知识的取得，是依靠死记硬背、啃书本、寻章摘句这样的途径得来。如果是这样的知识，即便是博览群书，也无非是成了一个"活图书馆"。寻章摘句得来的知识，即使拥有也会因为不会应用成为"死书"。

电视剧《亮剑》中的主人公李云龙，显然是一个"坏学生"形象的典型代表。剧中的李云龙大错不犯，却小错不断，而且对待上级和领导有时显得极为嚣张，有时又显得颇为可爱。他的性格既是传统的，又是叛逆的。他一怒之下扫平了杀害其好友和尚的土匪老窝、一气之下与政见不一的赵刚肉搏相拼，被革除代军长的职务后又在课堂上大放阙词等行径无不反映出他人性中叛逆的一面。

这些都与家长老师眼里的坏学生有着异曲同工之处。然而，他的上级和领导却善于把握和运用他的这些看似不足之处，使李云龙在战争中获得了成长。同时，从另一个角度上来说，李云龙桀骜不驯、性情刚烈、性格鲁莽，但又深谋远虑、有胆有识、嫉恶如仇，是个具有典型意义的血性硬汉。

对待战争，他抱着每战必胜的信心，在战场上冲锋陷阵、挥洒自如，那"明知是个死，也要宝剑出鞘"，也要"亮剑"，就是死也不能倒下的英勇气势，足以让敌人汗颜。他那骁勇善战、叱咤风云的豪迈身姿足以让敌人闻风丧胆，他热爱战争，战场就是他的精神寄托。在面对危险的境遇时，他临危不惧，勇敢地亮出自己，亮出手中的"宝剑"，不低头、不退缩、不认输、不乞求，其胆识、气魄和血性令人敬而生畏。

坚定信念，打造自己的超级品牌

毛泽东曾经说过："自信人生两百年，会当击水三千里。"而正是有着这种坚定的自信，才使得他挺过了各种困难成为一代伟人。只要有坚定的自信，即使是非常渺小的人也会成为伟大的人。这句话不是我说的，而是泰戈尔在其箴言诗中忠告给世人的，他说："世界总留点什么给那些对自己抱有信念的人，而有信心的人总能从中由渺小变伟大，由平庸化为神奇。"

有些人会认为好学生因为学习好会很自信，确实也有这种现象。但是仔细端详，我们就会发现好学生一般都是乖乖生，他们很听家长、老师的话，在学习上非常自信。但除了学习之外，他们其实就没有了自信。许多好学生其实就是日后的"考霸"——总是在考试中，才能让他们找到自信。其实，在他们的内心深处更多的是一种迷茫，对社会现实的一种胆怯。一切都很陌生，老师不存在了，家长的建议越来越少了，他们丢失了自我。

相反，坏学生们却拥有很强的自信，因为他们很小就开始"不听话"，自己摸爬滚打。社会对于他们并不陌生，而且许多人在社会上却显示了某种高出常人的能力。为此，一些坏学生才更显得自信，近而有了胆识。

自信成就胆识

胆识，是一种发自内心深处的气质。

胆识，是一种由内而外的力量。

胆识，是一种由个人感染人群的气氛。

胆识，最终的主体，是个人，是个人内心深处深深的自信。

胆识只属于有自信的人，人若缺乏自信，则胆识也将随之不复存在。很难想象，一个对自己毫无自信的人，会对自己的想法和做法时时表示怀疑的人，能有什么胆识和力量。

那么,你有自信吗?我们不妨从一个小小的心理测试开始。测试材料:铅笔1支,纸张若干。

测试方法就是:请在白纸上画一棵树,树的行状由你自己裁定,只要你画的是树。并且,保证你画的那棵树为自己所满意,当你感到不满时,可以去涂改它,你可以去表现树的一些细节。整个画树的过程必须控制在1分钟内。好,画好了吗?来看看你画的这棵树吧,回答我如下问题:

你画的这棵树是什么样子的? 是什么形状的?

这棵树的枝权和叶子是什么样的呢? 是否枝繁叶茂?

你画的树的树干是粗还是细,上面有疤痕或虫洞吗?

树上或者树的旁边是否有其他的细节事物,比如树根、动物、果实等等?

看完这些之后,谜底就该揭穿了。

树干代表自我、自我意识。粗大的树干可能说明你有较强的自信心,相反则表明你可能自信不足。

树枝代表沟通能力。如果树枝与树干脱离,代表沟通困难。非常细小的树枝代表不愿与外界接触,而粗大的树枝则相反。

树根则代表你对环境的依赖程度。如果画的树没有树根,则暗示被测试者缺乏安全感和依托感。过度夸张的根系,则代表被测试者对自己的归属感到过分焦虑。

另外,如果树上有苹果,则代表被测试者需要关爱,证明你缺乏成就感、被认同感。做事的时候很可能急迫,因此应该舒缓自己,不要急于成功。

好学生为何心理问题多

有哲人认为:"自信是人生成功的秘诀。"人生中,人们总是有着某种希望,某种憧憬,因为这种希望,这种憧憬,人们在生活中总有着追求。追求成为生活的动力,而自信,作为实现这种追求,达成这种希望和憧憬的助力器,在一个成功的人生中,不可或缺。仔细观察我们身边的人我们会发现,自信的人有一个共同的心理特点,他们都会坚定地相信自己的未来会更有价值,正是因为如此,他们会更加努力。所以,不妨说,成功源于自信。

在教育界有这样一个"亮点原则",即"你如果把目光盯在孩子的优点上,时间一长,缺点就消失了;如果把目光盯在孩子的缺点上,时间一长,优点就消失了"。

坏学生往往自信，因为他们多少有些"自恋"，他们从小就比较爱关注自己，时时刻刻注意自己的表现及在群体中的地位、作用，但他们不会因此而失去自己。由于这种轻度的"自恋"，在获得了一定人生经验后，他们往往在行事方面显得比那些平庸的好孩子更为自信。

当然，自信的反面是自卑，应该说，按一般人的理解，坏学生在学习成绩、家长老师的评价等主流指标上往往平庸，所以更应该表现得自卑才是，而事实并不如此。因为，这些并不能阻碍坏学生认识自己，他们更加关注自己关注的方面。

随着心理教育的普及，某市的一所市重点中学刚刚开设了心理咨询室，一位心理学研究生担任了这所学校的心理咨询师，负责解答学生们心理方面的问题，并为学生做心理辅导。他在对学生进行了两年的心理辅导后发现，该校经常"光顾"心理咨询室的学生中，好学生占据了大多数。

从表面上看来，好学生无比风光，在家里受到家长的夸奖和喜爱，在学校里经常因为成绩好、考试名列前茅而备受老师的宠爱，在同学中也因被树立成"标杆"、"榜样"而光芒四射，成为学习方面的半个老师……按说，这种学生不应该有这样或那样的焦虑，他们的生活应该很幸福，而这种幸福是因为他们自己的努力而得来，他们应该更有幸福感，因为内心油然而生的幸福感和外界的良好境遇而更加充满自信。

这名心理辅导师对自己本是为坏学生服务的项目，却"招徕"来大批好学生而大惑不解。直到有一天，一个高二年级的学生推开了心理辅导室的大门，经过一番长谈，这名心理辅导师似乎找到了自己的答案。

这名高二的女生相貌平平，却成绩卓越，几乎是每次大小考试中的第一名，老师们都为她为何能"不掉榜"而感到奇怪，惊其为学习"天才"。由于成绩突出，这名学生在区里也闻名遐迩，很多家长甚至用她的成绩来激励、教育孩子，向她学习。另外，她也并不是一个自闭的人，与同学们相处融洽，还经常参加各种课外活动。

在问及为何来寻求心理辅导时，她直言不讳地说："是的，在别人眼里，我大概是很完美的。但是，对我自己来说，我好像找不到人生的方向，当然，这并不是指高考，我很清楚未来的道路，高考、上大学、找一个相对稳定的工作……但是，仅仅是这些吗？我不知道自己的未来还能拥有什么，上述的那些都不是属于我的，那些似乎是与生俱来，像我的身体一样，除了这些，我好像什么都没有……"

心理咨询师在听完她的叙述后，深深地感到，对于这名好学生来说，她也许什么都有，但也许就是因为她有的这些对她来说已经成为常态，导致她的迷茫，其实，从根源上来说，这是典型的缺乏自信的表现。失去了自信的人通常会感到迷茫、不知所措，看不到前方的路。随后，他翻检了之前的存档材料，发现来这个心理咨询室进行心理辅导的好学生，无论由于什么原因来学校辅导，深层次的原因，都离不开"不自信"或是"自卑"。

当我们仔细留意生活的时候，会发现生活中有许多缺乏自信的自卑者。他们往往消极、悲观，不敢对自己寄有希望，不敢对自己的未来作奢想，甚至于看不到未来。其实，我们每个人都有不自信的时候，在人们不自信或心情低落时，都会有着上述心情特点。

摆脱自卑，重塑自我

由己推人，可想而知，对于自卑者而言，他们的内心深处，不敢奢望能造就一个理想的自我，这种行为可以被称为自我沉沦。更为严重的是，自卑的人总会伴有一种愤懑与幽怨，使自卑者在内心深处遭受着痛苦的煎熬。这也难怪自卑的"好学生"，因为表面的光环太耀眼了，使他们不能在光明正大的地方缓解他们的痛苦和压力。

由此，也就不难理解为何许多好学生会因为一次考试失败，便寻死觅活。那是他们无法承受高高在上与坐在地上之间巨大的心理落差，以及周围带了的差异。

机遇对好学生和坏学生都是平等的。才智和能力也一样，只是他们擅长的方面不同，对于好学生或是坏学生，自信才能让你有勇气，勇气会让你做事有胆识、有魄力。由此，成功才能离你不远。它就在自信者的不远处——身旁五十步而已。

切忌朝令夕改, 常常反悔

自信的人通常不会优柔寡断,犹豫不决,更不会朝令夕改,自己推翻曾经正确的自己。因为自信,所以自信的人相信自己的判断,相信自己的见解。由于大胆和见识广,他们做出的判断从不会是随心所至、信口说出,至少会经过思考和判断。

自信的人通常对自己的行为能力表现得十分肯定。或许在别人看来,这多少有些"刚愎自用"的感觉,但自信者清楚,在人生行事原则上有一种"改变航向性"原理。

改变航线不等于朝令夕改

当一名自信而眼界开阔的船长带领他的水手们航行在浩瀚无际的大海时,经验丰富的船长会知道,在这片大海的深处,哪里有暗礁,哪里有危险。所以,当船上的其他人善意地告诉他"这个地方看来大概比较危险"的时候,他不会听从,只会礼貌地说句"谢谢"。

然而,大海里的情况变幻莫测,经验丰富的船长也不会按照自己多年的认识,经验主义地走着老路,当遇到海上恶劣天气甚至地震、海啸等突发事件时,他会彻底改变自己出发时的计划路线,从自己的判断中寻找更为安全、妥帖的航行方向。

这种情况,被称为"改变航向性"原理。显然,船长貌似是推翻了自己曾经的决定,改变了自己的计划。那么,我们在肯定船长有胆识、胆大心细、有自信的同时,是否能认为,这位船长是一个常常自我反悔,朝令夕改的人呢?如果船长不管是台风还是海啸或是其他什么情况,就是勇往直前,你是支持他呢还是反对? 答案当然是否定的。

人生的道路上充满着未知数，谁也不能"一条路跑到黑"，即使撞了南墙也不回头。从形式上来看，或许自信者和自卑者都有过改变自己计划和意图的行为，但细想来，这二者大有不同。

自信者改变自己的计划通常是因为看到了事情或环境的变化，或者因为突发事件，或者因为之前没有预计到的情况发生了。总之，他们改变计划，推翻自己的路线是有理由的。他们坚信，"改变"本身也是他们自己的决策和判断之一。

自卑者则不然，他们通常没有主见，缺乏对事物的判断，他们会因为别人的意见而犹豫不定，会因别人的一句话而在毫无意外情况发生的情况下，改变自己的计划甚至初衷。因为，他们不自信。导致他们对现在正在做的事、未来将要达成的目的根本就不明确，他们不知道结果是什么，在眺望未来时，感到一片迷茫。别人的意见或他人的经验也成了指路明灯。

犹豫不决，难成大事

那么，是什么原因使不自信、缺少胆识的人朝令夕改，不能把握良机，最终远离成功呢？经过分析，我们认为，不自信的人缺乏对时机、机遇的把握，缺少更为理性的判断，他们更容易被达成目标的过程中一些不相干的情绪、琐事所影响，从而对自己产生深深的怀疑，开始优柔寡断起来，从而表现出了犹豫不决、踌躇不前。

三国时代的袁绍可以说是优柔寡断导致失败的典型代表，无论是《三国志》，还是《三国演义》，都记载了这一缺点。袁绍在东汉末年，是实力雄厚的一方霸主。袁绍四世三公，门人如云，武将无数，地盘最大，军队最强，雄踞河北，傲视群雄。在袁绍担任诸侯盟主这个职位的时候，曹操不过是十八路诸侯中实力最小的人。

但是，袁绍外强中干，优柔寡断、心胸狭窄，这些心理特质导致了他的失败。在董卓大败之时，他的威望如日中天，他本应一鼓作气，成就自己的事业，但他却鸣金收兵。后来，袁绍因不能审时度势，举全部兵力与曹操进行了一场著名的官渡之战。

袁绍在官渡中，错失了一次次大好战机。例如田丰建议袁绍袭击曹操，而袁绍居然说："你看我这个小儿子正生着病呢，发高烧，打什么仗啊！"气得田丰拿着手杖在地上杵着说："哎呀，有你这样当主帅的吗？大好战机不赶紧抓住，竟然管起了你小儿子发什么高烧！"

《品三国》的作者易中天先生给袁绍一个评价——见事迟。就是不能当机立断，优柔寡断，致使错失良机。如此评价可谓恰到好处。

雷厉风行，果敢抉择

说完了古代，再谈谈现代人物。李嘉诚先生恐怕稍微懂点经济的人都知道他。李嘉诚曾对自己的成功进行过总结，他认为：反应敏锐，果断处事，能进能退，不进则退是他成功的关键。

要想获得成功，必须有当机立断、雷厉风行的魄力和能力。人们在生活中，虽然要有计划，以便于有条不紊地做想做的事情，可是很多事情和情况是不可预测的。这个时候，智商和经验并不能让你在"是"与"不是"、"做"与"不做"中做出准确的选择。与其踌躇不前，瞻前顾后，不如勇敢地站起来，从眼前开始行动，当机立断，做出抉择，做了不悔。

机遇从来不等人，没有人能把一切都考虑清楚了再开始行动，等你想好了，机遇早已离开了，用一句老百姓的俗语就是，等你把事情考虑透了，黄花菜早已冰凉了。黄花菜本来就是凉菜，说它冰凉就是为了强调：当你准备考虑得全面的时候，机会已经开始讨厌你了。

坏学生做起事来往往看似不假考虑，说得好听点就是"生龙活虎"、"风风火火"，说得难听一些就是"做事不过大脑"。其实，这些都是不准确的。当遇到一件难以抉择的事情时，他们与好学生一样，一时间也不会有更加明确的判断，但他们会在潜意识中会做出"做"或"不做"。经过考虑后，义无反顾地努力。

大胆地表达自己的见解

我们常常看到有些人在评价小孩子时，会说"这孩子老实，不敢说话"。仔细想想，我们有疑问了，说话是人最早学会的沟通、表达能力之一，难道还有什么"敢"与"不敢"的吗？如果连说话都不敢，那将是多么怯弱的孩子！

敢说敢做才会成功

可是，仔细看看我们身边那些所谓不敢说话的孩子，他们大致分为两种。

第一种，他们确实没有自己的想法。

在群体中，他们对这个群体所做的、所谈论的事情没有兴趣，表现出一种"事不关己、高高挂起"的姿态。其实，这并不一定是明哲保身，只是对这些事"不感冒"而已。好与坏、对与错无论如何都和他无关，怎么都行。要想让他说话，唯一的办法就是让他对群体重新产生兴趣。

另一种情况，则是怕出风头。

他们接受传统的"少说多做"教育，把心里话放到肚子里。他们想说，但不敢说。究其原因就是害怕当"出头鸟"，或因为一时不慎惹祸上身。

对于第一种孩子，并不能说是坏事。只要不要显得过于"离群索居"就可以了。每个人都不能够对任何事务都了解、擅长并且感兴趣。在自己不熟悉的领域保持缄默，往往比"无知者无畏"地乱说话更明智。

而对于后者，我们却绝对反对，既然有观点，为什么不表达出来呢？出言不逊伤害人的事情如果不加注意，确实很可能发生。如果畏于这一点，伤人的事情是避免了。但却无法获得别人的重视，工作、学习都让人认为没有思想、没有作为、没有进取心，那么怎么可能搞好上下级关系、同事同学关系，近而学习好、工作好呢？

面对第二种情况，我们在检讨孩子的同时，更应该检讨学校、家庭的教育方式。坏学生之所以"坏",其"罪名"之一就是"乱说话"。从小的时候,坏孩子就什么都问什么都说,大人们往往觉得这样的孩子贫、话多,而好孩子常常是沉默的、老实的。因此,家长们便左拦右挡。结果有的孩子改掉了这个毛病,成为了日后的"乖乖生"。

有的孩子长大后却仍然"死性不改",结果坏孩子变成了坏学生,他们想到什么就说什么的坏习惯,也就保留了下来。其实,家长、老师没有想明白,正是这种敢说、敢做才是成大事业、有大出息的基础。

要做,更要说

在美国波士顿肯尼迪总统图书馆与博物馆里,珍藏着美国历届总统演讲的录像。其中,肯尼迪总统的演讲颇为引人注目,他的演讲总是根据不同种族、地区、行业、年龄、性别的选民的不同心理特征,选取演讲的角度、确定内容的重点、设计演讲的风格,其语言魅力当然不言而喻。

一般而言,像这种面对公众的演说,除了必要的讲稿以外,更需要的是演说者自己的思维和理解能力,以及对演讲问题的分析判断。因为,演说的本质是表达过去的自我、将来的自我,这些都是虚无缥缈的。如果不用形象、感人的语言来表达出自我,怎么能盼望别人的理解与支持呢?

在一则真人真事的新闻中,我们看到了这样一则貌似黑色幽默的消息。某省A市的消防支队领导宣传讲稿,竟然与B市的同部门宣传讲稿如出一辙,一般无二。当然,若是官话套话雷同便也罢了,但里面竟然出现"构建和谐平安B市"的字眼,唯一不同的是,两篇稿子的领导名字是不同的。

这则看似让人会心一笑的新闻,仔细想来却让人感到悲哀。当一个部门或一个人在表达自己的意志时,只能用抄袭来解决,至少说明,这个部门和人的脑子里是空空如也的,连想法都没有,你还指望能有什么建树或作为呢? 对于单位如此,个人也是一样,当一个人连正确表达自己的想法都不能做到时,我们有理由怀疑他到底有没有自己的想法、自己要做的事情到底明不明白、清不清楚。

在广播电视等传媒行业,有一种新的工作理念渐渐深入人心,即将采编播一体的主持人代替传统的播音员。传统的播音员只是照本宣科地念讲稿,他们对稿件的理解,只能通过语言的速度、音调进行表达,但这导致了大部分从业者并不能做到将技术变成艺术,于是出现了很多"传声筒"式的播音员。但当主持人代替播音员后,对于节目的策划、选题的理解,都会成为该主持人的"必备功课",这样一来,主持人发自肺腑、有感而发的话多了,死硬僵板的话少了。

以上事例，并非无关主题，这其实说明了语言的重要性。它可以感染人，可以让人明白你是什么样的人。例如，有些阅历丰富的人，就完全可以从话语中听出，你是什么性格的人、什么品德的人。说话的作用不可低估，人们在沟通时，如果真能做到"想什么说什么"，并且学会运用语言的艺术，想必这样的人离成功不会遥远了。因为，他已经让别人知道他要做什么了。

做事要多听听，多想想

在大胆地表达自己的想法前，有一个非常重要的环节，就是多听听、多想想。多听听他人的讲话技巧，多想想自己如何表达。如此，才能够很好地说明自己的真实想法。要特别注意简单明了，不要有过多的假设、如果之类词汇。因为，这样做，会造成别人转述时对你所说的话产生误解与扭曲。

曾经有一家电视台做了这样一档游戏节目：主持人让参与嘉宾站成一排，中间用隔断板挡住。由主持人给站在最边上的嘉宾看一段文字，然后由第一个嘉宾开启与第二个嘉宾间的隔断板，然后用轻声告诉对方这句话，第二个再用这个方法告诉第三个，依此类推。每一期游戏的结果都十分令人失望，最好的结果也是将"书上没有文字"传成了"树上有一只蚊子"，至于其他错误传递的结果，均是面目全非，令人捧腹。

尤其是口口相传的陈述，更有可能导致发送信息（你自己）与接收信息（听众）之间，因为各自的不同解读而产生扭曲与变化。举个简单的例子，"咱们下回见"，不同的声调、表情可以给人以不同的解读。像这样的情况，就应该极力避免和注意，什么场合用什么样的语气、表情。甚至在不同对话阶段也要有所组合，这样才能做到感染人。请看这列组合。

咱们下回见！（面带恼怒，吹胡子瞪眼）

咱们下回见。（面带微笑，鞠躬答谢）

咱们下回见？（面带疑问，含情脉脉）

咱们下回见？（面带疑问，冷若冰霜）

由此，我们可以猜想。第一个是两个人刚打完架或吵完架，还不依不饶呢。第二个是两人谈得很好，约好下次见面。第三个是两人见面后，一方很有好感，邀请对方下次见面。第四个是两人见面后，一方对另一方没有好感，拒绝对方再来。

由此可见，语言的魅力是多么巨大，许多时候同样一句话，在不同经验、阅历、年龄的人看来意味都不相同。因此，就必须在说明之前，细细地考察一下对方的情况，做到有的放矢。如此，才能表达准确，让人清楚明了且被感动。

遇事不公，敢于说"不"

说起坏学生的"胆识过人"，人们往往会想到"路见不平，拔刀相助"这类的话。是的，坏学生敢做、敢说，所以坏学生敢于向不公正、不公平说"不"。有一句话说得好，叫做"人善被人欺，马善被人骑"。因此，该说"不"字时，一定要说不，它反映出来的是一种自信和胆识。

不敢说"不"，就不会成功

看影视剧的时候，我们经常看到一些场景：一群孩子围着乞丐扔着东西。丐帮帮主洪七公教给黄蓉一套棍法叫做"打狗棒法"，就是防止恶狗扑咬。现实是很残酷的，学习不好又不是品德不好、又不是总给人捣乱，为什么那么多人看不起？为什么有些家长不愿意让好学生和学习不好的学生在一起？再大些，你就会看到：为什么要欺负乞丐呢？为什么要欺负弱者呢？

再大些，我们就会看到一些小说，例如《水浒》中武大郎惨死那一个段落。自从《水浒》出现后，人们就对潘金莲给予了无限的同情。但是，却对武大郎的惨死一笔带过。要知道，武大郎作为一名兄长，既当爹来又当妈，照顾武二郎从小到大。从他和乔郓哥的接触看，武大郎对人和气，又爱帮助人。这样的人，完全可以被称作好人一个。

但是，从历来的评价看，对杀死武大郎的三个凶手都或多或少、从某个方面给予了肯定。唯独武大郎似乎就应该死，为什么？就因为他长得丑，身材不高——这代表着他弱，又丑又弱得不到世人的公正评价。

许多人都为潘金莲翻案，为什么？因为她是一位美女。武大郎无论多么老实、多么好，但就是因为他弱、他丑所以死了也白死，甚至成为千百年来人们丑化、戏耍的对象。但要记住：每个人都想过好日子，你不能要求几百年前的古人，看到潘金莲这样的美女给自己当媳妇儿不敢接受。反过来我问，现在有几个人能拒绝呢！

由武大郎的悲剧就可以看出这个世界的某些评价机制：弱者弱到一定程度，世人往往都会欺负的。更不要说，这个世界上有些专门以欺负人为乐的人。因此，面对不公正的待遇就必须勇于说不，否则，有些人会永远欺负你。正如许多初工作的人不敢对其他人说不一样，越不敢说不，人家就越会支使你沏茶倒水、就越会给你他应该做的工作，你忙他却逍遥快活，直到你会说"不"的时候为止。

不敢说"不"，就会使你的身上积聚越来越多的不属于自己的事务，从而耽误自己的时间。由此，必须学会说不。而在这点上，坏学生往往值得好学生学习。

一定要让人知道你不是好欺负的

说到"欺负"，人们总爱把这个词和坏学生挂钩。当然，那种横行霸道、肆无忌惮欺负人的"古惑仔"不属本书所说的"坏学生"的行列。但是，相对于好学生的任人欺凌，忍气吞声，坏学生从不吃这种哑巴亏，他们不欺负人，但也绝不会轻易地受人欺负。

坏学生都有不服输的特质，这种特质决定了他们在受人欺负时，从不低头，即便明知不敌，也敢于"亮剑"的勇气，如果说，前面章节说的坏学生有胆识的表现来自于坏学生的"自信"的话，那么这一特质显然因为坏学生们的"自尊"。

我们经常看到校园中不良少年斗殴的一幕，但这里如果和坏学生有关，坏学生充当的角色一般会是自卫的一方。好学生不进行自卫吗？当然不，好学生会选择"告诉老师"。因为家长和老师一直在教育学生们"不要打架"，于是，听话的好学生们一般会选择这样的行事风格。

先忍让，好汉不吃眼前亏，你要钱，给你便是，事后我去老师那里反映问题。而坏学生往往更加"莽撞"，你要钱？我凭什么给你呢。打，那就打，我不怕。是的，这就是坏学生的逻辑，简单而有效。

你是否发现，上面这个面对不良少年勒索时的行为很熟悉呢？是的，在社会上，当面对劫持的歹徒时，大多数人都选择像好学生这样的行事方法，而那些自卫者一般来说都是坏学生特有的特质。

虽然在今天这个以人为本的人性化社会中，我们不再号召遇事要与歹徒搏斗，好学生的处理方法，亦即先吃亏，再报警的行为成为社会公认的最佳、最妥善处理被欺事件的方法。然而，从另一个角度上来考虑，恰恰是摸准了这一心理，那些歹徒或古惑仔们才敢于肆无忌惮地犯罪或欺负人。

事实上，那些犯罪分子或古惑仔中，除了穷凶极恶的一部分以外，不得不承认，很多人都是"纸老虎"，所谓做贼心虚，犹是彼也。假如人们在初步判断并且肯定对方肯定是"纸老虎"后，能采取类似坏孩子的一些勇气和行事原则的话，相信，那些貌似"可怕"的纸老虎会少很多。

仗义其实也是为了自己

坏学生对于别人的帮助，其实更是对自己的关爱。许多人都有一种"怵惕"心理。"怵惕"是一种推己及人的心理。举个例子，路上的一个井盖没有盖好，一个人走过，不小心摔了腿，腿疼骨折加上看病打针，痛苦自不必说。自此之后，他再经过这个路段时，看到有人从那个井盖附近经过，便会自然而然地提醒那个人小心。

由于在面对不公平待遇或者欺负的时候，坏学生往往表现出"不管三七二十一，爱怎么样就怎么样"的态度，所以，在看到不公之事的时候，坏学生往往表现得比其他人更加嫉恶如仇，更加爱憎分明，更加看不得不公正、不公平。他们一般会仗义执言，挺身而出，伸出援手，拔刀相助。

对于这类人其实应该爱惜，因为这样的人在纯净社会风气上是有必要的。即使在工作的时候，有了这样的人，同样也应该支持，为什么？现在许多工作单位不公平的事情很多。如果有这样的人，员工能够爱护他们，在背后和其他时候多多帮助他们，就可以使不公平的事情减少许多。

很多年前，网络上流传着一个发人深省的故事。山间公路上，三名持枪歹徒盯上中巴车上漂亮的女司机，强迫中巴停下，要带女司机下车去"玩玩"，女司机高声呼救，而全车乘客都低头不语。

此时，一个瘦弱的男子应声奋起，阻止歹徒的恶行，却被打伤。全车的其他人都无人响应，任凭女司机被拖至车下欺凌。当歹徒和女司机再度走上车后，饱受欺凌的女司机突然要求这名被打伤的瘦弱男子下车。男子愤怒至极——"我帮你你还赶我下车！"

这时，刚才还对暴行熟视无睹的全车乘客竟齐心协力地劝那男子下车，甚至有人强行拉该男子下车……第二天，该男子通过报纸报道得知：山区昨日发生惨祸，一中巴摔下山崖，车上司机和乘客无一生还。

这则故事让人感到心头一沉，自从网上流传以来，谁也无法去查证这则故事的真伪，但是否真有其事已经并不重要了，当人们在感慨社会冷漠的时候，为什么不回过头来，看看我们身边的那些坏学生呢？当我们每天教育孩子"出门少惹事"、"不招灾不惹祸"的时候,是否想到,当自己遇到困难时,同样需要别人的帮助呀!如果我们都把坏学生变成了所谓的好学生,连反抗和怵惕的能力都失去了的时候,我们会不会因为羊群和狼群的对立时,羊只有等着被吃掉的命运而感到悲哀?

做错做对，要敢于担当

老百姓在说一个人有责任心的时候，经常会说这个人"有肩膀，能扛事"。有责任心的人通常敢于承担，除了在事前就已经指定了责任人的情况以外，那些敢于站出来担当责任、敢于说"这件事我负责"的人肯定会受到大家的钦佩与爱戴。

能"扛事"的肩膀才能成功

在学生的圈子里，我们会发现那些"有肩膀，能扛事"的恰恰属于那些坏学生们。为什么偏偏是他们呢？我们应该注意到，坏学生敢于担当，并不等于他们"瞎担当"：这件事与我有关，是我干的，我一人做事一人当；若这件事与我无关，不是我做的，我也决不承认，绝不受冤枉，更不会替别人背黑锅。

其实，他们的这种行事原则也是为了自己，但它恰恰符合人在社会上行为的准则——享受权利的同时必须承担义务。坏学生们天然明白这个道理，这不是来源于书本的知识，而是根据他们自己的经历和人生经验得到的准则。坏孩子的付出都有理由，他们不是自私，而是认为这就是"道理"，他们在按道理行事，光明磊落，从不遮掩。

坏学生能够担当、敢于承担一切后果，不论后果是好是坏。但他们担当得起吗？如果仅仅是一句漂亮的"有事我顶着"，这和空头支票有什么区别？

一个人如果对一件事情负责，通常有两种方式。一种是弥补，另一种是自损。弥补是指主张做这件事的人在做的时候，就已经想好了相关对策及弥补手段，当问题出现时，他会立即拿出解决方案，并组织参与者进行弥补。

而自损这种方式一般就类似于我们经常看到的"引咎辞职"一类的自我惩罚，那个意思是："出了事最受损害的是我，所以在做的时候，你们不要怕，天塌下来先砸的也是我。"

当然,对于坏学生来说,他们更倾向于前者,因为坏学生是不会当"替罪羊"的,他们通常会说:"听我的,没错。"然后模仿某大牌明星一般,将食指和放在唇间,做一个"嘘"的动作。貌似潇洒,实际上,他们早已想好了在这件事情上如果不成功的话,将采取什么样的方式进行弥补。即使,最差的情况可能出现,他们也会在事前打好"埋伏",愿意为了责任承担或物质或精神上的损失。

四招培养学生的责任感

有一个12岁的少年,在院子里踢足球时把邻居家的玻璃踢碎了。邻居说,我这块玻璃是好玻璃,12.5美元买的,你赔。这个孩子没办法,回家找父亲。父亲问玻璃是你踢碎的吗?孩子说是。爸爸说,那你就赔吧,你踢碎的你就应该赔。没有钱,我借给你,一年后还。在接下来的一年里,这个孩子擦皮鞋、送报纸、打工挣钱,挣回了12.5美元还给了父亲。

这个孩子叫里根,长大后成了美国总统。这是他在回忆录中写到的一个故事,他说正是通过这样一件事让他懂得了什么是责任,那就是为自己的过失负责。

学会负责对于一个正在成长中的学生至关重要,不负责任的人永远得不到社会的承认和接纳。在合作的社会里,并不仅仅需要领导者敢于承担,而是每个人都需要。一个群体里,只要有一个人事事推诿,就会引起其他人的纷纷效仿。一个人责任感的强弱决定了他对待工作是尽心尽责还是浑浑噩噩,而这又决定了他做事的好坏。那么,怎样才能使孩子学会担当和有责任感呢?

1. 不要轻易承诺

中国人崇尚"一诺千金",这本是值得发扬的美德,但是轻易许诺,而又做不到,就会后患无穷。有时候,承诺是美好的,承诺的瞬间伴随着自豪、优越、满足等幸福的感觉,但是无论是成年人还是孩子,在信口一说的时候,至少应该有这样一个意识——言者无心,听者有意。若是信誓旦旦地许诺,而又不能完成自己说的,那么受到伤害的可能是别人。

我们经常看到身边有所谓"满口跑火车"的人,如果一个人动辄就许诺自己能做这样那样的事情,并且说得头头是道,而许久却不见他付诸实施,显然,这种人距离责任这两个字相当遥远。虽然他没有做什么事情,但信口开河,不拿自己说过的话当回事,我们还能指望相信这种人能做什么可靠的事情吗?学会负责,首先要从嘴开始。

2. 自己的事情自己办

一个人对于责任的认识,起于对自身所做事情的态度。很难想象,一个人什么事情都要别人代劳,他怎么可能会对这件事情认真负责呢!

3. 订目标,督促落实

对于学生来说,学习肯定是第一要务。但是,很多学生直到大学也不知道学习到底是为自己而学,还是为了家长老师而学。简单地说,就是自己的责任意识差。为了培养责任意识,就需要让他先了解社会,让他接触社会,让他切身体会到而不是灌输关于不努力学习的后果。如此他们才会根据实践结果,订立自己的人生目标。如果事事都由人安排好了。时间一长,惰性必然会滋生,进而责任感下降。

家长、老师不要用死板的教育方式来强迫孩子们按照自己的想法去订计划、去实习,如此会让孩子产生逆反心理。家长、老师要做的只是从旁协助,督促他们能够按照自己的计划行事。孩子年龄越大就越应该接触社会,初中以下可以让他们多参加一些公益活动,到了大学就应该鼓励他们做一些社会活动乃至兼职。如此,才会让他们懂得生活的不易。

4. 赏罚分明

在成人的社会中,做错事要承担后果,犯罪要接受法律的制裁,这些都需要让孩子从小就体会到。当然,如果读这本书时,已经到了高中以上的阶段时,父母就应该让他们学会自己奖惩自己。小学阶段当然是父母给予奖惩,初中阶段就应该两者结合。

小学阶段,当发现孩子的闪光点时,要不遗余力地去加以肯定。当发现孩子有什么不负责任的行为时,也必须根据事情的轻重加以一定的惩罚。

中学阶段以后的自我奖惩,可以依照自己的能力进行区别对待。例如没有赚钱的时候,可以多惩罚自己干干家务、多去一次公益劳动等等。赚了钱的时候,可以一次多捐助一下公益组织等等。

第 **3** 章

成大事的第三种能力:
创造力

高尔基说：重要的不是知识的数量，而是知识的质量。有些人知道得很多，但却不知道最有用的东西。有些好学生上了十几年的学，都是靠死记硬背书本上的知识获得好成绩的，早就习惯了"盗版"、"抄袭"，哪有什么原创能力啊？而坏学生也许学习并不好，但是对新鲜事物的发现和接受能力远比那些听话的好孩子要快得多。春天到了，好孩子坐在教室里温习功课的时候，大多是坏学生第一个发现草木吐出了绿芽。

　　这是一个创新的时代：产品只有不断的创新，才能招揽顾客；世界纪录只有不断地刷新，才会魅力无穷……时代唯一不变的就是变，生活每天都在变化中发展，如果没有创新能力，就无法与时俱进。可见，想要成就一番大事，创新能力是不可或缺的。

创新，成功的源泉

如今上到国家下到企业、学校都在谈"创新"、"创造力"。其实，创新的始点就是标新立异。创新和它们的区别就是把这种思想长期化。一次两次的标新立异行为算不得什么，只有将这种行为长期化，成为一种常态后才是创新。例如，苹果公司之所以能够长期立于不败之地就是拥有很强的创新能力。苹果公司在史蒂夫的领导下，成为了"创新"的代名词，无论是在电脑领域，还是手机或是播放器领域，都是"引领风潮"的代名词。

创新的种类有很多，无论你的起点有多么低，只要你拥有以下思维就可以成功。道理很简单，创新是成功的源泉。

成功法则1：关注别人不曾关注的事情

1984年6月4日，诺贝尔物理学奖获得者丁肇中回母校清华大学演讲，在接受学生提问时说："据我所知，在获得诺贝尔奖的90多位物理学家中，还没有一位在学校经常考第一，经常考倒数第一的倒有几位。"

由此可想而知，学习好坏并不是成功的关键，只要具备了创新思想，就可以成功。什么是创新呢？创新其实就是从别人不曾注意的角度去思考问题。只要这样做了，即使你的起点再低都可以获得成功。沈阳有个以拾破烂为生的人叫做王红怀，他就注意到了一个人们经常不注意的现象，由此获得了巨大的成功。

王红怀和每个捡垃圾的一样，每日里以捡易拉罐售卖为生。在日复一日的单调生活中，他突然想到了一个问题：捡完易拉罐难道就非得卖吗？如果把它熔化了当做金属材料卖是否可以多卖些钱呢？于是他把一个空罐剪碎，装进自行车的铃盖里，熔化成一块指甲大小的银灰色金属，然后花了600元在市有色金属研究所做了化验。

化验结果令他非常吃惊,这种银灰色金属是一种很贵重的铝镁合金。当时市场上的铝锭价格,每吨在14000至18000元之间,每个空易拉罐重18.5克,54000个就是一吨。而按照当时的价格,54000个易拉罐按照以前的售卖方式才2000到3000元。

由此,王红怀开始大量回收其他人的易拉罐,与此同时,他把全部家当拿了出来并向亲朋好友借债办了一个金属再加工厂。三年内净赚270万元,由此从一个拾荒者一跃成为百万富翁。

成功法则2:突破思维定势

每个人的头脑中都有一个鸟笼子,自我意识就像是一只被关在其中的小鸟。凡是创新成功的案例,都是自我意识的觉醒。自我意识就是独立于他人的意识,我之所以是我而不是他人就是这种意识最简单的解释。只有与众不同,突破思维定势,自我意识才能够呈现在眼前。

例如面条就得煮,这是传统思考方式。但是自从方便面出现后,这种思维定势被打破了。方便面的发明者是日本人安藤百福。二战后,日本国内食品严重不足,一天,他看到许多人都顶风排起了很长的队伍购买拉面。安藤百福也是其中之一,最终他等得很不耐烦,心中不禁产生出"面为什么都要煮"的疑问。从此,他便开始研究不用煮的面。

突破思维方式最简单的办法就是顺着人们相反的方向去想,所有人都去干的事情就不要去做了;所有人都不做的事情,只要经过认真考虑后觉得可以去做,就要坚定不移地去做。

成功法则3:好奇与热情是成功的基础

创新的起点在于好奇。如果人们对什么事情都没有了好奇,就根本不会成功。如果有了对新生事物的好奇、有了对既往规则改进的热情,那么,在任何行业都可以获得成功。

1862年8月的某一天,爱迪生忽然发现一个小孩在铁道上玩耍,而忽略了即将驶来的火车。他并没有像我们经常看到的电视电影那样,进行激烈的"救与不救"的思想斗争。如果那样的话,恐怕十个孩子都已经死了。出于本能,爱迪生冲了上去,把孩子救了下来。孩子的父亲是一名报务员,作为一名普通百姓孩子的父亲没有可以给爱迪生的物质奖励。

为了报答这位 25 岁的年轻人,他愿意以自己的技术表示感谢。要知道,过去有句话叫做"宁舍千金,不教一春",这个"春"是曲艺界的行话,就是技能、秘诀。其实道理很简单,有一俗语说得很好"教会徒弟,饿死师父",特别是纯粹的技术活,没有什么很高的门槛。任何人都很容易学会,再加上爱迪生很年轻。假如放到今天,如果遇到裁员,孩子的父亲肯定是被裁对象。爱迪生学会了发电报后,便对这种从没见过的东西产生了浓厚兴趣。

爱迪生就是在陌生变为熟悉之间,逐渐摸索如何改进的。因此,工作六年后,他便有了第一项关于电报的发明专利。接着,根据电报的基础,或发明了或改进了印刷机、打字机、电话、留声机,乃至日后的电灯、摄影机等。正是由于爱迪生对于新生事物的好奇,对于已经熟悉的事物拥有进一步改进的热情,才使得他获得了发明领域的成功。

成功法则 4:交流是成功的帮手

成功需要与人合作,不但爱迪生的发明如此,工作如此,学习也是如此。每个人都对环境有着一种理解,当对环境产生厌烦的时候,如果我们可以采用一些手段,将已经陈旧的环境进行创新使之朝气蓬勃起来,这不但有利于学习,更会培养我们的分析能力、洞察能力、组织协调能力等。

在这之间最重要的一关就是:保持对陌生环境的好奇心。每个人面对新的学习环境都会产生好奇,都会加倍小心地获取他人的好感与认同,例如转班、转校等情况。但是时间长了,陌生感消失了就会产生某种排斥心理。特别是当这个班级或学校的环境,还不如以前环境的时候更会如此。

然而,如果我们能够拥有好奇与热情,在陌生感还没有消失的时候从另一个角度去发现问题。例如现在的环境中有哪些不足,如果我尽我所能把它改正过来,不就会有更和谐、更上进的氛围吗?由此,就要思考现在的学习环境如果进行某种改进,会不会有更好的效果? 以前的环境很好的原因是什么,这种好的因素能否转移过来?

假设,目前这个班级的团结互助心还不如以前的班级。以前的班级大家虽然也有争吵,但是遇到问题的时候,同学们往往可以劲头都往一处使。但是,目前这个班级大家却总是互相拆台,这几个同学或那几个同学形成小圈子,各个小圈子间很少交流。这种情况,在一些大学并不少见。初中、高中,甚至小学也不是没有。

这时,我们就可以想为什么会这样? 以前的班级为何团结? 分析原因之后可以得出:大家交流少,小圈子可能都是同一宿舍或同一地区的人等。这样,可以通过搞联欢等各类活动让大家多多交流，这样就会有更多的认同。如此，环境改变将是肯定的事情。只要付出努力，环境就会变好，生活在环境中的每个人就会有更好的心情去学习与工作。如此，每个人就会更有成功的希望。

创新，从"心"开始

上海有一个小学生，非常喜欢集邮。看到外国邮票上有黑天鹅，他立刻想到动画片、童话中也有黑天鹅。可上海公园里的天鹅都是白色的。难道中国没有黑天鹅吗？由此，他又想到了天鹅的种类到底有多少种，在我国分布在哪些地区。由此，他开始查阅各类资料，去公园等地观察天鹅。最终，他绘制出了五种天鹅的形态图、天鹅在我国及世界的分布图等。经过专家审核，一个小学生的研究成果，获得了专家的认可。

其实，成功就在敢于和善于质疑，如此才能打破传统的、固定的消极思维定势。质疑是走向成功的第一秘诀。正如爱因斯坦所说："想象力比知识更重要"。因为知识是有限的，而想象力概括着世界的一切，推动着进步，并且是知识进化的源泉。

严格地说，想象力是科学研究的实在因素。一般而言，创新始于独立的思考，唯有对一件事进行了分析、认识和取舍之后，才能做出令自己满意又异乎他人的选择。

面对一条前人给的"金科玉律"，好学生会想：按照他们的要求，我怎样做才能做好？坏学生则想：我为什么要这么做？它真的有效吗？如果坏学生经过分析觉得有效，就会从中找到差距，不断地用努力来对抗挫折。

发现是创新的基础

好学生执著，坏学生则充满着质疑。执著有时是好事，有时却难免让人"拿得起，放不下"。因为执著于一个信条、一个思路，往往一条路走到黑，百折而不挠，万死而无悔。这诚然值得人们钦佩，但是，在这个时候，能否干出大事则会看出来了。

能够成就大事的学生,特别是坏学生们往往会想,难道非要如此吗?这样做的"性价比"如何?有没有别的方法?当坏学生决定做某件事遇到困难时,在常人看来,他们往往会"退缩",他不会"坚强"地费很多力气走上"不归路",而是活动一下脑筋,退一步,他会发现周围的世界是广阔的,通往罗马的不仅只有一条大路!

身处互联网时代的人们,获得信息的渠道非常多,而且信息量是如此庞大,甚至可以被称为信息的海洋、知识的海洋。大量信息的乱花渐渐迷住了人们的眼睛,如果不学会独立思考,不用质疑的眼光进行分析、甄别,我们只能成为不良信息和谣言的"试验田"。

坏学生就是因为质疑既有的规则,才被人称作"标新立异",然而,这却证明坏学生天然就具有了对所获得信息的质疑能力,他们不相信权威,并不仅仅因为其叛逆思维,更是因为他们的想象力更为丰富,更能多问"为什么"。正因为有了这么一句"为什么",人们的创新意识才开始被激发出来。

任何科学都有不完善的地方,只有质疑才能推进事物发展。如果没有质疑"地心说"的行为和勇气,我们现在还会认为自己是宇宙的中心。可以说,对原有规则的质疑度和成就大小成正相关。小疑会有小的成功,大疑则有大的成功。

发明创造不但可以创造巨大的商业价值,例如随身听,更可以影响世界。而发明创造却并非想象中的那么艰难,例如拉链、高跟鞋的发明就直接来源于生活。前者是由美国芝加哥机械师贾德森于1891年发明的,其实他就是觉得每天系鞋带太麻烦。后者,则是因为一位15世纪的威尼斯商人,为了让妻子更漂亮,显得更高挑婀娜。

因此,只要细致观察生活,就可以进行发明创造。发明创造不见得非得有市场,只要能够锻炼这种思维方式就可以啦。如果总想着发明创造赚取快速而又丰富的财富,反而不能够获得成功。创新的成功是一种可遇不可求的事情,它需要不断地进行摸索,最终才能成为一种规律。

好奇是创新的翅膀

好奇心人皆有之,特别是孩子们。对于他们不懂的事情,往往会不停地向大人们追问。这个时候,大人们应该做的只有一条:认真回答他们的问题,并根据这种好奇心窥探出孩子喜欢什么,在这个基础上培养他们,如此就会成功。可惜,日常生活中的大人们很难长期认真回答他们的问题。经常不耐烦地说他们是"你怎么这么多问题呀!烦!"

就在大人们不经意间的回答中,好奇心这个成功的助推器就这样被扼杀了。要知道每个人的好奇心,特别是孩子们的好奇心,就像一棵稚嫩的幼苗,非常容易被破坏。应该细心地保护孩子们的好奇心,这些好奇心就是孩子们不经意间的想看什么、想摸什么、想玩什么、想做什么、想听什么。

一个非常淘气的男孩,他在同龄人中最经常做的事情就是给他人起外号。除此之外,最令人吃惊的一条就是他对什么都好奇。他经常自己跑到田里抓青蛙做解剖,用来了解动物的心跳;他自己动手做了一个山寨版的显微镜——用灯泡玻璃、铁丝和马粪纸制造,为的就是观察苍蝇的带菌情况;他还用马口铁和漆包线捣鼓出了一个小小的山寨版电动机,它竟然能发出火花来……

正是在这种好奇心下,这个孩子进入了科学的殿堂。他的名字叫做孙义燧。1997年,他被选为了中科院院士。

关注细节是创新的保障

爱迪生偶然间关注到了钨丝,从而发明了灯泡;牛顿因为留意到了坠落的苹果从而有了地球引力的发现。这一切都说明了细心的重要性。作为生活在日常生活中的我们,其实同样应该细心,特别是注意生活细节,从细节出发探究其中的诸多奥秘,如此创新的行为才会出现。

上厕所是每个人都要进行的行为,无论他是平民乞丐还是帝王将相。为了打发上厕所的时间,有的人拿报纸、有的人拿书、有的人玩手机等等不一而足。可就是这么一个细节,有个人却注意到了其中的商机。这是一家德国出版社的工作人员,该出版社面对激烈的竞争,发动所有人员广开言路、积极拓宽增收渠道。这位工作人员很是发愁,因为自己没有门路。就在这时,他有了上厕所的冲动。

在这期间,这位工作人员非常郁闷。觉得百无聊赖中,又有些担心,担心自己的饭碗不保。就在拿出厕纸的一刹那,他突然想到了一个新奇的想法:广告无处不在,为什么厕纸不能有呢? 人们都要上厕所,上厕所这段时间在竞争激烈的现在被白白浪费了,恐怕许多人都会为此可惜。

由此,这位工作人员便建议在保证卫生的前提下,利用特殊工艺在卫生纸上印刷本社出版的精彩诗歌、引人入胜的小说。这个建议一出,便被出版社采纳啦。果然,这个创新被市场认可,迅速被世界出版业效仿。由此,也引得许多人产生了更新奇的想法,例如在易拉罐上印刷故事、笑话,从而让喜欢这些笑话、故事的人为了它们而批量购买产品。

知识 VS 智慧

有些学历并不低,行业知识也非常深厚、广博的人却常常被人称为"傻"、"没头没脑",其实这里面并非说他们没有知识,而指的是不懂得如何运用知识。许多人口头上说得头头是道,却不知道如何表现,不知道怎么运用,这里面的原因有很多,其中重要的一点就是因为性格因素使他事到临头总忘记知识。

掌握性格运用知识

如何搞好人际关系很重要,许多人也懂得这个道理。人际关系知识中例如不要当面批评别人让人下不来台,许多人不是不知道,而是因为不懂得如何把握自己的性格。

小张是那类被人说成"性情中人"的人,说话总是很冲。别人有了错误,他就当面指出。记得有一次,小张和领导出去谈生意。因为公司规模和客户规模相比都比较小,为了让人更加重视自己的企业,领导便对客户说:"我们公司九成以上都是大学生,你看小张就是北大的学生。"客户B一听,立刻显示出非常吃惊的样子,便笑着说:"哎呀,您真是有水平,连北大的学生都给您打工!"

小张一听,红着脸对领导说:"您记错了,我不是北大的学生,而是清华大学的学生。"

"啊!对对!"领导非常尴尬地点着头。客户也非常吃惊看了看小张,接着冲领导说:"呵呵,真是刚毕业的学生呀!"

其实,小张并没有注意到老板之所以说他是某某大学毕业,其目的无非是让对方客户高看一眼,不要因为企业规模小而看不起自己。

然而,小张却当面指出了老板的错误。其原因大概是起于:从小接受的"做事、做人要光明磊落"的处事知识。但是在这个不痛不痒的客气话中,老板的这个

"错误"却没有任何伤害他人的地方，只是为了给自己的脸上添彩而已。小张囿于之前的知识乃至做人道理，当面指出错误，其做法主要有两大伤害。其一伤害了老板的面子；其二会让客户认为老板和企业不诚实，给企业带来伤害。

由此，我们不妨说一下做人的基本原则：不涉及原则的事情，能过去就应该过去。什么是原则？简单地说，就是：不违反法规、不违反公司的规章制度、不有违社会道德、不伤害公司利益、不伤害他人正当利益这"五不"。千万不要以为，指出别人的错误就是让人进步。还要照顾到场合，不要以为自己有一颗"善良的心"就会获得人家的善意回报。

观察生活运用知识

知识包括感性知识和理性知识，许多大学生在上学期间也学过"人际关系学"或"宣传学"、"心理学"等知识，知道除了正式的职位之外，每个人还有着非正式的职位。例如民间意见领袖、意见跟随者等。但是，到了生活中，却因为各种原因不注意利用这种知识去观察生活，或者忘记了利用知识来分析生活中的事件，给自己徒增烦恼。因此，就需要在工作、生活中有意识地按照之前学到的知识来分析问题、解决问题。

咱们还是继续小张的经历再讲述一个他亲身经历的事情。

小张指出老板的错误后一年多，某次小张和同事们聊天。此时，小张刚刚做了中层干部，而他对面的同事C（职位比他低）背诵一首诗词，结果其中一个音读错了。周围的人等诗词背诵完毕之后齐声喝彩，小张在这时却说："您这个调应该是读'bó'，而不是'bái'。"同事一听，冷冷一笑："呵呵，真不愧是大学生呀！"说完，同事C站起身走了。周围的其他同事也都走了，只留下小张一个人呆呆地发愣，不知道出了什么事情。

其实，小张做错了吗？从知识上说，他说对了；从品德上说，他指出自己毕业于清华大学也是诚实的表现。然而，在社会上他的这种做法却是错误的。

因为，上面两种情况下，都没有伤害人。小张在第二件事情上错得更离谱。首先不说小张的见解对不对，因为，诗词读音问题很复杂。虽然，按照书面语那个字应该读"bó"，但是在现实生活中大众确实把它念作"bái"。如果是正规场合当然应该用书面语，如果是私下聊天，还是按照老百姓的语言习惯为好。聊天又不是什么大事情，假如处处按照书面语要求，那么聊天就不要进行改为研讨会好了。

其次，正如社会有显规则和潜规则一样，人的交际圈特别是一个公司内部，既有正规的领导，又有员工之间的"意见领袖"。小张和人聊天时给同事C下不来台,同事C立刻走了,而其他同事一看也都走了。这里面就有很多学问。同事C的职位虽然低,但可能工作时间长了、可能人很好、可能工作能力强等多种原因,他在同事中的威望很高,所以敢给新领导脸色看。

小张刚刚成为部门管理者,本来聊天是为了增进感情。这么一较真,不但让同事C这个"民间意见领袖"很生气,为日后工作可能带来不便。更重要的是,让其他同事也会认为这个领导仗着自己的学历爱较真、看不起人。这样一来,会给日后的工作带去不便。

另外,小张很显然没有注意到上学期间学习到的心理学知识。小张作为一名毕业生,他的学历高于同事,而且升迁速度也要高于其他人。同事C之所以在众人面前如此。其原因不会出于:其一,平时聊天就这样;其二,专为小张而来。

背诗聊诗中显示自己的才能是其主要心理因素,顶多是在向小张宣示他具备某种才华。他之所以在小张指出错误之后冷言冷语地离去,其主要就是向小张表示不满,并向之前的同事发出"这个人很讨厌,不要搭理他"的信息。由此,同事们才纷纷离开。

由此,小张应该怎么做?作为意见领袖这种非正式给予的地位,用上级、领导等强硬手段改变是完全错误的。这是我们在上学时学到的知识,因为,意见领袖这种民间定位是因为众人在某个方面佩服那个人导致。而这个因素,是在这个集体内部的人最看重的品格或能力。小张正确的做法应该是什么?

小张为此就应该学习同事C的某个优点,使人们也佩服他。如此,才能团结同事。在没有做到这点之前,就应该利用各种手段和同事C搞好关系。让他明白自己不是给他难堪,而是无心之举。这样,在工作、生活中就会得到他的配合。而他的配合,也就是全体同事的配合。

懂得运用知识才是大智慧

艰辛付出未必会得到成功,只有持之以恒不断努力地从事自己感兴趣的工作,并懂得运用自己的知识和能力才能获得成功。如此,"会当凌绝顶,一览众山小"的成功,才会向你招手。

知识有理性知识也有感性知识。理性知识就是我们在学校中学习到的各类知识,感性知识则大多是社会中的各种经验教训。从某种意义上说,一个人的成功感性知识的作用甚至比理性知识更重要。这正和情商与智商的关系相似,情商一般指的就是感性知识。之前小张的例子说的就是一种感性知识,一般来说学校教育是不说这些的。但这些确实是前人在社会上经过各种碰撞、陷阱得出来的经验之谈。

无论社会如何发展,只要有人的地方,感性知识的运用就非常重要。再者,任何理性知识的基础就是感性知识。这就是"理论来自于实践",但因为理论获得人们的重视后,许多人便开始蔑视起实践中的某些不入流的感性知识。其实,这是大错特错的事情。因此,运用知识就是运用理性知识和感性知识。

阻止人们恰当地运用知识,首要的因素就是性格。许多人都知道感性知识和理性知识,但是遇到某些事情的时候,往往把它们抛到脑后。人有性格使然,针对这种情况,就需要先抑制性格的疯狂。

其次,知识是留在大脑中的无形理念。人们不可能像拿有形的东西那样,非常容易、随便地把它们拿出来。因此,就应该在休闲的时候时刻地回忆它们、抒写它们。

再次,就应该按照这种知识自觉地进行运用,看看它在实践中到底有没有效果。如果没有效果是因为什么,找到原因改正其中的因素。时间长了,利用久了,这种知识自然也就会在"潜意识"下自动出现。

由此,运用知识的关键就在于有目的的实践。否则,知识特别是理性知识就没有任何效果。正如,我国著名的教育家徐特立就曾说过:"只有书本知识,没有实际经验,谓之半知;既有书本知识,又有实际经验,知行合一,谓之全知。"

"知识就是力量"这句话,非常恰当地说明了知识的作用。但是,这种认识却并不全面。"知识"本身不会产生力量。不懂得运用知识,就不会产生力量。那种不能被运用的知识,根本没有任何力量。

如果不会使用知识,不但会和不懂得这类知识的人一样无力,而且更会徒增烦恼。只知道自己有了知识就是有了力量,整天对着老天喊"天生我材必有用",接着又说"为何到今不成真"!虽然,有一句话叫做"是金子到哪里都会发光的",但是你首先是金子才会发光。

当心成为新时代的"文盲"

新时代的文盲从本质上和之前的文盲是相同的，之前人们论述的各种文盲特点，其实只是一种生存的技能。而文盲的危险在于不能成功，成功与否的关键在于你是否有生存的本能，生存的本能就是具备成功的勇气和如何成功的意识。技能可以学而且较容易学，但本能的学习和锻炼却需要很长时间。

封建社会的文盲，如果想要成功、出人头地，必须要有胆子，希望世道乱，因为"乱世才能出英雄"。对于封建社会的文盲来说，只有乱世一条路才能获得真正的成功。在新社会，文盲似乎就没有出人头地的希望了。其实，文盲的危险不在于不认识多少字、没有多么新的思想、多么深厚的思想，而在于没有生存本能。可以说，新时代的"文盲"是缺乏生存本能的人。没有生存本能，即使你的学历再高都不会成功。

有生存本能才有创造力

生存技能并不是成功的充分必要条件，只是一种润滑剂，它可以让我们更快的成功、更容易的成功。有些人认为自己的家族背景很牢靠、自己的学历很高、自己的才智很高等等，便没有了成功的勇气。其实成功的勇气并不仅仅是表面那样的"我一定会成功"，还包括有一种自省的能力。

同样是富翁、有背景的孩子，有些只能靠自己父辈的积累、坐吃山空。尽管，有的人的父辈积累的财富说句很俗的话"十几辈子也花不完"。但是，富家子弟从小就养成了一种骄傲的心理，事事觉得肯定成功。因为他们从小就没有失败过。由此，往往会使许多后辈子孙轻易地输掉"十几辈子也花不完"的钱。这种成功的勇气其实反倒是没有真正的勇气。

因此，成功的勇气和意识，不在于能力有多强、背景有多深、学历有多高，而在于是否具备真的成功勇气和成功意识。背景不是自己的，因此，你根本没有具备；能力虽然是自己具备的，但如果不知道成功意识，也就不懂得运用。而学历除了有一种敲门砖的作用外，基本上是废纸一张。

要想让生存技能发挥效用，就必须会运用它们，懂得在什么时候运用以及怎样运用，这在某种程度上叫做创造力。但是，创造力不是天上掉下来的能力，没有生存本能就不会有创造力。

生存本能，本来是人生而就具备的，正如小动物和人在幼年的时刻，你不用教他都知道去吃奶，饿了就会哭叫去要奶吃。但是，随着人类离开自然越来越远，各种纷繁复杂的身外之物越来越多，人们其实逐渐丧失了本能。它就是——勇气和自省能力，自省能力就是如何成功的意识，就是分析能力。

面对问题解决问题的能力，面对问题分析问题的能力没有了，何来创造力？何来成功？何来运用各种生存技能？有了生存能力，其他的一切都可以迎刃而解。例如下面的案例，文盲在新时代可怕吗？可怕。但文盲同样可以成功。他的成功，扪心自问一下，许多高学历者、高知识者、高能力者能做到吗？

只要具备生存本能，文盲也可以成功

一个从小家境贫寒，认识的字连 200 个都不到，刚刚会写自己的名字的山东农民，你觉得称呼他为文盲不算过吧。更何况他的家境极为清贫，他 10 岁开始讨饭、13 岁跟随人家一起打铁、17 岁离家谋生，这样的人你觉得他会成为什么样的人？在今日世界，刚才那位山东朋友，恐怕可以称得上是文盲了。许多人会认为，这样的人也就有资格做民工。结果如何呢？

这个认字不多的农民有了积蓄后，便在家乡创办了面粉厂、毛巾厂、钢铁公司、房产公司。2004 年 49 岁的他被《新财富》评为当年第 376 名富豪，资产总额 2.7 亿。在"2005 年胡润富豪榜"中，他又以 20 亿元的身价排名第 66 位。作为一个没有多少文化的人，他的表达能力很弱，思维能力在许多人眼中也不是很强。然而，最终他成功了。

正如他对记者说的："我不能和人比认字，高中生、大学生、博士生是上学，我也是上学——社会大学，我感觉更厉害。但这个厉害和他们不一样。"但是，经过二十年的努力，他却成为了一个资产数亿、富甲一方的有钱人。如今，他响应号召，准备将自己的财产和家乡合为一体，带动村镇致富。通过他的案例，我们可以看到：能不能成功，不在认识的字有多少，而在于有没有成功的勇气和如何成功的意识。

由此，我们可以看到即使是文盲，只要有生存本能，就可以获得成功。这位文盲富豪的成功，就在于经过努力赚取了一定资金后，先后开了面粉厂、毛巾厂，之后他根据国家经济发展趋势，认为钢铁作为许多行业的基础材料必定会有大的需求，因此，果断借资金进入钢铁行业。自此大获成功。其后，更是因为看到了随着经济发展，人们对住房需求、改善住房需求的趋势，他又再次果断进入房产市场，结果成了富甲一方的富豪。

这其中就有着一种生存本能在其中，再重复一遍上面所说的那一条——生存的本能就是具备成功的勇气和如何成功的意识。在前两章中，我们已经不止一次地说了如何成功，用自己的特长获得成功。特长有许多种，并不仅仅是唱歌跳舞、搞人际关系，更重要的一条就是眼光，也就是人们常说的洞察力——能够看到时代发展的趋势，按照趋势去打造自己。

当21世纪进入人们的视线之后，特别是加入WTO之后，随着电脑、网络的普及，随着与国外接触的增多，有人便说，在新时代里，不懂电脑、不懂开车、不懂英语就是文盲了。其实这句话又对又不对。对，就在于新时代里这三样东西都是找工作、沟通的必备武器。不对，就在于不懂电脑的成功人士多得很，不懂开车和英语就更容易应付了，不懂开车可以坐出租车、可以雇司机；不懂英语也可以如法炮制。

在新社会，特别是新时代的文盲，如果要想成功必须具备成功的勇气和如何成功的意识。在新时代里，不论你掌握了多少生存技能，外语呱呱响、开车可以倒着开到二百迈、电脑玩得非常溜，没有成功的勇气，没有干大事的决心，同样不可能成功。

三大生存技能的真实现状

许多人认为，不懂英语的危险性很大。然而，放眼社会这却是无意夸大，或者是某些人的有意识地故意夸大。毕竟，与国外经常交往的人并不多，大多数人还是要在国内闯荡。因此，懂不懂英语只能是一种成功的催化剂，而不是成功的充分必要条件。

外语好，是找到好工作的必备条件，但却不是能否干好工作的必备条件，因为现在外语好的人多得很。有的人说，外语好可以进入跨国公司呀。可如今的许多跨国公司要求的是一种本土能力，因为越是融进所在地国家的风俗中越容易生存。例如可口可乐，它做的许多广告都非常富有中国气息，这就是为了让人们忘记它的"外企"身份。

再说国内的大公司。既然是国内公司，在日常生活中普通话就是主要交际手段。如果你想去国外工作，其前提就是你的工作业绩必须非常好。而在国内工作，你不可能天天和国内客户讲英语吧。

因此，希望本土化、希望用普通话交流的国外公司越来越多。除非国内公司需要提高你的工作能力，才会让你去国外工作，并要求你时常讲外语。

学会开车的价值在于：许多工作，特别是销售工作，如果不会开车非常不方便。但会开车的人更多了，如果会开车就能成功，那么成功也太容易了些，而且它的可替代性非常大，会电脑也是如此。

如果没有成功的勇气和如何成功的意识，那么，上述三大生存技能同样无用，甚至有害。

先说外语。每年外语大学、外语学院会毕业许多学生，当然如果是名牌大学，那么好的工作会很好找。但是，一些二三流大学的外语学生则很难找到工作，尽管他们的外语水平比一般人好。这样，问题就回到了原点，还是学习好与学习不好的矛盾，而我们在前两章已经很明显地证明了学习好未必成功。

再说开车和电脑。这两个相对于外语来说，其价值就更低了。特别是开车，基本上不值得一提。开车好与坏和成功并不搭界。电脑好也是如此，整天泡网吧、玩游戏、聊天的人的水平大多数都是中等水平的人。

如果你没有成功的勇气，特别是如何成功的意识，同样不能成功。成功的勇气就是，无论你的起点有多么低，只要努力、只要懂得吸收他人的经验、只要有韧性就可以成功。如何成功的意识就是懂得自省，懂得自己有缺点但知道如何弥补这些缺点，懂得广结善缘、懂得趋利避害。如此，也就懂得了如何走上成功。

文凭为何是一张废纸

文凭在目前用实力说话的就业环境中，除了具有一点敲门砖的作用外，其实就是一张废纸。陌生的人初在一起的时候，必然要拿些能让人信服的东西。正如古人相遇，便问："兄台，您读过什么书呀？"从读过的书这一简单问话，就能判断对方认识多少字。在古代，由于字不是随便一个人就能认识的，许多人一辈子都不会写自己的姓名的事情并不少见。而读过多少书，就可以看出这个人的思想有多么广和深。

如今，大学生就业的情势越来越严峻，特别是高校扩招之后，更是如此。大学生就业问题连续数年成为政府的工作重心之一，接连"荣登"政府工作报告的解决问题之一。其实，目前的中国由于经济发展模式等诸多原因，中国不是高学历者短缺，而是过剩了。文凭之所以是废纸一张，其根本原因就在于文凭下的乖乖生们眼高手低。

眼高手低使学历成为废纸

小刘毕业后进入一家国有企业实习，在实习过程中他经常出现错误。例如他所在的企业是一家国有大型啤酒集团，为了让他熟悉工作流程，体验到工人工作的辛劳。企业领导让他和其他毕业生都先去车间实习，然后再按照专业进入自己的工作岗位。小刘在三个月的岗位实习期间，一共犯了两件大错误。造成了不少损失，几百箱啤酒为此被倒掉。

其一，小刘在压盖这一工作环节，因为看到输送啤酒瓶的输送带被倒了的啤酒瓶阻隔，所以他连忙去疏通。可不想正在疏通的时候，压盖机又被瓶盖堵住了。小刘一阵忙活之后，突然看到终点到了换瓶盖的时间。便连忙把身旁的特殊啤酒盖放入了压盖机中。结果，造成同一种啤酒盖了不同的盖子。后来，小刘听到验酒师傅的叫嚷才明白自己忙中出乱了。几十箱压错了盖的啤酒就这样被倒掉了。

其二，小刘又去了麦芽车间，这回他的工作非常简单，就是按两个按钮——红灯、黄灯，结果就是这两个按钮小刘也给按错了，造成一二百箱啤酒浪费了。

小刘的事情，在毕业生中非常普遍。由此，许多企业认为大学生毛病非常多，其中重要一点就是眼高手低。然而，这种现状的出现并不是学生的过错，而是教育和社会的过错。

在学校教育中，我们除了学到一些到社会上绝大部分终身都不会利用的知识外，其实并没有学会思考的能力、动手的能力、交际的能力、自省的能力，学到的知识只是成绩的优良。

眼高手低，这一评价里面其实有两个问题，第一是确实眼高手低，第二是外界对于高学问人的要求过高。

任何人在初次遇到某个问题的时候，解决起来都有一个过程。但是，由于高学历者在知识层面上受到人们的青睐，所以，人们在潜意识内就要求他们比一般人的应对要高出许多。当大学生、高学历者的应对速度与一般人相同乃至更低的时候，就会给人带来较大的心理落差。因此，人们应该平常看待高学历者、大学生。他们毕竟也是人，对待事物也要有个过程。既不能夸大他们的作用，也不能贬低他们的作用。

对于真实的眼高手低这种情况的，更要从传统文化来考虑。中国历史上常看不起劳动人民，春秋战国时期，只有墨家一家对于劳动人民是比较同情的，其理论是站在劳动人民立场上。其余大多站在非劳动人民立场，特别是儒家。儒家是站在贵族特别是统治阶级立场上，教授统治者如何管理百姓、百姓应该如何服从统治的学派。

儒家从一创立起，就非常重视思想而轻视劳动。其后，随着儒家被统治阶级利用的程度越来越深，其先进性观念也越来越少，特别是南宋以后，儒家思想基本上处于统治工具范畴。其后的知识分子同情劳动人民的言论，往往是从人性角度出发，从儒家刚刚创立之后的先进思想和观念出发。

一味地赞赏导致不自省

近年来，由于西方强势文化的进入，特别是一些教育观念的盲目引入，更重要的是独生子女日渐增多等原因，人们便觉得赞赏教育比批评教育好。由此，即使是犯了错误，也要极力避免批评。可一味地赞赏却造成孩子们在自省、忍耐等方面日渐缺乏。例如不知道感恩、不知道理解、不知道谦让等等。这些毛病在任何时代都存在，只不过在目前阶段更严重而已。

再加上传统思想要求人们"敏于行，讷于言"。由此，更造成许多高学历的人，难以接受批评，一遇到批评找借口搪塞，更严重的就是一听到批评就立刻火冒三丈、反唇相讥，甚至撂挑子不干了。

例如小刘在接连出现事故后，面对领导的质问，却非常干净利落地回答："干事的人才会出错，我又不熟悉，当然会出错的。"这一回答把领导说得哑口无言。领导看了看小刘，笑着说："呵呵，好好。你还挺能说。说的也是，你也不熟悉，出错确是正常的。比其他毕业生强，证明你干事啦！"

小刘只是在表面上获得了胜利，却在本质上失败了。尽管赢得了嘴仗的成功，却使领导得出了这个人没有自省能力的看法。其实，小刘应该能够听出问题，领导说了，别的学生为什么没有出错？难道就你一个人干事啦？其他的人都在玩不成。领导之所以没点出来，其实他明白，如果这么说，小刘肯定还会有其他狡辩之词。

其实，过高地看待学历，以及过低地看待学历都是偏颇的。学历既不是通往任何道路的敲门砖，也不是废纸一张。但是，如果仅有学历，而没有破除眼高手低的心理和加强自省能力，以为有了高学历就可以畅行无阻。那么，学历不仅仅是废纸更是一种慢性毒药。

学历有慢性毒药作用

破除眼高手低的心理就是：要把知识不断地运用到实践中去，在实践中获得感性知识。不要怕实践中的失败、出丑，这些才是学习感性知识的最佳途径。因为，你出一次丑、失败一次，在众人面前丢了人、现了眼，你才能刻骨铭心。一时的丢人相较于日后几十年的不会再犯错误，这之间孰轻孰重不是很明显吗？

不加强自省能力，认为有了学历就证明自己有了高知识、高能力，就可以凭着学历证明打遍天下没有了敌手，这种心理会慢慢变成孤僻心理、孤傲心理。面对缺点，视而不见；面对批评，百般狡辩；面对没有学历的人，颐指气使显得高人一等；面对别人的成绩和奖励，认为是老板、领导、同事偏心，或者用了不正当的手段，如此，必然会使得工作做不好、人际关系搞不好。

如果没有自省能力，再加上眼高手低，事事做不好又不知道检讨，还孤芳自赏起来。如此下去，学历怎么会不成为毒药呀，它会让你彻底失败！因此，切记——学历并没有什么值得炫耀的，更没有什么值得留念的。把它仅仅当做一种纸，其实更能催人上进。因为，将它当做一种纸，才能让你有学习感性知识的愿望和动力。

模仿也是创造力

许多人看不起模仿，模仿其实是许多行业、艺术，名人、伟人、艺术家都在采用的方法，同时也是上到国家、中到企业、下到个人获得成功的路径。写字要描红，画画要先学习先人、名人的作品，如此等等不一而足。有一句话叫做"学跑之前要先学会走"，凡事都有一个基础，模仿便是基础之一。其实，轻视模仿的作用是没有任何理由的。

在这点上，所有人都应该向坏学生学习，他们的模仿能力非常强。只要他们觉得哪个人的行为会受到别人的赞扬，就会迅速也按照那个人的方式去做。先是在行为、语言上模仿，进而找出自己的行为语言方式等等。这其实就是模仿。

模仿是成功的基础

其实，任何国家、行业、个人在成功之前，都要经过模仿这一关。即使是被人看作最自我的文学艺术也是如此。例如在文学上有一句话说得好，叫做"天下文章一大抄，看你会抄不会抄"。包括立意、写作手法、写作风格等等，其实，所有人都在模仿。区别在于有的人有意识地模仿，有的人无意识地模仿。

某篇文章和观点，你自己或其他人乃至社会都觉得非常新颖。但是，只要你有耐心去查查历史著作，你肯定会发现：其实这个观点、这种文章在之前早已经有人写过、说过了。只不过，无法肯定其是否有意模仿而已。

从个人角度说，文学上的模仿更是不胜枚举，可以说所有文学家都是在模仿前人。例如鲁迅先生在文风、立意方面都吸收了陀思妥耶夫斯基的精华。再比如毛泽东主席在作为伟大领袖的同时也是近现代一位著名的诗人，他的许多诗句也模仿过前人，例如"坐地日行八万里"模仿李商隐的"八骏日行三万里"；"一唱雄鸡天下白"模仿李贺的"我有迷魂招不得，雄鸡一唱天下白"；"可上九天揽月"

模仿李白的"欲上青天揽明月";"落花时节读华章"模仿杜甫的"落花时节又逢君"等等。

往大些说,国家也同样在模仿。近代史上,美国模仿英国、法国等欧洲国家兴盛的道路获得了成功;同时模仿也造就了日本二战后的再次崛起、亚洲四小龙的崛起,乃至中国目前的崛起。在工业化发展以来,其实每个国家崛起的道路都差不多。

从行业角度来看更是如此,无论是家电业、IT 互联网等天天上新闻的行业,还是包括图书业在内的较为冷门的行业都是模仿成风。再说企业,IBM、微软等跨国企业也是如此。三星公司想必大家都知道,然而它的成功就是靠模仿,起初模仿索尼,现在模仿苹果,例如 2007 年推出的 SPH-M4650 型号手机。

模仿有许多新名字

由于现在"创新"这个词非常盛行,被别人说成模仿者,总觉得不好听。因此,许多人便绞尽脑汁编出一些新词来代替模仿。

例如在文学上,模仿这个词被别人替换了。或者说,被人人为地分割为高级模仿、低级模仿,其实本质上都是模仿。这些替代词被称为翻新(杞人忧天,翻成杞人忧某)、仿词(例如鲁迅先生仿照"公理"仿出"婆理")等等。

似乎是为了避免人们对模仿这个词的误解,经济界管这种行为叫做"对杆战略"、"赶超战略"等。对于个人成功来说,也有类似名称替代,例如"学习榜样"或"楷模"等等。

模仿不是抄袭,它也是一种创造力

然而,正如齐白石先生所说的那句话"效我者死,学我者生"一样,模仿也不是简单的事情,模仿不是抄袭。抄袭者在抄袭他人之前、之时、之后没有任何思想、思考。而模仿者,却有自己的思想和思考。这就是表面上看模仿者甚多,却独独只有极少数人或企业获得了成功的原因。例如中餐连锁业学习麦当劳、肯德基等西餐连锁业的有很多,但真正成功的却是屈指可数。

其实,模仿并不简单,并不是简单地看榜样者是如何成功的,然后如法炮制就可以等着成功了。其实,它需要做好三个步骤的事情。

内部自省:比较你和榜样者在能力、知识方面的差异,区分出各自优点。对于自己的优点要努力加强,对于不如榜样的地方就看作是缺点,就应该努力弥补。

争取做到在起点上比榜样要高,这样更有利于成功。

外部剖析:研究你现在所处的环境和模仿者当初环境之间的差异。榜样当时所在的竞争对手、需要具备的条件都有什么,你现在又是什么样的条件,哪些条件要比榜样当时要强和要差。强的加深,差的弥补。

竞争对手研究:看看你周围有没有和自己有类似思想的人,或者到网上查找一番。如果可以联合起来一同成功的,就联合起来。毕竟个人的力量没有团体的力量强大。如果不能联合,就需要向上面两个分析那样,把竞争对手和自己进行一番分析,比竞争对手强的地方加强,弱的地方尽力弥补。

现在我们就情景再现两名学生的经历,用以表现上述内容。小刘同学和小张同学在文艺表演上都有很好的基础,因为小张同学非常喜欢讲故事,因此深受同学们的喜欢。小刘同学一看非常羡慕,由此也如法炮制给同学们讲故事,但是,却一直不如小张同学受欢迎。

为此,小刘同学便仔细分析自己的优点和不足。小刘同学认为自己的长处是自己的长相和幽默感。小刘的个字很高,但非常的瘦,有些像马三立先生。自己的语言表达能力虽然很好,但是自己的记忆能力不如小张,不能像他那样记下很长的故事情节。为此,他准备利用相声这种形式来表现自己的能力。在各种班会、学校举行的活动上展示自我。为此,他找了一位又矮又胖的同学做自己的搭档,用来形成强烈的对比。

由此可见,模仿不是简单的抄袭,抄袭只是不用脑子的剽窃,而模仿并非是简单的抄袭,是在和对方对比的情况下,摸索出自己的一条路。

你需要每天更新自己

现在的社会是一个资讯、知识天天都在变化的时代。各种新奇的事物几乎天天都在出现，由此，许多人便在资讯、知识中迷失了自己。有的人，整天追求新思想、新理念，并美其名曰"破除旧观念的束缚"；有的人则不论新观念如何发展，一概不理会，并美其名曰"不管风吹雨打，我自岿然不动"。

创新的同时不能忘记坚守

其实，这两种面对发展的态度都是错误的：人既要创新，勇敢地和不合时宜的旧我告别；更应该在吸收旧我精华的基础上，进行创新。前者使我们可以成功，后者则可以使我们长久的成功。

如果只有创新而没有坚守，抱着每天都要更新自我观念的态度，就流于随波逐流没有主见了。因为许多新观念、新思想或者很可能是错误的，或者很可能会随着时间的发展逐渐被忘记、被忽视。随波逐流的结果就是找不到"自我"，整天追求流行，成了墙上芦苇，东风来了跟着东风，西风来了跟着西风。毫无定性。

如果只有坚守而没有创新，坚守着那些不合适宜的观念、方式、方法，不懂得吸取新的方式方法，不懂得观察环境，那么，就不可能成功。许多好学生就是按照家长的意识、老师的意识、书本的意识去生活，结果如何？不是成了书呆子就是毫无生存能力。反而，那些被人称为坏学生的孩子，用自己的兴趣、特长打开了一片天地。

创新不意味着只向前看

创新，许多人误会为"放弃旧的，自己创立"，其实这是大错特错的理念。从旧的思想、观念、现象、故事中，挖掘一些和现在比较切合潮流的因素，稍加改变就可以获得巨大成功。这要比全部自己创新更好、更快、更成功。正如翻盖房子的地基，除非地基不好了需要重新打地基，否则就应该在原地基上重新翻盖。这样既省钱又节省了大量时间。

现在我们经常提到的囧、潜规则等等都是前人在文字、理念中早已经提出来的，只是加入了新的观念、新的特点就具备了创新的因素。

囧很像人脸，人们便从几百年前的文字中将它拿出来，作为一种网络用语。虽然，囧字已经成为了一个死词，在日常生活中已经不再应用。但却在网络用语中获得了新生。而潜规则这个词，早在清朝就已经出现，但吴思先生同样把这个死词赋予了新的生命。结果，成为了人们广为熟悉的常用词语。

这种情况很多很多，例如碰瓷。碰瓷说的就是讹诈，比如车过来了，假装被撞；再如，他看到你过来了，立刻拿着一些表面上比较珍贵的东西从拐角出来，假装被你撞倒，东西也摔碎了等等。其实，这个词语早在清朝就已经脱离口语进入书面用语了。

像囧、潜规则、碰瓷这样的"死词"还有很多，只要你细加留意，看准时机其实就可以获得巨大的成功。吴思先生因为潜规则的出现，成为了人人知晓的知名学者；囧的热传，也使得囧的"发现者"获得了大量的网络点击率，从而使自己的事业获得了足够关注，让人认为他既有才，又懂得社会心理。如此，人才太难得了！有了这样的观念，囧的"发现者"想不成功都难，因为，别人会追着你请你成功。

观察他人，学习新观念

每个人的思想其实并不相同，由此，就有了学习他人思想、思维方式的必要。为此，创新也就并不仅仅局限于从自我的观察、理解出发，也不意味着仅仅向古人学习。创新的第三大类就是观察他人，由他人的身上学习到新的思维。

创新思维最怕的就是有思维定势。自己认为事情应该这么办，别人也会这么办。其实，这并不一定。因此，不要以为，自己这样做了，其他人也应该这样做。如果不改变这个想法，许多成功的机会就会丧失。例如，很多人买什么东西都爱个"大"。住房要大的，开车也要个大的。

北京有位打工仔小卢，整天在菜市场起早贪黑的干呀干呀，但是一个多月下来，也就能挣1000多元。尽管在20世纪90年代，这些钱并不算少。但五六年过去了，小卢还是每个月1000多，养家糊口是够了，但离幸福还很遥远。为此，他很郁闷。一天，一位金发碧眼的外国女人改变了他的命运。

像往常一样，小卢向她推荐了个大的蔬菜，然而，这位外国人并不领情，专挑那些个小的蔬菜。小卢非常新奇，因为外国人越来越多，小卢也想找准需求有的放矢。为此，小卢便请了一位懂外语的老乡去和老外交谈。为此，小卢知道了西方人在"吃"这个问题上有别于国人。首先，外国人认为小巧的菜不仅漂亮而且营养价值高。其次，他们非常讲究新鲜，饭菜根据自己的食量量力去做，即使来了客人也是如此，不像有些人讲究越丰盛越好。

由此，小卢便有意识地按照外国客人的喜好，增进各种小巧的菜品。由于他的发现，小卢渐渐成为了这个市场的佼佼者。经过三年的打拼，小卢在北京开了几十家连锁店，做到了凡是外国人集中的地方就有小卢的菜店。

就这样，五年打工只够养家糊口的小卢，只用了三年的时间变成了北京城内的一位富翁。

莫死读书，请留出时间来思考

在社会上、在学校中，经常见到一种人，在别人休息的时候，经常抱着书本在学习，结果如何？成绩未必会上去。常言说"勤能补拙"，也确实如此。勤劳的人一般都会过上在同一层次人中中等以上的生活。但是，勤劳的人未必会获得成功，更遑论受人尊敬、干出大的事业来。因为勤劳不能代替思考。

知识不在多而在于思考

勤劳学习知识没有任何错，但是，即使知识再多不知道如何运用同样不能够成功。正如高尔基所说"重要的不是知识的数量，而是知识的质量。有些人知道得很多，但却不知道最有用的东西"。

许多学生非常勤劳，这个勤劳也使许多学生在小学、初中阶段成绩优秀。但是，到了高中阶段却有许多勤劳的学生成绩下落明显。其根本就在于他们脑袋中有了知识，却一直没有学会如何运用知识。"死读书"成为了他们学习好的法宝。而不懂得运用、理解知识便成为了许多学生高中后成绩"奇怪"下落的原因。

思考知识其实就是考虑有效学习的方法，思考如何让知识更好地指导实践，如何综合运用这些知识，如何才能获取新的知识。这一点对于进入社会后更为重要，因为，即使从事了本专业工作，之前的理论知识能够被运用的机会也会很少，即使应用也仅仅是其中的一小部分。更何况，有相当一部分人从事的并不是自身的专业。因此，上学期间学习知识的根本目的，就在于学习如何思考。

质疑出知识

一千多年前的一个春日，一个少年偶然间翻到了书中的一句唐诗："人间四月芳菲尽，山寺桃花始盛开"，当读到这句诗时，少年的眉头凝成了一个结，"为什么我们这里花都开败了，山上的桃花才开始盛开呢？"为了解开这个谜团，这位少年约了几个伙伴上山考察了一番。

四月春山，乍暖还寒，凉风袭来，使得上山的少年们瑟瑟发抖。这位少年一时间茅塞顿开——原来山上的温度比山下要低得多，因此对于植物来说，发芽、开花、结果的时间都会比山下来得要晚。

虽然仅仅是对一句唐诗的一次求证，却使这位少年获得了求证知识、探索真理的方法。这位宋朝的少年名叫沈括，凭借着这种求索精神和实证方法，长大以后的沈括写出了流传千古的科学巨著《梦溪笔谈》。

往往，依我们传统的教育习惯和模式，不会给孩子更多的求证和质疑的机会。老师在教育学生时，会把知识和道理说成是前人探索出的经验、科学家验证的真理，绝对的毋庸置疑！即使有为数不多的实验活动，也一般是按照实验报告和课题内容按部就班，让学生"动手"而已。在这种教育模式下，我们的学生只会动手，失去了动脑的自觉性、主动性和判断能力。

由此就应该学会思考，不迷信、不盲从，有质疑的地方就应该用实践检验自己的判断。不能因为前人已经有了成熟的理论、思想便不思进取。如果真的如此，不要说个人就是国家都会失败。正如1954年，英国学者李约瑟出版了《中国科学技术史》，其中便认为中国古代科学技术，大多都高于世界水平。但是，在16世纪，特别是17世纪后中国的科学技术就落后于西方国家了。

其原因就在于认为：祖先的制度、思想、行为已经完善得无法挑剔、没有任何问题。由此，便导致了闭关锁国、固步自封、不思进取。由祖国的深刻教训，我们不难清楚，如果不敢质疑、不敢思考是多么的危险。

独立思考才能有创新精神

每个人在生活中都会看到过这样的情节，家长总是给孩子夹菜，孩子却显得不是那么高兴。其实，盲从就在这个小小的教育中被家长们教育出来了。可是，坏孩子往往不这样，他们有自己的思考。不会因为那个给自己意见的人很强大或很善良，便委屈自己非要那样做。因此，许多人很伤心认为孩子不懂事。其实，要想好好地利用知识还真得向坏学生们学习这一点。

因为在这点上，坏学生们懂得了成功运用知识的一个有效武器——独立思考。每个人都是不同的，即使是他人的成功经历和现在的某个学生非常相似，也不能完全照搬。虽然老师、家长、朋友很理解学生。但只有学生自己才最了解、清楚自己的长处、短处。他人的经验、建议只是根据他人的特点总结出来的,并不适用于每个人。

由此,在明确他人经验的基础上,认真地思考自身情况,并有目的地进行创新,才能使我们最终获得成功。

第 **4** 章

成大事的第四种能力：
韧性

所谓的韧性,也可称作弹性,是拿得起,放得下的豁达心态;一种能屈能伸、进退有度的圆融处世的能力;一种百折不挠、滴水穿石的坚持。人生不会总是一帆风顺,能屈能伸才能泰然踏过人生的种种坎坷;拥有平常心的人,才能进退自若,从容面对人生的起落与浮沉;百折不挠的人,才能最终抵达成功的彼岸。

　　坏学生由于经常惹祸,免不了经常被责骂,甚至受皮肉之苦。天长日久,就练就了一副好耐性,能吃常人不能忍受之苦。挫折对于坏学生们来说,就如同韭菜一样,割了长,长了割,已经感觉不到痛苦。而好学生时常被掌声和表扬包围着,很少经受生活的打击和挫折,所以,一旦踏入社会就会暴露出其脆弱,很难适应多变的社会。

坏学生像小草，百折不挠

没有花香，没有树高，我是一棵无人知道的小草。从不寂寞，从不烦恼，你看我的伙伴遍及天涯海角。春风啊春风你把我吹绿，阳光啊阳光你把我照耀，河流啊山川你哺育了我，大地啊母亲你把我紧紧拥抱……

三十年前的这首歌，曾经传唱大江南北、风靡全国。它曾激励过无数出身于草根的青年：不要气馁、不要灰心丧气、不要自暴自弃。坏学生就如同小草一般，被人轻视，甚至被人蔑视。请记住这首歌吧，在困难的时候唱唱它，你会别有一番滋味。

百折不挠的精髓就是小草

百折不挠是什么？拥有百折不挠精神的人，他们拥有隐忍——在别人风光的时候，自己能够明白自己干什么；他们拥有低调之心——在别人风光的时候，自己虽然有了抱负，但不会过早地透露；他们拥有平常心——在别人风光的时候，不会嫉妒、不会盲从，认认真真地去做自己的事情。

再让我们低声唱一唱《小草》，小草其实和坏学生一样，都有着百折不挠的精神。小草没有牡丹的出身，更没有参天古树的庇佑，但它们却可以呼吸自然的春风、吸取大地河流的精华。对于坏学生来说，这春风、那太阳，就是时机，河流山川与大地的精华就是前人的经验。

坏学生有着一些其他同龄学生特别是好学生，难以品尝到的财富，就是他们那些刻骨铭心的挫折、困难。

因为，坏学生学习大多不好，受应试教育束缚的人们大多对他们白眼相视。

因为，坏学生的优点大多在于创新，受应试教育的人大多对他们横眉相对。

因为，坏学生不受人重视，为了获得重视总要惹出些事情来，因此，受应试教育束缚的人们大多对他们叱喝相迎。

……

挫败是一种财富

坏学生在成长中,遇到了白眼、横眉、叱喝。这些不但来自于同学、老师,还来自于家庭,甚至是社会。但这些,其实都是一笔财富。

百折不挠就是拥有隐忍——在别人风光的时候,自己能够明白自己干什么;就是拥有低调之心——在别人风光的时候,自己虽然有了抱负,但不会过早地透露;就是拥有平常心——在别人风光的时候,不会嫉妒、不会盲从,认认真真地去做自己的事情。

因为白眼相视,我们学会了隐忍。在应试教育的束缚下,唯成绩论大行其道。在这期间,忽视了创新、忽视了个人才华。大家就像一个模子里刻出来的一样,除了成绩好其他的都没了。在这种情况下,坏学生们学会了隐忍。千万不要小看这一点,没有隐忍就不会有百折不挠的精神,同时隐忍也是古今成大事者的必备条件。

"深挖壕、广存粮、缓称王"成就了刘邦、成就了朱元璋,他们做的事情不是一般人能够做到的,隐忍可以成就他们,也同样可以成就新时代的我们。在诸多所谓的坏学生中,有的成绩不好只是暂时的成绩不好,只要努力就可以扶摇直上。有的则可能无论怎么努力,都无法获得应试考试的成功,因为他们的优点、特长不在死板的成绩上,而在自己的心——一颗创新的心上。

因为横眉冷对,我们也学会了低调。创新路上最怕的就是没有成功,便四处宣扬。结果,创新的成果成为了他人的嫁衣。因为,别人对我们能否成功抱有很大怀疑,就少了许多不必要的关注。我们不能在成绩上获得成功,但是因为我们有了隐忍、学会了低调,便成就了成大事者的第二条必备条件。

因为叱喝相迎,我们学会了平常心。好学生受到万千宠爱,惹众人关怀。但坏学生们,错了、失败了就会受到如山一般的压力。有许多人例如我们耳熟能详的"仲永",过早地显露才华,结果左边请他吃饭,右边请他喝酒,前边请他出席各种领奖仪式,后边请他作起了报告会。最终,才华在无用的时间中磨灭殆尽。而坏学生却可以在无声中赢得宝贵的赶超时间,从而获得最终的胜利。

百折不挠，成大事者必备的特质

有一个故事恐怕我们都曾耳闻过。1962年郭沫若到普陀山游览时，捡到了一个笔记本，打开一看，上面写着"年年失望年年望，处处难寻处处寻"，横批是"春在哪里"。

很明显这个人是遇到了挫折，郭沫若立刻派人寻找丢失笔记本的人。笔记本的主人是一位连考三次而落榜的女学生，名唤李真真。郭沫若将其对联改为"年年失望年年望，事事难成事事成"，横批："春在心中"。

最后郭沫若再为其写了一副蒲松龄的自勉联，联云："有志者事竟成，破釜沉舟，百二秦关终属楚；苦心人天不负，卧薪尝胆，三千越甲可吞吴。"蒲松龄这副对联一下子便点出了三位百折不挠的名人。

这副对联是蒲松龄落第后写的自勉联，蒲松龄何许人也？大家绝对都有所耳闻，伟大文学名著《聊斋志异》的作者。可他考试从黑发考到了白发，在考试路上他无疑是个失败者，结果如何？他还是成功了。他改科举之路而走文学之路，这是什么？这是平常心。当年的文学工作者不似今天这么高尚，是被读书人看不起的路径。结果蒲松龄独辟蹊径，不怕世人耻笑，径直走上了这条道路。如今，与他一起考取功名的人，比他成功的人有几人还能被我们时常记起？还能给我们带来快乐的笑声、伤心的眼泪？

对联的上联说的是项羽，下联说的是勾践。上联说的是要隐忍，想当年，秦始皇挥剑统一六国，势力多么强大。但是，项梁、项羽叔侄却心怀"楚虽三户能亡秦"的壮志豪情四处躲藏，隐迹于百姓身影中。如果没有隐忍，没有在隐忍中积蓄力量，项羽怎么可能待秦始皇一死，二世胡亥、赵高乱政，陈胜、吴广等农民起义军揭竿而起之后，便突然发力。领着八百子弟兵，挥师灭秦！

下联说的是低调。越王勾践登上王位之后，便与吴国交战。吴强越弱本是传统，勾践却率数百兵士假扮死囚，吴军一到纷纷自裁。正待吴国军士发呆之际，勾践领兵突然杀到。吴王阖闾受重伤后亡，夫差继位后励精图治将勾践打败。勾践先荣后辱，从天上落到了地下，如果是一般人恐怕早就无法承受，从此一蹶不振。但是，百折不挠的勾践却甘当奴隶十余年，任凭吴王夫差侮辱。等到取得夫差信任后才回到越国主政，主政期间他睡草房、坐草席、头上悬着苦胆每日必尝。用了二十多年的工夫，看准夫差不在国内，突然发兵打了夫差一个措手不及，最终灭吴。如果他整天喊着"我要报仇"，而不是低调做事、准备粮草、锻造兵器、找了一个谁也不知道的地方训练人马，怎么可能让夫差大意，倾国去攻打别国给勾践一个报仇的机会呢!

百折不挠的精神可以让弱者成就伟大的事业，作为平常人的我们即使没有那么大的志向，就是生活得好些、做得比别人漂亮些，这么简单的事情从百折不挠的精神更可以做到。

千万不要说自己弱小、千万不要说困难，看看那些例子中的人吧。朱元璋弱小不？为了活命当了和尚做了乞丐。敌人强大不？强大得很呀。一个曾经统治过整个亚洲的强大民族！还有什么比这个更强大的吗？最后如何？朱元璋胜利了。

让我们再次唱唱《小草》这首歌吧。它是坏学生成长的励志歌曲；它是坏学生生活的写照；它是坏学生成功的方法。更是一些好学生引以为戒的歌曲。无论好学生还是坏学生，只要理解了它的真谛就可以获得学习的成功、工作的成功、事业和理想的成功。

百折不挠，才可滴水穿石

百折不挠就是一种坚持不懈的精神。什么是坚持不懈呢？在大多数情况下，坚持不懈是这样一个场景：烈日炎炎下，一个四肢强健、肌肉发达的人在奋力地推着什么，诸如巨石之类的东西，在向坡上艰苦地行进着，无论摔倒过多少次都无怨无悔。百折不挠就是有了目标就向前冲，不论多么困难也需要坚守。其实，这很好理解，我们的传统教育也多次告诉了我们应该这样做。

屡败屡战才是英雄

"屡战屡败"和"屡败屡战"的故事很令人感慨，前者只是在描述实际情况，后者则是在宣示一种精神。太平天国最有军事才华的统帅翼王石达开，经常和曾国藩开战，几乎每次都把曾国藩打得落花流水，有好几次曾国藩都险些被抓住。羞愤的曾国藩为此投过河，在向朝廷的奏报中，他说自己是"屡战屡败"。

可巧，好友左宗棠前来军营，曾国藩便把奏折给他看了看，结果左宗棠说："奏章写得很好，但就是需要把'屡战屡败'四个字的顺序调换一下，改成'屡败屡战'。"

曾国藩听罢，沉吟片刻大喜过望。皇帝看到曾国藩的奏折之后，非但没有生气反而大加夸奖曾国藩具有百折不挠的精神。"屡败屡战"不但承认了事实——经常失败，更重要的就是告诉所有人：失败并不重要，只要我努力，就一定会成功！日后的事实也确实证明曾国藩最终成功了。

由此不难看出，失败并不可怕。可怕的是失掉成功的决心，被失败后的绝望打败。如果绝望了就真的彻底失败了，只有失败后满怀希望，才能最终获得成功。

要经受得住多次成败的折腾

有的人因为努力,获得了成功;有的人因为才智,获得了成功;有的人因为勇气和眼光,获得了成功。其实,获得成功容易,但保持成功却并不容易。成功后失败了,再次成功就更难。因为成功时的辉煌情景会让人留恋,在留恋中大部分人会深深地自责,就在这种自责中日渐消沉。

由此,百折不挠的另外一个精神就是要经受得住成功的辉煌与失败的落寞之间强烈的反差。经受住了考验,就会再次获得成功,经受不住就会彻底的失败。在现代中国,同样有一位这样屡败屡战的企业家。他经历过两次成功与失败的强烈对比,如今他再次获得了成功。每次失败后都是靠着百折不挠的精神重新站起。

第一次是他毕业后开了家服装店,他成功了。后来因为没有注意分析市场,贸然进入娱乐业从而从山巅摔落谷底。变为穷光蛋的他,只好开始做起了菜贩子。

两年后,他又积累了一部分钱。一次偶然的机会,他碰到了一个台湾商人。他借钱又做起了这个台湾商人的销售总代理,结果他又成功了。6年后,他觉得自己能够生产同类产品了,便把全部积蓄拿出来建立了自己的企业。不想,虽然自己非常敬业、能吃苦但是因为许多核心技术并没有掌握,生产出来的产品根本没人要。坚持3年后,只好被迫关门。

这次,他只好再次从零开始奋斗。5年后,他又利用各种渠道、方式筹集资金进入了房地产业,最终获得更大的成功。面对记者的采访,他说了如下观点"在我看来,每一次失败都代表自己离更大的成功更近一步,更了解了市场,也更坚信了:吸取教训,失败了从头再来,才是企业家应该具备的心态。"

像水那样耐得住寂寞

在现实生活中,由于个人能力、人脉、时机未到等多种原因,需要不得已的坚持。这种坚持不像忍受阳光、大喊"奋斗!奋斗!"而是一种要像水那样的坚持。前者的坚持是在努力下就会成功;后者的坚持则是目前看不到成功希望,但仍然保持必胜信念的坚持。前者就像是提着冲锋枪冲锋陷阵的战士;后者则像身处于敌人中间的情报人员。前者可能会被人尊敬,得到更多的朋友;后者则可能被人误解为不求上进。

然而,在表面平静下却有着波涛汹涌。只要时机一到,就会冲洗掉之前的一切困难。在这之前,水这种坚持不懈则是默默无闻,让人看着近乎于卑贱。阳光下的百折不挠就好像是火,可以照亮别人,更可以照亮自己,因此,许多人把这看作是百折不挠的精神。像水一样的隐忍,其实也是一种百折不挠,只不过它更容易令人误解。

如果换个角度说,水就是应试教育下的坏学生;火则是应试教育下的好学生。好学生因为受到追捧,周围就像是点起了篝火,照得他们红得发紫。但正是因为太红了,他们往往容易迷失自我,最终让火把自己的才智烧尽。这是好学生应该注意的。

坏学生呢?则因为应试教育下无法获得认同,就像是泡在冰冷水牢里的苦难囚犯。然而,水的作用才是更大的呢!要想干出大事的坏学生必须要注意水。俗话说,"人往高处走,水往低处流",这是有道理的。作为水,就应该知道水的作为,应该如何做。对于这一问题,其实我们的老祖先早就告诉了我们——那就是"心善渊"。

"心善渊"出自《老子》第八章,大概意思是说"做人要像水那样安于不被人注意,趁此机会积蓄力量"。

当我们要对世俗的规则进行挑战的时候,任何人都是弱者。弱者在没有成为强者之前,必须要像"水"那样,慢慢地积蓄自己的力量。在这期间,把有利于自己成功的一切力量都聚集在自己的身上和自己的周围。前者(自己的身上)主要是成功需要具备的知识和能力,后者(自己的周围)主要是成功需要具备的人脉。只要前两者有了,资金并不成问题。

水之所以有无坚不摧的力量,不在于积蓄力量本身。而在于观察,观察如何积蓄力量才不会被各种因素所阻碍;观察阻碍我们成功的因素都是哪些,如何扭转这些不利因素,他们会如何变化;在观察下进行思索如何成功等等。

水的百折不挠给人们的印象就是"三年不鸣,一鸣惊人"。许多企业、个人就是在他人风风火火的时候,自己则忍住各种诱惑,坚定地打好自身实力,最终让人们刮目相看。

能屈能伸，方为真豪杰

坏学生之所以能够做出大事，就是因为他们能够吃苦、能够忍受别人的冷言冷语。无论有多么艰难，都会向着自己的心中目标前行。然而，事物的发展就是这样：不可能一步而成，往往要经受失败。在此情况下，就会出现对我们或友好或敌视的人或事情，这种情况下如果不能忍受就会最终归于失败。

韩信受胯下之辱的故事大家都知道，但是，忍却是一件很痛苦的事情。俗话说得好，"忍字头上一把刀"，依我说，再加上一句话就更透彻了，"心中煎熬泪滔滔"。忍，太难了！但又必须忍，只有这样我们才能成功。这就是社会，这就是现实。为了成功，为了让人们刮目相看，为了干自己喜欢的事情，为了实现自己的理想，必须要忍。

忍耐是必须要做的事情

人们在做某些事情的时候，往往会同时遇到两种人——对我们友好的人和对我们不友好的人。后者则主要是破坏。

在学生时代，遇到对我们不友好的人带来的破坏的机会相对来说要少。有也是那些好事之徒给我们的冷言冷语，只要我们记住："这些人与我们毫无关系，管他作甚！"就可以啦。我们还可以记住一句名言："走自己的路，让他们说去吧。哼哼，燕雀焉知鸿鹄之志哉！"

不忍行吗？对人家吹胡子瞪眼的结果是什么？你的名声会不好。好的会说你不懂礼貌，不好的就会上纲上线。这个时候，最有效的武器就是坦然面对，带着微笑对他们说：谢谢你们的关心。

在工作时代，对我们不友好的人的带来破坏几率就大得多了。学生时代无论好坏，伤害的最多是名誉和情感，再加上大家都是孩子，心地善良。到了社会，特别是在工作环境中,谁的表现好谁的填饱肚子的机会就越大。因此,各种问题出现几率就很大。也许在一句不疼不痒的玩笑中,你就可能把某个人伤害,最终引起别人的报复。学生时代的报复顶多是不理你啦,工作时代的报复则有很多。为此,工作时代不但是必须忍而且是不得不忍。

忍受来自父母、长辈的"伤害"

与我们无关的人给我们带来的伤害或说破坏,其实算不了什么。最令人痛苦就是来自对我们友好的人的伤害。他们身份特殊,往往是我们的亲人或长辈。

他们之所以会伤害我们,那是因为他们爱我们。但是,他们是以他们的成功经验与失败教训为基础,来判断我们要做的事情是否成功。他们总会说:"孩子,不要固执。我吃过的盐,比你吃过的米都多,你这条路走不通。"

当父母长辈对我们这样说的时候,他们是带着满腔对子女的爱的,是在用他们比我们多几十年的人生经历来给我们提建议。这个时候,我们不要反感、生气,我们要学会感恩。但在感恩的同时,我们要记住:现在的社会与父辈们的社会大不相同,那个时候不成功的道路,现在也许就会成功。在二十年前,谁如果要走曲艺的道路,父母可能会死劲地阻拦。如今呢?有的开明的父母看到郭德纲成功后,恐怕也会支持子女的选择。这就是时代的进步。此一时彼一时也。

老师等人,特别是父母当语言规劝不行的时候,当坏学生的举动、行为不符合他们的要求时,有时会采用权威手段压服坏学生就范,从而使坏学生向着自己预定的发展方向前行。然而,他们在做这件事情的时候,无形中就使坏学生的创新思想受到了限制。一般父母和老师对我们的要求是一般的要求,是按照所谓的"正常标准"。然而,芸芸众生中的平凡者与坏学生的"创新性"有着很大的不同。可以说,坏学生有着某种天生的"天才",与一般的标准是不相合的。

在这个时候,坏学生要做的就是平心静气地说服父母和老师。把自己的真实想法告诉他们,不要怕,因为他们是爱你们才会强迫你们听他们的。当他们知道了你的"坏"并不是真的坏时,他们会认真倾听你的心声。

在此之前,坏学生要做的就是理顺自己的思考,并从各种途径找到支持你这样做的例证。好学生很难经受困难、挫折,例如人人羡慕的所谓少年天才、少年大学生。当他们遇到问题的时候,表面上看只是一个考试失败,他们便做出了常人很难想象的选择,有的轻生、有的出家、有的开始变得郁郁寡欢最终到了社会后彻底的默默无闻。可是遥想当年,他们是多么的风光,国家领导人的亲切接见,媒体的广泛报道。无数的光环套在了他们的身上。最终,刚一接触社会便被社会打倒在地。

然而，坏学生呢？正因为他们有了隐忍、有了低调、有了平常心，他们才变得强大。好学生往往经不起一次、两次的失败。但是，坏学生则可以，因为他们输得起。

世间的事情永远不会是一帆风顺，总要经历挫折、遇到困难。而好学生从小便在聚光灯下生活着，没有接触过失败、没有接触过别人的心。因此，刚一接触失败，刚一接触社会上不同于书本上的人心便开始手足无措。而这些，坏学生们其实早就领教过了。这就是为什么，社会上的诸多名人、伟人、大人物并不是当年学习最好的人的原因。

挫折,人生最好的老师

俗话说,失败是成功之母。如果爱因斯坦没有经历过几百次、几千次的失败怎么可能会有成功呢? 但是,有一个很关键的问题出现了:话好说,事难做。道理大家都明白,但是,失败出现了,失落的情绪就会陡然而生。有的人甚至破罐子破摔,从此一蹶不振;有的人则会笑笑过后,继续干自己的事情。

如果我们这个时侯,用教导的口气训教他,他肯定会大声地回敬道:你是站着说话不腰疼,你来试试?

确实,他说的也许是正确的。每个人的失败都不同,失败对于每个人的分量也不同。我们确实不可以指责破罐子破摔的人。

但为什么会出现两种不同的情况呢,其关键就在于:韧性,也就是抗挫折的能力。抗挫折能力主要解决的就是化解挫折感的速度问题。遇到失败后,我们的心理会产生各种对解决问题产生阻碍乃至破坏的情绪。例如自暴自弃、暴力应对、逃避等等。自暴自弃会毁了一生,暴力会危害社会、违反法律,逃避不能解决任何问题甚至会产生自闭症等等。如此,我们面对挫折只有一条路可做——提高韧性。

学会坚韧就要懂得自我嘉许

提高韧性,确实很难。但我们要成功,必须要提高韧性,否则,人生路上的失败有很多很多,不提高韧性怎么能够成功呢? 因此,我们首先要有“自我嘉许”。

自我嘉许就是在心底里把自己幻化成成功之后的人, 这一点很像鲁迅先生笔下的阿 Q。在民族存亡之际,阿 Q 越少越好。但是,在民族建设时期,阿 Q 还是多一些好。因为,存亡之际,我们的矛盾只有生或死;而在建设时期,我们的矛盾会有很多,例如:情感、生活、理想、责任等等。

阿Q有一个很高明的武器,叫做"精神胜利法"。无论遇到什么样的失败,他都能够站起来。但阿Q的失败在于:他没有进行失败总结,或者他的失败总结是错误的,是自己单方面的总结。而我们和他不一样,我们有着众多长辈、好友,除此以外,还有各种心理研究机构等等。特别是现在的网络世界,到网上发个"求助帖"会有不少好心人帮助你。你可能会埋怨周围的好心人少,但是到了网上你却会发现,好心人其实不少,只不过你没注意到而已。好心人可以帮助我们找到失败的原因。

掰开挫折我们看个究竟

什么叫挫折?按照理论的解释是这样的:挫折含有两种意思,一是指阻碍个体动机性活动的情况,二是指个体遭受阻碍后所引起的情绪状态。心理学中是指个体从事有目的的活动,在环境中遇到障碍或干扰,使其需要和动机不能获得满足时的情绪状态。

理论定义往往为了显示永远正确,它们往往被规定得不容易被人理解。正因为难于以理解,才显得神圣。理论是灰色的,在任何条件下可能都可以成立。但是,如果你将这种理论放到现实生活中,那么得到的将是永远失败。当然,我们说的理论在这里说的只是社会科学中的某些理论,不包括自然科学。

其实,挫折在现实生活中,就是简单的一句话,每个上过中学的人都能理解:因为不能满足某种或物质的或精神的需要,而在心里产生的失落感。如果我们把挫折掰开来,仔细一看无非是这么几种挫折:学业挫折(压力、竞争、考试等)、情感挫折(同性和异性朋友、父母长辈的不理解)、人际关系挫折、理想和事业挫折等四大类。

挫折是永远存在的,不仅仅是你、我、他,任何人都会有,不信你问问身旁的父母长辈、师朋同学,他们都会遇到过各种挫折。挫折本身就是事物发展的必然规律,因为成长需要过程,成功需要积淀。让我们仔细看一下这五类挫折。

第一,学业上的挫折很简单

学业挫折在人生旅途上是很小的一部分,之前我们已经谈过,学业好的人日后到社会上一般都是中等偏上的生活,能够干大事的人,学业其实并不是那些顶尖级的人物。当然,这要除去科学家等需要天才才智的人和工作。再者学业挫折,只要努力就可以给予部分化解。在人生旅途上,学业挫折并不算什么。

第二,情感挫折不能掉以轻心

情感挫折在这四类挫折中,其实杀伤力是最大的。人的一生之所以快乐,就是要获得亲朋好友的认同。即使你的能力、业绩再高，如果你周围的人都离你而去，都不理解你，那么，可以说你的一生是失败的。有许多企业家、超级富豪，虽然获得了广泛的社会认同。然而，一到家里遇到的都是冷面孔，遇到的是亲人的不理解乃至厌恶，最终孤孤单单、形单影只，有许多企业家就是因为这个原因选择了错误道路——自杀。情感挫折如果出现，那才是我们最需要认真考虑、认真对待的挫折。

好在情感挫折的对象往往都是我们的亲朋好友，只要掌握好沟通，一般这个挫折往往可以减缓。但为什么，许多人都没有做好呢？其根本在于沟通，正因为是亲朋好友我们才忽略了沟通。固执地认为：他（她）应该理解我、应该爱我，我做的事情他应该无条件地支持。然而，我们忘记了，毕竟人与人不同，性格、经验阅历、知识能力等等都不一样。你认为应该做的事情，他反而认为不应该做；你认为重要的事情，他反而认为无关紧要。为此，我们必须沟通，沟通可以让这种挫折大大降低。

第三，人际关系挫折需要重视

人际关系挫折。俗话说得好"一个好汉三个帮，一个篱笆三根桩"。人生在世不可能不需要别人的帮助，因此，人际关系很重要。否则，就不会有一门专门的学问问世——人际关系学。鉴于它的重要，我们将用一章（第五章）的篇幅进行评说。

第四，理想和事业的挫折最根本

这类挫折关系到人生最终是否成功，因为它属于终极挫折，所以这种挫折是最重要的挫折。但是，只需要我们记住这句话就可以啦：人的一生，会随着时间的推移、知识的积累、阅历的增加，理想和事业目标都会有所改变。之前认为重要的可能就会变成不重要的，相反也会成立。为此，遇到这种挫折，需要做的就是自省。看看自己的理想和事业目标是否适合自己，如果适合，到底是什么原因使它受到了挫折。因为，它是终极拷问，我们会在第八章详细说明自省的重要性。

向壁虎学习，找到再来的勇气

挫折并不可怕，可怕是没有再来的勇气。许多好学生因为从小受到重视，享受到了过火的爱，因此，缺乏抗击失败的勇气。可以这么说，大凡学生中因为考试自寻短见的人，大多是学习较为优秀的。他们往往认为：人生就是学习，根本忽略了除了学习成才，还有更广阔的成才道路。

拐个弯，其实就可以成功

由此，使我想到了一个亲身经历的事情。

夏日深深的夜晚，天上悬着明月。蚊虫实在的恼人，但是，我们的朋友——植物动物会帮助我们驱赶它们。壁虎就是其中之一，它为了帮助我们，同时也是为了它自身的生存，会在墙壁上爬来爬去吞食着各类蚊蝇和讨厌的虫子们。然而，壁虎不是天生就可以在墙壁上游刃有余、随意爬行。它也同样需要锻炼，同样需要面对失败。那么，这又是怎样一个故事呢？

夏夜，我看到了一只小壁虎在艰难地爬着墙壁。在光溜溜的墙上，它一次又一次的摔下。掉下来再继续爬，如此反复足有六七回。当它已经可以随意在墙上爬行的时候，我的邪恶灵魂战胜了善良的灵魂，我想取笑它。我便用手轻轻地一碰——它高高的落了下来。然而，它仍然固执的往上爬。不过，它只是换了个方向，继续向上爬。

我探了探身子，用手指一点，它又落了下来。它"敏感"地发觉到了我的存在，快速逃走。我轻手轻脚地跟随。不想，他没有钻入诸如裂缝呀、小洞府呀，而是换了个地方继续爬。如此反复也有五六回，最终我厌烦了，离开了小壁虎。

你可以把我看做是一种"失败的晦气"，它迎接着每个人。壁虎在碰到无法逾越的困难时，它会拐个弯换个方向继续前行。这就好比好学生因为学业上的碰壁,却在特长、兴趣上下工夫一般。好学生拐个弯其实也可以成功,一次失败又不是彻底失败!为何不能重新再来呢?能不能拐弯其实就在思想上。

看完上面的故事,有些人还会觉得我很讨厌。然而,这就是现实。我们每个人可能都这么做过,然而,少有人承认罢了。人们管这种行为叫做——没有恶意的玩笑。

从上面这段亲身经历,我们可以得到一个人生启迪。壁虎的精神实在令我们汗颜,它为了心中的目标可以百折不挠,从低处往下落很容易爬起来。但是,从高处往下落就很难爬起来了。这是我们人类共同的弱点。否则,我们就不会对屡败屡战的人有着那么多的崇拜之情。

孔子走六国而不改初衷、伍子胥一夜白发即使成了乞丐也不改灭楚的志向、文天祥知其不可为而为之如此等等,都是勇气的表现。失败了没什么了不起的,再重新来过嘛!

重新来过的勇气很重要,但这种勇气并不意味着蛮干,并不意味着继续照着之前的路径再去走,只不过加上些诸如再注意一些,再努力一些等等。这是一种加法。勇气不但意味着加法更意味着减法。壁虎在知道有人捣乱之后,它换了路径,这就是减法,这就是对自己的自我否定。

有了勇气,有了一定干好事情的决心才有了放弃的勇气。一味蛮干其实是一种自我陶醉。自我嘉许是正确的,但自我陶醉则是错误的。自我嘉许是给自己胜利的意念,而自我陶醉则是沉浸在自己永远正确,别人永远错误的泥沼。

为了成功,我们要懂得减法和加法。加法在某些时候很容易,减法则未必人人能够做到。因为,做减法意味着对之前的努力的一种否定。自己否定自己之前认为是正确的事情或做法很难。例如,要完成这项工作,我们需要学习这门或那门知识,学就是了。但是,减法就不一样了,我们要减的往往是一般人都珍视的东西。

勇气更是一种磨炼的过程

珍视的东西有许多,例如自动抛弃一些功成名就的机会,更重要的是一些情感。在学生时代,老师、家长、书本告诉我们:人一定要真诚;人一定要对他人有一种爱;人一定要不能说假话。然而,扪心自问一下:又有多少人没有说过假话,没有伤害过他人呢?

其实,这就是成长的烦恼。社会比书本要复杂得多,因为它牵涉的利益更多,书读不好顶多被人看不起。在社会上工作不好、事业不顺、人缘不好等等,很可能是自己填不饱肚子、没有精神依靠等等。由此，人们不得不说一些假话，干一些伤害他人的事情。其实，这本身就是一种磨炼。特别是对于那些：始终认为学生时代的理想是正确的人来说，更是如此。学生时代的一些理论是非常正确的，也是人人应该做到的。

现代社会的竞争非常强烈，现代社会是一个缺少任何人都可以运行的社会，是一个机遇与挑战并存的的社会。壁虎被人时不时地戏耍，扩张到人类社会。坏学生和一切弱者、草根一样都类似于壁虎的境地，在奋斗的过程中，会出现各种各样的人。他们或是已经脱离于弱者、草根境地的强者，或是与人类戏耍壁虎一样有着"并无恶意的玩笑"的强者，或是不愿意与你一起分享强者午餐的强者。

社会的美丽在于，人在其中可以获得广泛的认同。社会同样也是不完美的，不完美在于不是任何人都愿意所有人都能成为强者。因为，强者越少，强者的稀缺性才越高，强者才越能够获得更多的广泛认同。所以，挑战乃至迎接各种来自强者的压力，便成为一种勇气。压力最主要来自于强者所指定的某种游戏规则。规则对于任何人都不陌生，从小就应该已经接触过它了。

对规则的忍耐更是一种勇气

坏学生在学校，需要服从各种学校规则，否则就会受到各种惩罚。为此，有些坏学生真的坏下去了，自暴自弃游离于规则之外。成为一种另类，最终走上一条不归路。

当不是真正意义上的坏学生，只是因为或者成绩不好但有其它方面优秀才能的学生，或者学习好之外还有一些应试教育下看似有些怪异行为的的学生，走上社会之后同样要遵守社会规则。这种规则有显性的规则，也有潜规则。显性规则因为暴露在大家眼前，很容易遵守也容易做到。难的就是潜规则。例如虽然人人都声称"我愿意接受批评，因为批评使人进步"，但是，实际上人人都不愿意被人看不起，被批评很容易被人轻视。所以，人人都不希望当面被批评。此时，潜规则就出来了——不要当面批评人，即使是显而易见的错误也要绕着弯儿的说。

无论是在学校还是在社会，要想立足于其间，必须要先忍耐这些规则，等到了一定实力之后，再在自己可控制的范围内减少一些庸俗的规则。例如，有些讨厌这些庸俗规则的人，在实力壮大后，就在自己的团体或者是企业或者是某个学校等中，最大化地降低这种规则对于效率、公平的阻碍作用。

而没有实力的自己在某个范围内建立好规则前的忍耐，本身就是一种勇气，一种磨炼。

所以，社会并不完美，但也并不邪恶。在遵守既定规则的同时，保持一种人类本质的美，到了一定时机去实现这种美才是我们应该做的事情。而这一过程，却是一种勇气的表现。

世上没有失败，只有时机未到

在人生路上，难免会有磕磕绊绊，一次、几次失败并不是彻底失败。学习上的不成功并不是天塌地陷，还有更广阔的天地，所以坏学生们在特长、兴趣上下苦功夫，最终获得了成功。但是，好学生们往往只在学习上获得了巨大成功，但在其他方面并没有练就过硬的素质，为此，日后很多流于平常。这其中的关键就在于：坏学生从不认为有失败，好学生却经不起一次两次的失败。

当年，曾国藩面对石达开的攻击数次自杀，结果都被部下拦住。之后，太平天国内讧石达开出走。从此，曾国藩百战百胜。这其中就有一个关键的问题——时机。时机，有许多别称，如机会、机遇等，老百姓俗语，也称节骨眼、时候等。在军事用语中，它就是"势"，本出《孙子兵法》"故善战者，求之于势"。总而言之，时机就是有利于自己的形势。

时机不能坐等，只能主动"迎娶"

世界上没有失败，只有时机不到。然而时机却不可能坐等。整日坐在家中等待着时机的来临，就如同守株待兔一样可笑。时机需要百折不挠下的争取，在时机没有到来之前，仔细的反省、观察环境，勇于抛弃一切不利于成功的东西。

虽然许多关于"时机"的论述泛而无用，但其间确实有许多真切的关键因素。时机的取得需要我们主动"迎娶"，历史上成大事的人无不是在观察周围环境、形势的情况下等待时机的到来。

然而，有些时机则确实具有偶然性。科学史上的诸多发明、发现都有着这种偶然性，同时，历史上的诸多伟人、名人也是因为一些偶然事件而名声鹊起，从此登上历史舞台，开始了伟大的功业。然而，这种偶然性并不能让我们进行"守株待兔"这种愚蠢的行为。时机就像是兔子，有时候会突然钻到我们的怀中。然而，这种机会只能是可遇不可求的事情。兔子自己撞死的几率更是微乎其微,大多数的情况是兔子跑到你的面前,看你有没有抓住它的能力。现实生活中我们,经常被某一件突然来临的事物会吓得一怔,而不是立刻出手,这个原因就是我们缺乏准备。由此,才使得我们不能及时出手。

人生、生活中处处存在着机遇,只要你留心它,你就会发现。在这个时候,他就是那只兔子。然而,时机到了,也未必能够成功,因为,时机要想发挥作用,必须首先要打好地基。否则,时机就会成为海市蜃楼,成为别人的时机。

时机要靠实力变现

时机的基础就是能力和知识储备。正如,房子的地基需要坚实一样,时机的基础也需要深厚和长期的积累。只有时刻地注意有目的地吸收知识、锻炼能力下不断进取,才能在时机来临时一飞冲天。这时的时机,我们根本也就没有必要去理睬什么偶然的时机或是什么必然的时机。

能力并不是天然就有的,它需要锻炼、需要观察、需要孤独。

能力的取得必须要靠自己去争取,甚至去创造。没有任何付出、不经历任何失败,是无法获得能力的。甚至可以说,如果没有头破血流的经历,不要去想成功。但是,重要的是我们不是为了头破血流而头破血流,也不是头破血流就一定可以成功,只有在吸取经验教训,努力弥补自己的不足的情况下,才能够让头破血流流得有价值。

能力的取得靠观察,观察自己失败的原因、观察他人的成功经验、观察周围环境乃至大环境的发展态势,只有这样我们才能预测时机,而不是坐等时机的到来。如果没有观察能力,即使时机叩响了你的大门,你也会把它当作陌生人。最多给它碗水喝,而不是请它进入屋中成为好朋友。

能力的取得需要孤独。在反省自我、观察他人和环境的过程中,孤独是在所难免的,特别是你的目标在应试教育下更显得不能被人理解。由此,习惯孤独、尝试孤独、喜欢孤独便成了我们应该具备的能力。但是,孤独并不代表我们不结交朋友,否则,孤独就真的可以让你孤独地生活在世间、一事无成。这里的孤独是在孤独的时候,认真地体念自己,周围再热闹、吸引你的东西再多也不要受它影响。在这个时间里,好好地思索自己,找到成功需要的能力和知识并努力吸取并具备它们;找到成功需要如何走,从而找到成功路径;找到为了成功你需要什么资源,哪些是你具备的,那些你不具备;找到与你共同战斗的合伙人……如此,才是孤独的真正意义。

当我们日后有机会成为一个团体的领导者的时候，更要学会孤独。因为领导者的生活必将是孤独的，虽然这有解决的办法，但是无论你如何解决，孤独总将萦绕着你。第一，能够让领导人员绝对信任又不危害组织建设的人实在是太少了；第二，领导在自己的工作范围内限于自身的地位绝对会显现出自己的坚强，会有意识地拒绝各种目的的关怀；第三：领导者在利益范围内是没有朋友的。他（她）的朋友必须是与自己没有利益相关的，真正的朋友只有在没有利益相关的环境下才能形成。

时机要靠勇气去迎接

天上永远不会掉馅饼，即使真的掉了也不会砸在你的脑袋上。即使真的砸在了你的脑袋上，如果你的脑袋不够硬，也会被砸得头破血流甚至有生命危险。即使你的脑袋够硬，但是因为它很特怪，旁人也笑话这种馅饼并告诉你那东西不好吃，如此你犹豫了、踌躇了，最终你没有了勇气去拾起它，最终馅饼还是会离你而去。

当时机来到你的眼前时，不要犹豫应该勇敢地拾起它。因为，人海茫茫，你不知道谁和你拥有同一目的，而且与你一样也是那么坚强和聪明。你不去捡，他就会去捡。即使没有人来捡，它仍然会离你而去。因为它伤心了，会迅速地离开你或你们，什么时候再来，则不是可以判断得出来的。

然而，勇敢并不代表草率地决定。做任何决策，都要经过深思熟虑。有些抓住时机的人，看似很莽撞地决定某件事，例如楚霸王项羽的"破釜沉舟"。然而，这一切都是经过他深思熟虑的结果。面对秦军，楚军在人数上简直是失败的代名词。从士气上，秦军统一六国的豪迈之气虽然已经过去了三十年，但是毕竟有着某种留存。更重要的是，秦军消灭了陈胜和吴广的起义、杀死了无数叛军，最令楚人闻风丧胆的是：项羽的叔叔项梁刚刚被秦军杀死。人数不如秦军、气势不如秦军，如何胜？只有一条胜利的道路：狭道相逢，勇者胜！

勇气还代表着付出会得到什么样的回报。在等待时机的过程中，我们会丧失许多东西，例如周围人的冷言冷语、亲人的不理解、财力物力人力的损失等等。对于这些，你是要几倍、几十倍的拿回来，还是要保本，这就需要你的勇气。请记住：拿了我的，你要还回来；吃了我的，你要吐出来。我们不能够被人看不起、被人轻视、被人就像是垃圾一样的抛弃，让他们看看我们是有能力的、我们可以作出大多数人做不出来的事情。当然，这种事情必须是符合道德的、符合法律法规允许的事情。

由此,请记住:我们生活在一个充满机遇的世界里,只要你注意在平时加强能力的锻造、知识的积累就会碰到时机。时机来临时,只要你拿出"敢为天下先"的勇气,果敢地发力。你就会创造大事!

千万不要有了能力和知识、资源之后,犹豫不决。唐代诗人李商隐《筹笔驿》中的两句"时来天地皆同力,运去英雄不自由",最佳时机过去了,确实不再回来。众所周知,战国七雄中的秦国最终统一了天下。然而,七国之中,不仅仅是秦国具备这一实力,楚国也有,相反楚国的机会更大。然而,最终楚国却因为国君的昏聩坐失一次次时机,终致秦国完成了统一大业。

这次机会没抓住,并不意味着天塌地陷

许多人和书都告诉我们:一定要紧紧把握机会,因为机会稍纵即逝,失不可得。然而,历史和常识告诉我们,这句话又对又不对。对的地方在于他强调了最佳时机的重要性。最佳时机下,我们所付出的代价,成功所需要的时间都是最小的。然而,最佳时机丢失后并不代表其他时机不会再来。强调时机的重要性本来无可厚非,然而,时机确实不是失不可再得。

过于强调时机的重要性反而会造成许多问题,特别是对于弱者来说。困难和失败必不可免,这次时机丢失,只要不灰心气馁、继续努力,更大的机遇仍然会来到。

最佳时机过去了,并不意味着时机不会再来。如果我们因为各种原因没有抓住时机,其实也并不意味着天塌地陷。天时没有了,还有人和和地利嘛,和自己的朋友一起努力同样可以创造奇迹和机会;结合你周边的环境,同样可以找到奇迹和机会。例如,有的人发现某个地方满山都是山楂树,但人们从小就习惯在这个环境里生存,根本没有人去注意它们。结果,偏偏他注意到了。结果,这片山楂树变成了聚宝盆。

所以说,不要在乎,有些人说的"机不可失"。这次时机就算没有抓住,吸取教训重新再来,同样可以创造奇迹。

有的时机是被我们忽略了,有的时机则是自动放弃。如果时机来了,我们的人力、物力、财力,自身的能力和知识等并不具备时机的要求,那么这个时机对于我们来说并不是真正的时机。如果盲目地去抓,结果仍然是失败的。俗话说得好"没有金刚钻,甭揽瓷器活"就是这个道理。

如果我们具备了时机要求的各种因素,只是因为我们惧怕困难而不敢行动,或者瞻前顾后,过于谨小慎微,最终时机会离我们而去或者成了他人的嫁衣。这

正印证了我们缺少某种干大事的能力。即使，我们抓住了时机获得了成功。但是成功之后我们能否保持成功到人生的最后一刻，就非常成问题。这正是，许多伟大的人物最终获得惨败的原因——他们有着某种他们自己都不清楚的致命缺点。时机到了而没有抓住，意味着我们在勇气、观察能力等诸多方面有着不足。努力弥补它们，等待下一波时机的来临吧。

我们来看看刘邦、朱元璋的成功经历吧。刘邦和项羽在楚怀王的见证下，谁先入咸阳谁为王，这是一个有力的时机，结果刘邦先入了咸阳。结果如何？刘邦并没有要这次机会，而是把它让给了项羽。自己宁可听从项羽的命令，去当汉王也不与他争王。结果如何？刘邦在实力不够的情况下，积极发展自己的实力。他清楚自己能力上的不足，找到了"汉三杰"。运筹帷幄找到了张良，行军打仗找到了韩信，管理政务、寻找人才找到了萧何。前一个时机他不但错过了，而且是主动错过。但是，后一个时机同样来临了。最终，刘邦消灭了楚霸王项羽统一了天下。

再看看朱元璋。朱元璋参加起义军后，从小兵做起做到了将军的位置。但义军的首领郭子兴与之不睦，结果给了他一些老弱病残的人马去独立发展，结果如何？朱元璋只带着自己的好弟兄们走了。经过几年的发展，他的队伍到了几万人。这本来是他脱离郭子兴的好机会，但是他没有。郭子兴有难之后，他立刻赶回。并把自己的军队全都交给了郭子兴，主动放弃了这个时机。最终又如何？郭子兴父子先后战死沙场，朱元璋最终获得了这支军队的指挥权。许多现代人不理解朱元璋为什么不离开郭子兴，其实，他们忽视了实力下的人心问题。作为农民起义军的领袖，最重要的是理解人心。农民是朴实无华的，他们有着"知恩必报"的心理，郭子兴是朱元璋的伯乐、提拔者。他要想获得人心，必须要无条件地支持他，乃至他死了他还要支持他的儿子。

最后，请记住：机会的来临是频繁的，这次抓不着，下次还可以抓得到。如果没有机会，你仍然可以创造机会。所以说，并不存在这样一种情况：这次搭不上车，就永远没有赶超的时间了。

丧失一次机会不要紧，因为那虽然是个小机会，但是对于你来说并不是最佳机会。机会多得很，只要你仔细观察，机会就会再次光临你。如果你能力有了、资源有了、勇气有了，小机会抓住了更是一件好事。小机会会造成小成绩，但是随着小成绩的来临，一个大的失败陷阱来到面前，它需要你具备一个能力——宠辱不惊。

宠辱不惊，才是赢家的心态

坏学生在相当长的时间内都会被人轻视、看不起，当他获得一点点成功的时候，问题就来了，人们可能会发现：也许，我们错了，当年那样对待他，现在应该好好补偿补偿他。当小小的成绩出现后，各种鼓励，以前曾经看不起甚至取笑过我们的人会纷纷认错。如果，你的小成绩获得了新闻媒体的关注，那可更了不起了。人们的鲜花与掌声会接踵而至，把你打得晕头转向。这个时候，如果我们把持不住，丢失了自己的理想，我们就会再次从天上摔下来。

这个时候，人们的鄙夷会比之前的更严重、更波涛汹涌地扑向你。最终，人们会说"子系中山狼，哼，你是得志便猖狂"。为了避免这种情况发生，我们就需要一种本领——宠辱不惊。

何谓宠辱不惊呢？简单的说就是你在得意的时候不会太高兴，你在失败的时候也不会太失意。许多话，说起来容易但做起来就很难。然而，世间的事情就是这样：知易行难。理论上的、书本上的、口头上的许多东西咱们都懂、都理解它的正确性。然而一到社会上才发现：理论和实践的差距是多么巨大呀！不要说我们，就是一些名人本身也做不到宠辱不惊。

做不到从容的人被人看不起

"春风得意马蹄疾，一日看尽长安花"是唐朝大诗人孟郊46岁中进士时的作品。之前，他曾经两次落选，本来这次他并没有十足的把握。但令他非常吃惊的是，自己这次竟然考上了。因此，之前的一切苦恼、失望、穷苦他都忘记了。但别人的冷言热讽他却想起来了，他要让曾经蔑视过他的人看看自己中进士了，就要当官了。因为，在封建社会只有当官这条路才是走向幸福的唯一道路。不像现在，我们可以做生意，可以搞发明创造，可以做歌星或明星，可以去当运动员。在孟郊生活的的那个年代以上这些都是下等人做的。只有做官才是唯一的道路。

为此，孟郊便写了这首诗："昔日龌龊不足嗟，今朝旷荡思无涯。春风得意马蹄疾，一日看尽长安花。"那份骄傲、自满溢于言表。结果如何？他被人算计了。谁？当时的最高统治者——皇帝。有人把他的这首诗给了皇帝，皇帝一看非常不高兴。他说，这个人虽然有才，太过轻浮不宜为官。

皇帝这么一句话，孟郊从此就断了做官这条路。从此就只做过一些非常小非常小的官，死的时候非常可怜。要不是好朋友韩愈等人给他凑了100贯钱，他连入土安葬的钱都没有。好朋友郑余庆看孟郊的妻子可怜，赠送300贯以作为日后的生活费。

当然，孟郊作为一名诗人，他是非常成功的，堪称一位大诗人。可以说，中国诗人多如繁星，能到今天还经常被人记起的作品太少了。可孟郊做到了，除了上面那句以外，还有一首更著名的诗："慈母手中线，游子身上衣。临行密密缝，意恐迟迟归。谁言寸草心，报得三春晖。"这首诗叫做《游子吟》，大凡写母亲的作品，都会或多或少的引用它。可见，孟郊做出了大事情。但是，正因为他没有宠辱不惊的能耐，最终落得个一生凄凉。

活得精彩，更要活得幸福

我们不但要干出大事来，更要活得幸福。孟郊活得虽然精彩，但他并不幸福。他对得起后世几百年，几千年喜爱他的诗的人。但他对不起他的家人，他的妻子，他的孩子，更重要的是生他养他的父母。我们要做他吗？不要。除了孟郊，古今中外这样的人都很多，活得精彩但不幸福，例如梵高。

为了我们能够活得精彩、活得幸福，必须要做到宠辱不惊。当然，宠辱不惊不是要你面对阶段性的成果、小成绩一点儿骄傲都没有。不是这样的，只要我们记住：这只不过是阶段性的，小的成果而已，切不可得意忘形。记住，后面还有更大的挑战！如此，我们就会在高兴之后，把这些成绩忘记。有时候，我们必须要向伟人看齐，尽管我们并不是要做伟人做的事。但对自己严格了，才能活得精彩。居里夫人对诺贝尔奖都那么看淡，把奖牌丢给孩子玩，我们的成绩又有什么了不起的呢？

如果没有宠辱不惊的能耐，即使我们能够做出成绩，干出了大事情，其最终结果也是失败的。作为一名坏学生或说并不成功的人来说，在没有成功、在没有干出大事情之前，肯定会受到各种不公平的待遇。因此，就会受到各种打击。这是艰苦的历程。

有一句话,叫做"小人得志便猖狂"。这个小人并不关乎思想道德,而是指能否干出大事情来。一次成功、干出一次大事也许并不太难,但是干完大事之后,仍然能够保持它便是极为难的事情了。而要保持永久保持这种状态,就需要宠辱不惊的能耐。一定要记住下面这段话!

当我们干出了大事情,获得了别人羡慕的时候,我们就开始了"幸福危机"。幸福很难保持,因为大多数人会在幸福中逐渐丧失警惕。正如被逐渐加温的青蛙不会逃跑一样,面临危险而不自知。例如,历代农民起义的领袖们,大多都在胜利的时候忘乎所以,从而最终失败。

第 **5** 章

成大事的第五种能力：
好人缘

⏻

　　人际关系的重要性，是毋庸置疑的。一个人的成功，基本技能只占了小部分，绝大部分取决于人际关系。坏学生虽然学习不太好，但是大多为人仗义，敢为朋友两肋插刀，另一点就是他们不太顾及面子问题，敢于表现自己，从而为自己赢得了好人缘。而好学生，往往两耳不闻窗外事，一心只读圣贤书，不善于去结识朋友，建立关系。

　　年轻的时候是人格完善的关键期，与什么人交往，怎么交往，将是每个人一生尤为重要的一环。就像多米诺骨牌一样，如果一环处理不好，那么后面的人生就轰然而倒。这个时候，如果能够打造好自己的人际关系网，就会让今后自己的工作和生活如鱼得水，左右逢源。

只有"人气王"才能成功

一个人的成功，并非他一个人的功劳。他需要多方面的努力才能够获得成功。坏学生因为学习不好，所以，为了找到朋友他们就需要去主动迎合各类人，根据他们的喜好来改变自己。因此，坏学生们往往比好学生都有"人气"，他们的朋友也就比较多。

关系，使微软获得成功

俗话说，"一个朋友三个帮，一个篱笆三根桩"，没有朋友的帮助许多事情根本无法获得成功。

这个优点，到了社会上就是成功的基石。俗话说得好："多个朋友多条路，多个冤家多面墙"。有些人说，中国人特别喜欢靠人脉。其实，这话又对又不对。不对的地方在于，这并不是中国特色，整个东方的文化氛围其实都这样，就是西方国家难道不是这样吗？

比尔·盖茨大家都知道，许多人谣传他是草根，其实草根这种词得怎么说。中国的亿万富翁和比尔·盖茨、巴菲特这样的人比是草根，百万富翁和亿万富翁比也是草根啦。其实，比尔·盖茨的父母在美国算得上富人。他之所以能够成功除了靠自己的眼光、才智、意志力以外，IBM 对他的提携也非常重要。

微软刚刚创立的时候，他的公司规模不及 IBM 的千万分之一。而现在呢？尽管规模还是不如 IBM，但差距已经缩短到了不到二分之一。在知名度上，知道微软的人更是比知道 IBM 的人要多，这也是绝大部分人都以为微软要比 IBM 规模大的原因。

当年，微软之所以能和 IBM 拉上关系，能够和 IBM 有了业务往来从而成就如今的地位，可以说靠的就是比尔·盖茨的母亲和 IBM 的董事长是老朋友这层关系。否则，在计算机人才辈出的美国，比尔·盖茨也未必能脱颖而出。要知道IBM开创了电脑时代，因此，在电脑领域它是当时的霸主，谁能和它攀上关系，谁就获得了生存的基础。

由此，不难想象连比尔·盖茨这样的人，都需要人脉，更何况我们呢？除了他，爱迪生也同样需要各种人脉关系，在他背后有由14人组成的集团来帮助他处理资金、发明成果转化为产品等诸多工作。因此，人脉关系就连天才都需要，更何况芸芸众生呢？

朋友是你成功的必备力量

人脉是一个人成功的关键要素之一。即使你有很大的才能，你没有一个很好的关系网，也很难成功。因为至少有以下几个因素：

你优秀，别人同样优秀，即使没有你优秀，但也不会差得太多，甚至差到无可替代。

坏学生、不成功的人、并未成功的人，资金有限、信息有限、经历有限，这三个有限往往就会使你难以成功。

资金有限，使你有了好的思想不能变现，有时，甚至生存都会受到威胁。

信息有限更加危险，因为和你一样优秀的人并不少，但能够给你成功的平台、机会却可能并不多，而在这种情况下谁先找到这个平台谁就会胜利。这点在科学界非常常见，许多科学家都在同一时间研究某个项目，也几乎同一时间获得了成功。而正因为某些科学家、发明家有朋友早一步告诉了平台的拥有者并先行接触，使他们投入了资金使得发明创造更快一步地面世。世人便将这项荣誉给了这个人。而比他更早研究成功的人却被别人忘记啦。有兴趣的朋友可以查查电报的发明、电脑的发明等科学事件，都是这个原因。

经历有限，也很重要。许多事情很繁琐，他需要不止一个人的努力，他需要许多人共同努力才能够获得成功。因此，拥有志同道合的朋友变成了能否成功的关键。你做一部分、他做一部分，或者你统筹把具体事情交给其他人去做，如此等等不一而足。同时，朋友多了还可以弥补自己智力、经验上的不足。俗话说得好"三个臭皮匠赛过诸葛亮"。

向"人气王"们学习五种做法

正因为朋友是人生成功的基础、世人存在的基础，所以许多人都认为朋友很重要。但是,现实生活中的我们却发现:好学生的朋友不如坏学生的朋友多。这其中,到底是为什么呢? 人们不是常说:"人往高处走,水往低处流"吗? 与好学生交朋友,应该是许多学生的梦想呀。希望与榜样为伍,做到"挨金似金,挨玉似玉"。然而,客观实际却与之相反,这是为什么呢? 其实,答案很简单。

坏学生,因为常常受到别人的轻视,所以,他懂得朋友的珍贵,希望去主动交朋友;好学生,因为常常受到人们的重视乃至吹捧,人们都主动迎合他,所以,他以为周围的人全应该是他的朋友。

坏学生,因为主动去交朋友,所以,往往去迎合朋友们;好学生,则因为自己的地位似乎很优越,而对朋友们并不太友好。

坏学生,往往为了交朋友而搅动心思,思考朋友们的最需;好学生,则因为自己处于强者,往往忽略朋友们的心理,时不时地在不经意间伤了他们的心。

坏学生,为了交朋友可以放下身段,用自己的真心去交朋友;好学生,则一直以自我为中心,认为朋友们围绕着自己是天经地义。

坏学生,为交到朋友可以放弃自己的某些利益,从而找到叙述心思的对象,找到认同自己的玩伴;好学生因为早已经被认同,甚至被吹捧,人们也愿意倾听他们心里话,所以,他不需要放弃自己的利益而去寻找叙述对象和认同。

好学问不如好人缘

我们经常听到这样的一句话："劳心者治人，劳力者治于人。"这句话很简单，动脑子的人指挥不动脑子的人，不动脑子的人永远被动脑子的人指挥。由此，许多人便对有学问的人非常尊敬。但是，好学问却不如有一个好人缘。

放眼世界会发现：动脑子的人的极端就是科学家、大学者等极少数职业，只有他们才是纯粹的动脑子的人。而以下的其他所谓动脑子的人，在没有成为动脑子的人之前都要经过劳动。

成功不能离开人际交往

要劳动就需要合作，就需要人际关系。这点，就可以解释为什么许多好学生到了社会上之后，开始变得不怎么优秀。正因为，他们不会搞人际关系，不主动去交朋友，不主动去理解朋友，他们才很难成为纯粹的动脑子的人。而过去的好学生，一般会成为我们经常挂在嘴边上的"白领"。而"白领"之上的金领、老板则大多曾是销售人员或与客户接触最多的人员。其间的道理就在于：一线人员需要很强的人际交往能力。而坏学生的人际交往能力很强，因此说，坏学生日后成为"白领"之上者的机会要比好学生多得多。

坏学生，之所以有很强的人际交往能力，主要是因为他们讲义气；有交际手段，懂得团结一切可以团结的人。义气是交友的基础，明白交友的目的形成人脉统一战线是关键；交友手段是润滑剂。

需要对三种朋友讲义气

许多人对讲义气有些反感，然而，义气确实是必要的。但超过法律允许的范畴就不对了。同时，它也与交朋友的根本目的冲突。交朋友是为了让我们更容易获得成功，更容易找到可以诉说的对象。在这期间，朋友之间是以讲义气为基础的。当义气超过法律的允许，那就是非常错误的啦。为此，就需要明白交什么样的朋友。

俗话说："在家靠父母，出门靠朋友。"朋友的作用很重要，但是也要给朋友区分不同的等级，什么样的朋友可以义气，什么样的朋友不可以义气。

苏浚和孔子都谈过交朋友，两人有着共同观点。应该对什么样的朋友讲义气，我认为主要是：畏友；密友；友多闻三类。

畏友就是孔子说的友直和友谅，在生活中有这样的朋友：当你做了错事，特别是违反道德、法规的时候，他会斥责你。按照苏浚的说法就是："道义相砥，过失相规。"这种朋友为人真诚、坦荡，刚正不阿，没有一丝谄媚。能交到这种朋友可以说是人生之幸。因为在你彷徨无助、犹豫不前的时候，只要你做得对，他就会给你以勇气、帮助。这样的朋友，可以说就是知己。俗话说得好，"人生得一知己足矣"。有了这样的朋友，千万不要对他的怒斥介怀，因为，只有这样的朋友才会使你不犯大错误。从而，保证你的事业最终成功。

什么是畏友？就得直接点出问题，不照顾到对方面子。例如宋朝的张咏和寇准这对好朋友。寇准这个人虽然为人很好、诙谐，但他在才学上并不高深。张咏说寇准："寇公奇材，惜学术不足。"

有一次寇准特地问张咏："老友即将离别，你有什么话要对我说吗？"

张咏说："《霍光传》可是好文章，你不可不读呀。"

寇准回家后翻看《霍光传》，突然看到上面有"不学无术"四个大字。看罢，寇准才恍然大悟，从此寇准加紧充电，弥补自己在知识上的不足，终于成为一代名相。

张咏并不在乎寇准的地位，只在乎他们是朋友。因此，对寇准直言不讳他的不足。真正的朋友，不会在乎朋友的话多么伤自尊、多么难听，他知道这是为了自己好。寇准身为宰相，对待下属朋友的规劝不愤怒，而是认真听取并努力改正。这样的行为才是真正的朋友所为。

密友按照苏俊所说，就是"缓急可共，死生可托"。这种朋友就是那些为了你可以放弃一些利益的人，你有了困难，他们会给与你帮助。朋友既然对我如此，我也应该对他投桃报李，如法炮制。

友多闻就是朋友知识广博、经验丰富。这样的朋友也许不够义气、也许胆小如鼠、也许会有很多的不足，但是，为了我们的事业、理想，对待这样的朋友同样应该讲义气。因为，对他们讲义气将使我们获得成功所需的知识、信息、经验等。

不能对两种朋友讲义气

那么什么样的朋友绝对不能讲义气呢?就是苏俊说的"甘言如饴,游戏征逐,昵友也;利则相攘,患则相倾,贼友也"中的昵友、贼友。

什么是昵友呢? 就是孔子说的友便辟,这种朋友指的是专门喜欢谄媚逢迎,溜须拍马的人。就是只知道吃喝玩乐,你做什么、说什么,他都会说"太精彩了"、"太棒了"从来不说"不"字,反而会顺着你的思路、接着你的话茬,称赞你,夸奖你。

什么叫做贼友呢?这种人在有利益的时候削尖脑袋往朋友堆里扎,等没有了利益或有了些许利益冲突,为了五毛钱能够打得头破血流的人,这样的朋友不值得用义气相待。当然,这里面有一个问题:你是不是这样的人。如果不是,那好!就对这样的朋友——表面亲近,心里远离吧。不要对他们讲义气,因为,讲义气在他们看来是愚蠢的行为。你的义气行为,非但得不到回报,反而会被他们耻笑与利用。

这种人和畏友以及孔子所说的友直,正好相反,这种人心中没有是非观念,他们的准则就是从中渔利。如果被这种人包围,时间长了就会被拍得头脑发涨,最终盲目自大,失去许多真正的好朋友。

除了这一点外,这种人必然是"两面派"。当你面是和颜悦色,背后则散布谣言,对你进行中伤。这种人按照老百姓的话说,就是"光会耍嘴皮子"的人。说起话来,滔滔不绝,气势逼人,好像对你极为体贴。如果对这种人讲义气,最终伤害的人就是自己。

人脉统一战线可以战胜一切困难

明白了交什么样的朋友,我们就需要把朋友联合起来形成统一战线。只有这样,我们才能以同盟的形式获得更大成功的几率。看看我们周围,这种情况一直在上演着。周恩来总理大家都知道,他是江浙人,身材瘦弱的他到了东北。经常受大孩子们的欺负。结果如何?他和一些和他一样弱小的同学一起,组成同盟,结果把那些爱挑事、欺负人的人给震慑住了。从此,拉开了他统一战线的一生。中国革命的成功很大一部分就来源于统一战线的形成与威力。看看吧,统一战线的威力有多大。统一战线是一切弱者成功的不二法门。

而对于坏学生来说，在某种程度上，弱者、草根这些词汇用来形容他们更适合些。所以，坏学生要形成自己的统一战线，把对你的成功能起到作用的人全部团结起来，只有这样才能更好、更快地获得成功。

然而，俗话说得好，"一个人是条龙，两个人全成虫"。其原因就是，有些人喜欢内斗。在这种情况下，为了人脉统一战线的形成，我们就需要让度一些利益，学一学大度。

有这么一首诗就非常能说明问题。"千里修书为一墙，让他三尺又何妨；长城万里今犹在，不见当年秦始皇。"这首诗是中国文学史上的一个奇迹，作者版本众多，什么胡煦、张英张廷玉父子、郑板桥、郭朴、舒芬、曾国藩、何绍基等。这些人相对于老百姓来说都是强者，但是，他们都很大度。一堵墙算得了什么，看看历史，秦始皇厉害吧，始皇帝，万里长城都还在，你再看看他，死啦！我们就会发现：我们重视的东西，其实在某种情况下并非最重要的。

除了大度以外，人脉圈中还有一种现象就是你的两个朋友之间发生了问题，你该如何。三国时期，张辽和武周本是朋友，但因为一点小矛盾两个人闹翻了，见面也不说话。这时，他们共同的朋友胡质恰当地出现了。张辽听说他很有本事，便想和他交朋友。因为，张辽的官职高，他属于强者，为此，胡质劝张辽先承认错误。

他说："交朋友，应看大节，不计小事，才能长久保持友谊。武周这个人为人不错，你也认同这一点。但现在，你却为一些鸡毛蒜皮的小事，就不理他了，太不应该了。你和我是朋友，但我都不好意思，有些诚惶诚恐起来。我的才学比武周差远了，这样的人你都可以轻易离弃，更何况我这样的人呢！因此，我们俩好不了多久就会崩，还不如不结交哩！"张辽听了立刻向武周道歉，武周也连忙作自我批评。最终，三人都成了要好的朋友。

通过上述故事，我们知道了什么？一般情况下，朋友之间也有强弱，最好让强者先行认错。弱者，往往因为自尊心的原因不会向强者认错。其实双方都想认错，只不过没有恰当的机会而已。

"胆大、心细、脸皮厚"新解

许多人对胆大、心细常常有着褒奖，但对脸皮厚则往往持保留态度。然而，脸皮厚要看怎么做，如果为了一道自己不理解的数学题，屡次三番地询问他人，这种脸皮厚的行为就是值得肯定的。因此，可以说，胆大、心细、脸皮厚都要看所做的事情的性质再判断。做坏事情再胆大、心细恐怕也是坏事情。

胆大并非是天不怕地不怕，而是一种在仔细观察、琢磨的前提下的一种勇敢；细心就是在观察的基础上注意细节，通过细节来了解这个人的爱好，从而结交到这个朋友；脸皮厚其实和好面子一样都是中性词，只不过在"非黑即白"的世界观中，前者贬义性成分居多，后者褒奖性成分居多。

"厚脸皮"新解

比城墙拐角还厚的脸皮要不得，但比他人厚些总是好的，孟子说做人要懂得修恶之心，而在这里却说人要"脸皮厚"这不是矛盾吗？其实，整个世界就处在矛盾中。动静这一矛盾难道不时时刻刻地左右着我们的生活吗？厚脸皮其实在某种情况下也是优点，例如有一道数学题不会做。老师、同学、父母等长辈给你说了 N 遍了，就是不会。难道放弃吗？不会吧，这样做是极端错误的。只有厚着脸皮再去问，直到懂到心里为止。这时候，人家虽然说你"脸皮厚得很哟"，但是，这在任何人看来都不是什么贬义词。

由此，任何一个词语放在不同情况下，都会有不同的评判标准。如果我们脸皮厚，是为了帮助他人，那么这种脸皮厚就是美德；如果我们脸皮厚，是为了完成一件很重要的事情，那就是值得；如果我们脸皮厚，是为国为民，那就是忍辱负重这是一般人难以具备的优良品格。

脸皮厚，什么时候才是不折不扣的贬义词？那就是纯粹地为了自身的利益，而丧失尊严地去做某些事情。这种脸皮厚才叫真正的脸皮厚。

随着时间的推转,社会似乎越来越把脸皮厚发展成了褒义词。但我们不要误会,脸皮厚不是没有原则地去取悦他人。人世间许多原则性东西是不能抛弃的,例如爱父母、爱祖国等等。当然,当我们去交利益性朋友的时候,这些并不是我们考虑的要点。

中国人特别是北方人极为好面子,在古代很可能会为面子丢掉性命。现在这种人虽然少了,但是为了面子而丢掉工作的勇气在许多北方人眼中还是应该有的。好面子其实就是脸皮薄,脸皮厚和脸皮薄都是中性词,没有什么好与坏。评判的标准就在于是否挣得了自己想要的利益,想做的事情是否成功了。如果脸皮厚有助于成功,那么脸皮厚就好。相反,脸皮薄有助于成功,脸皮薄就是好。

举个很简单的例子,失败了丢不丢人?很丢人。但是,如果因为丢人,就不去重新做,那么是丢人呢还是不丢人呢?更丢人。在这种情况下,还是脸皮厚些好。如果曾国藩脸皮薄,被石达开打败一次就自杀一次,而且是真自杀而不是假自杀,那么,就不会有日后的曾国藩了。正是因为,曾国藩脸皮厚才使得他等到了石达开出走南京,找到了打败石达开和太平军的机会。

脸皮厚的背后代表着一个能力问题。脸皮厚就代表着:对自己的长处、优点和自己要做的事情的重要程度之间关系的清楚认识程度。越厚就越代表着清醒,越薄就越是不清醒。比如,如果你认为你要做的事情对你来说很重要,而每次失败都会对你的某个缺点的弥补产生好的作用,更有利于完成这件事情。那么,你就会欢迎缺点的暴露。因为,缺点暴露得越多你成功的几率就越大。相反,暴露得越少就越危险,即使你成功了也不能保持。

细心观察下的勇敢

勇敢就代表着对困难无所畏惧,对于一切理想都抱着"不管前面是地雷阵还是刀山,我都将一往无前地冲。我是我生命的掌握者,所以我必将胜利。"的态度。

世间的困难再大也大不过自己的心,只要自己抱着决然的态度,没有什么冲不破的困难,当然,如果实在是冲不过去,那还可以想办法,总之肯定能够冲过去。但是勇敢不代表可以盲目。

因此,勇敢必须是在细心下的勇敢才能成事。什么是细心?就是细心观察你要做的事情需要具备什么,你是否具备,如果不具备如何满足。明白了这些,有多大困难都不用怕。勇敢地向前冲就可以啦。

勇敢的另一种称谓叫做魄力,魄力不是天生的,需要培养。如何培养?就从疼爱自己开始,疼爱自己的理想,时时刻刻对这种理想的成功保持自信。可以想象,当你对你的理想都不能有自信的时候,更遑论苛求别人对你的理想充满信心。

心细首先就要细心观察社会环境,许多看上去不会成功的人就是因为执著获得了成功,例如郭德纲。激烈的竞争导致人在思想上有了巨大空虚,有的人会向西方寻求心灵寄托,有的人则会向传统寻求慰藉。苦练二十余年,终于一日成功,郭德纲的成功应该不在于他的功底,而在于他的执著正与时代的要求相契合。

细节决定成败

细心同样需要培养,这就需要你平时留意观察,培养"细节决定成败"的理念。当你关注某件事情的时候,你会发现,从中我们会发现以前忽略的许多东西。从而,培养自己观察事物的能力,如此就有了预测时机是否到来的能力。当别人都认为该干某件事情的时候,就你一个人认为不能。或者是你正确代表着你有与众不同的能力,或者你比平均水平差得太远更需要努力弥补。

许多事情之所以成功,其原因就在于你比别人多做了一些、多观察了一些、多想了一些。与你有同样思考的人很多,因为芸芸众生在中国就有十几亿人。你可能会注意到,小时候大家都会突发各种奇妙的想法。例如如果有个东西把收音机、录音机连在一起,可以让我随时随刻收听那多好呀。但是,突发奇想之后如何?过去了就过去了。以后不再想了。然而,正是这种突发奇想诞生了耳机、耳塞和随身听等等影响生活的产品。所以,这些细节的东西要观察更要坚持。只有坚持不懈,打破砂锅问到底,才有可能在这些细节中找到时机、商机、灵感。

胆大、心细、脸皮厚如何组合

最后,可以对这三种品质的人做一个组合说明,从中更可以看到他们的必要性。既胆大又心细还脸皮厚的人,战无不克、攻无不胜。刘邦、朱元璋大家都知道,他们在那个时代就是"坏学生",特别是朱元璋简直就是草根中的草根。但他们最终却胜利了。他们的共同特点就是脸皮厚,明明是自己的却要假装推出去,还要四处称臣,让对手的剑锋指向别人。趁此机会积蓄实力。

既胆大又心细却脸皮薄的人。这种人可以成功,但千万不要遇到大困难,遇到了就会彻底失败。项羽就是这样的人,面对章邯三十万大军他没有怯阵,最终破釜沉舟胜利了。这证明他既胆大又心细,他分析清楚了此战不胜必败,因此果敢地进行一战。但他脸皮不厚,经不起大的失败,乌江前就因为船夫的一句"你还好意思回去吗?"就拔剑自刎。可以说,脸皮太薄了。若渡过乌江,重新起兵最终胜负如何恐怕谁也不敢说。

既胆大又脸皮厚但不细心。这种人仍然可以成功,但只能做将才而不能做帅才。因为,他只懂得冲锋陷阵而不知道管理人。例如刘邦手下的战将樊哙,在鸿门宴中既胆大又脸皮厚,心里虽然害怕但表面上却不显露出来。但他一生没有细心,所以只能为将。这种人虽然能够成功,但绝不能保持长久。可以说历史上所有刚一成功就失败的人基本上都属于此列。因为他们不懂得观察,认为成功了就可以永远成功。从而,忘记了观察周围情况的变化。

既心细又脸皮厚但无胆量。这种人还可以成功,但只能做二等军师、二等参谋而不能做帅才。

与他人合作,达到 1+1 > 2

现在的社会,已经不再是"个人英雄主义"的时代。当西方进入工业化以后,人们便只能在团队协作的条件下才能生产出一个好的产品。其实,与他人协作这种精神早在上学期间,我们就可以经常碰到。比如体育比赛中,一个人的成功并不等于一个班级的成功;比如卫生考评中,一个人打扫得干净未必整个班级就会取得好成绩;比如做物理、化学实验,往往需要多人合作才能完成等等不一而足。

不能不与人合作的时代

尽管学生年代,我们曾经有过"集体力量"的观念,懂得了一个人的成功需要合作才能完成。但是,到了社会上后,便忘记了这个问题,失去了团结合作的能力。这不能不说是一个悲哀。由此,不妨再阐述一遍:成功需要他人的协作,即使你是在工作中,也需要集体好你才能好。无论你的工作能力有多高,如果其他人的能力都差,集体的力量同样显示不出来。更何况,并不是每个人的能力都出类拔萃。

有人说,许多行业其实并不需要他人合作,一个人就可以啦。例如文学创作。然而,现在的文学工作者不同于鲁迅那个时代。那是个积极进取的时代,只要你有能耐,你有水平就可以获得别人的青睐。但是,现在是一个网络时代、经济时代,即使你写得非常好,也会淹没在同类型作品之中。如果没有宣传、包装,不会引起多数人的注意,这可以说是时代的悲哀、文学的不幸,但这叫历史进程规律。你不服不行。

就连最能够独立运行的文学都已经不能独立运行,更不要说其他行业了。还有人说,科学发明创造同样可以不用与他人合作。但是,科学发明创造几乎每秒钟都会出现。然而,我们看看又有多少会转化成成果。许多科学家,特别是我国的科学家都在为没有资金苦恼，这里面就牵涉到面对市场的问题。而面对市场问题，往往是包括科学家、文学家在内的许多人并不擅长的事情。因此，就需要与他人共同合作才能够使他的思想与市场进行结合。

朋友并非多多益善

既然我们不能独善其身，必须与他人合作才能获得成功。那么，我们必须形成统一战线。人脉统一战线最关键的不是人数而是理想，同一战线的成员必须是具有同一目标的人。有人说，人生就像一场戏。还有人说，人生就像是战争。前者过于潇洒，潇洒到忘记了悲欢与痛苦；后者则过于残酷，残酷到忘记了人生的欢喜快乐。人生不是战争，因此不能用韩信的"多多益善"。

人脉统一战线不在于人数众多、朋友众多，而在于人们中间的长处互补，缺点互销。每个人的利益诉求不同，人数过多就代表着不同的利益诉求点越多，如此产生冲突的几率就越大。

完成统一战线首先要明确自己的优缺点，然后才能够找到能够与我们互补的人。承认自己的缺点是非常痛苦的，许多人认为这点会有悖于自信。其实这正是最大的自信，因为他自信于：即使我们有了缺点，仅凭剩余的优点我们仍然独特和优于其他人。

当我们自省后会发现一些，虽然没有造成挫折但却是属于自身缺点的缺点。明白了它们，我们就少了犯错误的机会，从而，更有利于成功的几率提高。自省也会使我们明白：我们自身不是圣人，不能从根本影响他人，只有对方内心起了变化，你的影响才能起到作用。这样，也会使我们不会因为自鸣得意、过于自信，从而阻碍团队的健康发展。

其次考虑如果成功还需要哪些资源。如此，我们就有了人脉统一战线的基础。在人脉统一战线中，为了更好地获得成功，就需要了解每个成员都具备哪些技能，每个人的品格、性格。即使，我们发现在这个统一战线中，自身不是领导者或核心，为了自身的成功，仍然需要了解这些。只有统一战线获得了成功，自身才可能成功。而为了避免在事业进行过程中，统一战线由于人的因素出现各种问题，只有我们提前了解这些，才能够在解决其中的人的因素中有的放矢。

懂得交友之道

交友之道在于真诚，只有真诚才能赢得朋友。无论我们采用什么样的技巧，都不能脱离真诚这个根本。真诚的交流、真诚的帮助，真诚地把自己的经验教训与朋友们交流。真诚的帮助也叫乐于助人，它是件令人敬佩的事情。在人世上，每个人的性格不同，所以，你付出后未必会有回报。然而，你不付出，就永远得不到别人对你的帮助。为此，助人的次数越多，你日后得到帮助的次数和几率才会越高。因此，我们就要抱有如下信念：给予他人的，就是有用的。

在交友过程中，更会因为种种原因，我们会遇到朋友对我们产生误解，甚至可能会出现俗语说的"对不起我们"的事情。这时，不能简单地归结为：这个人不讲义气，不够朋友。应该仔细地考虑，之所以出现这种现象的原因是什么。发现原因的时候，也许你就会发现：你可能误会了朋友。

假设，朋友真的对不起你。为了人脉统一战线的通力合作，必须要"忍"。这个"忍"字可了不得，我们常常看到许多人在屋内、在身上不是挂着就是戴着一个甚至刻上一个"忍"字。人们常说"忍字头上一把刀"，不妨在后面加上一句话"忍得过来是英豪"。这个问题很重要，我们会在后文专门说这个问题。

在朋友交往中一定要互相尊重。遇到和你观点不同、你觉得不够义气的朋友时，也不要恶言相向。俗话说得好"君子绝交不说横话"。互相尊重人格也是为了长远打算，每个人都有独立的人格，自己的传统信仰和嗜好、家庭背景等。不能以自己的观念来塑造朋友，这样就不是朋友关系，而是主仆关系。

最后，朋友之间要互相信任。人生在世，往往会出现朋友伤害朋友的事情出现，这个时候，真正的朋友可以气愤，可以恼怒，但千万不能怀疑朋友是故意为之。主动地考虑一下为什么他会这样做，如此，不但显得你大度，还会让朋友觉得你够义气，你们的朋友关系才会更牢固。

选择好自己的朋友圈

每个人都要清楚地知道,哪些人会对自己实现理想有好处,哪些人会成为你的阻力。请一定要注意,当朋友间成为利益交换工具的时候,朋友已经不再是朋友了。为此,朋友不是固定的,朋友之间也不会永远没有冲突。为此,朋友的选择应该是有阶段性的。每个人都要明白,在事业成功的路上,应该有不同的朋友圈。

人生需要四个朋友圈

朋友圈的作用就在于:利用不同的朋友圈达到自己在各方面的诉求。这种诉求可能有利于自己成功,可能表面上对成功与否不起任何作用。例如,我们经常看到,许多学生交朋友往往不是和好学生交往而是与比他更差的同学交朋友。其实,这并不是他们不思进取。更重要的原因在于:他们在寻找一种自己更好的理由,寻求一种认同。

许多家长和老师并不认可上述行为,但在现实生活中我们却发现:所有人都喜欢和自己能力相近、地位相差不多的人交往。这样才能找到自信,才能找到更好地工作、学习的自信心。坏学生如此、好学生如此,成年后的所有人大多都如此。

这便由此引申出了第一个朋友圈——寻找自信的朋友圈。在这个朋友圈内,所有人的能力都差不多,谁也不比谁差。因此,可以自由、平等地进行交流、沟通,如此,反而会更能激发出自己的能力。

第二个朋友圈——榜样朋友圈。坏学生之所以很难找到家长、老师所希望的好学生朋友,其原因无外乎:家长警告好学生不要结交坏学生,以及好学生的拒绝交往。在这种情况下,坏学生们很希望与上级或比自己能力高、资源多的人交朋友。这时候,无论是好学生还是坏学生都属于学生群体,这样他们也就处在了弱势地位。

在这种情况下,我们不妨回想一下坏学生们如何结交到好学生。他们往往利用自己的特长来吸引一些好学生,由此,学生在毕业后也应该利用自己的特长来吸引领导或其他强势人物。

第三个朋友圈——精神朋友圈。前两个朋友圈往往是由志同道合者组成。在这个圈子内,大家都有同样的目标。在这个圈子内,大家喜欢谈共同的事物,喜欢用同一个语言说话。朋友圈不能仅仅是与自己志同道合的朋友,因为志同道合的朋友在某种情况下,往往是自己的竞争者。例如 QQ 上的各类职业圈子。

但是,志同道合圈中的朋友们一但有了竞争就会有利益冲突,学生在学习生涯中的竞争一般都是正面竞争。但是,到了社会上就会因为利益冲突而造成朋友决裂。特别是在经济领域,朋友共同创业后因为经济利益而反目成仇的案例比比皆是。更重要的是,在诸如经济领域,你很难交到真正的朋友。

由此,就应该出现一个没有任何利益冲突只是纯粹精神上互相慰藉的朋友圈。在这个圈子内大家因为各种原因,例如是邻居、是很小就在一起的玩伴等,大家碰到各种难题,互相劝慰、互相勉励。虽然,圈子内的朋友们因为不理解对方的事业而起不到任何帮助。但是,他们会在精神上给与相当多的慰藉,有助于较快地摆脱失望心理。

第四个朋友圈就是贵人伯乐圈。贵人圈也就是能够帮助你的人,也许在生活中你的能力、资源、人脉都够了,但就是缺少赏识你的人。你总是英雄没有用武之地,其实,这不能怨贵人伯乐少,而要怨你自身不能去寻找贵人、伯乐。

用能力吸引伯乐和贵人帮你

"发明大王"爱迪生不但是发明家,还是一位企业家。享誉世界的跨国公司GE通用电气公司的开创者就是爱迪生,然而,在他背后却有着由 14 人组成的团队。这些人都是出资人,他们十几年来、数十年来都将爱迪生的发明出资转化为有益于世人的产品。从而,为爱迪生的赫赫声名打造了基础条件。

除了发明转化为产品,爱迪生不必担心外,其他的烦恼,例如有人如果和爱迪生发明方向相同,但却因为种种原因出现了问题,就会由这些人出头买下那些人的成果。如此,他们就会利用手中的资金把其他人挡在成功大门之外。他们还利用自己的资金,把爱迪生在发明之外的其他考虑全部搞定。

这 14 人的团体,构成了爱迪生的巨大支撑体系。作为一般人,我们显然不能和爱迪生相比,但是,我们和他同样有着巨大的热情与努力。连爱迪生都要有自己的相助团体,更何况我们呢? 按照常人理解,这些人其实就是我们的贵人。

贵人能够帮助我们就在于我们能否做到三点:其一,你的能力和你的计划是否能够开创某种局面;其二,你是否是一个值得交的人,在当今世界能够成功的普通人只有形成一个团体才能获得成功,而是否能形成性格互补、优缺点互补的团体,既可以观察出你的人品,还可以观察出你的人际交往能力;其三,你是否具有百折不挠的精神。

只要你有了上述能力,贵人、伯乐敲响你的大门就是迟早的事情。

交友的三个方法

朋友相交贵在真诚。不论你和上述四类哪个朋友圈中的朋友相交,这一点都是最重要的。真诚并不仅仅是说话、做事做到言出必行,更重要的是真诚地指出对方的不足。激励他们更积极地面对失败,虽然是好的事情,但是真诚地指出对方的不足也很重要。如果我们只是激励、赞美那我们自身就成了昵友、贼友。因此我们要提醒朋友:你有什么缺点和不足,应该如何完善自己。

朋友相交贵在相知。相知就是知道自己、朋友都有什么优点和缺点,只有这样才能真正做到真诚。如果不相知,即使你想真诚也做不到。

朋友相交贵在主动。交朋友必须要主动,如果你不主动,坐等其他人来找你交朋友,除非你天生就生在富贵人家,否则就根本不会有人主动与你结交。但这种情况下的朋友,大多都是酒肉朋友,都是一些昵友、贼友。他们看中的不是你而是你的背景,你失去了背景其结果就像垃圾一样被他们丢弃。因此,要想真正地交到朋友必须要主动。不要因为一次主动交到了不好的朋友,便失去了主动的勇气。

学会和你不喜欢的人交往

天下万物不会因你的存在而存在，任何人也不会因为你的喜怒哀乐而改变自己的主张。许多人的能力可能比你还要强，能量比你还要大，所以我们必须学会与他们共同生活在一起。

例如你不喜欢你的老师或日后工作中的上级，这个你能改变吗？你不是校长或领导，你并不能让他们在眼前消失。你不喜欢甚至讨厌某个同学，日后可能是同事，你能改变这种状况吗？答案是不能。因此，不是你喜不喜欢和人交往，而是你必须学会和不喜欢的人交往。

四步教你突破不喜欢他人的心结

为了和不喜欢的人交往，寻找并结交到各种朋友，我们不妨做好下面四个步骤，如此，就会突破总是不喜欢与讨厌的人合作这个缺点。

第一，反省自己是否苛求了人家。

和自己不喜欢的人交往的前提在于自省，自省自己是否苛求了他人。我们的传统文化，使我们一直对"君子"和"大丈夫"情有独钟。"君子"要求人家温文尔雅，谨言慎行，诚实厚道，彬彬有礼；"大丈夫"则是这个人要"富贵不能淫，贫贱不能移，威武不能屈"。但是，真正能够做到它们的人却是凤毛麟角。

但是我们似乎对他人要求过高了，明明自己做不到，反而要求人家去做到。比如许多学生都讨厌打小报告的学生，但是，在讨厌人家的同时，扪心自问一下自己是否做过呢？

讨厌人家不妨写写人家的缺点，写完之后比照一下自己是否也是这样的人。如果是，我们还有什么资格去苛求人家呢？

第二，主动和讨厌的人的朋友联系，听取他们的好评。

人们之所以会和你不喜欢的人交朋友，就在于：人家发现了你忽视的某种优点。如此，至少证明你有两个不足：其一，你在看待人的方面犯了错误，但你一直没有承认。没有反省意识。其二，你没有观察的能力。人生就是如此，在每件事情上找到自己的不足，并努力改正它们。

第三，看一些不喜欢的书籍、影视剧等。

这样可以先从物上面找到自己的缺点，从而给自己的心理予以铺垫。励志书籍和影视剧中的主人公在现实生活中可能不能绝对存在，他们可能是你我他的综合，但是，他的身影必然可以在现实生活中找到。从中我们可以得到某些启示，某些鼓励。

第四，想想日常生活中他们的好。

日常生活中，同学们总会有交流，工作了同事的关系也是如此。当你产生了讨厌、不喜欢他人的时候，不妨多想想他人的好处特别是对你的好，少想那些你不喜欢的情节。如此，你就会慢慢地觉得那个人并不是那么令人讨厌。生活就是如此，当把放大镜放在他人身上，自然毛病很多。每个人都不是完人。同样，也不会有一个人聚集了所有缺点。记住这一点，并时刻地提醒自己，非常必要且有好处。

不能感情用事

正因为不喜欢的人往往会对成功起到阻碍或促进作用，因此，为了成功就不能感情用事！人们常说"做事情，千万不要感情用事呀！"每个人都会说，几乎成了口头禅。每个人都知道"感情用事"不对，都知道不能以自己的好恶为评价标准。但是事到临头的时候，往往将它们抛到九霄云外。

对于"坏学生"来说，感情往往是盲从的、过甚的，听风就是雨，过于灵敏。特别是在异性情感上更是如此，许多"坏学生"都是因为这个原因铸成了大错。其实，在这背后隐藏着一个眼光和胸怀问题。这种"坏学生"眼光太浅。一碰到难以解决的问题，一碰到伤害自尊的事情，一知晓某人"背叛"了自己。立刻就乱了，惊慌失措起来，不知道如何处置。

其实，这里面很多是"猜疑"这一人类劣根性使然。究其根本是不真诚，以一种不真诚的心理去揣测别人。特别是这种猜疑是针对一个与自己不合的人，确实做过对不起自己的人。由此便疑神疑鬼。明明人家做的是一件好事，是为了你好，但却从某一个动作、声调中揣测出一种卑鄙的阴谋。如果有这种猜疑心的缺点，一定要祛除，否则后患无穷。它会致使自己一事无成，永远不知道该如何与他人交往。

破解不喜欢心结

和你不喜欢的人交往，可以锻炼你的忍耐力，可以扩展你的表达能力，可以帮助你克服偏狭的观念。因为每个人都会有不足，和你不喜欢的人交往，你会发现其实那个人并不是你想象的那样，他的身上有你许多并不具备的才能。

例如有的人有德无才、有的人有才无德、有的人无才无德，这三种人可能是你不喜欢和他们交往的类型。而才还可以分为财、才两大类，那么就有六种不被喜欢的人。而德又包括思想品德、行为做派是否规范等多种，如此我们不喜欢的人都可以从中找到。但是这些人真的就一无是处了吗？我们不能够看到那个人一个缺点就认为那个人全是缺点。

还有的人并不是以上这些原因，而是因为这些人做过对不起你的事情而被你所讨厌。但不知你想过没有，他对不起你，你难道就对得起他们吗？他们不够朋友，难道你就够朋友吗？朋友不仅仅是同甘苦更是共患难。你是否真的也够朋友呢？扪心自问一下，也许我们就会发现其实我们也在不经意间，做过对不起朋友的事情。

还有人认为朋友小气，但是，他们为什么小气？你有仔细探究过吗？也许，他的家庭条件不允许他大气。你也许会说"连吃喝玩乐的钱都不敢花，以后还能做什么？"其实大谬。正是因为如此，他知道现在有比吃喝玩乐更重要的事情，他才小气。而这种能够分清事物轻重缓急的能力，正是你没有的，也是你应该向他学习的。

当我们仔细观察他人的时候，就会突然发现，也许没有义气的正是自己。什么是朋友？朋友应该是急朋友之所急，一心一意地帮助朋友的人，而不是只知道索取不知道付出的人。特别是当朋友遇到某种困难，而仍然要求朋友"够义气"的人，更是没有资格要求别人做出"够义气"的事情，因为他没有同情之心。

主动与陌生人交朋友

在成功的路上，即使我们有了朋友圈，对于事情能否成功，仍然不能把握。需要借助外脑，借助他们的力量降低阻力。而这些人中就很有可能是你从来不认识、没有听说过的陌生人。这些陌生人往往是成功的重要因素，例如，举办画展。画展举办地的负责人可能是从来没有见过的陌生人。有些人之所以实力也有了、条件也具备了，但就是不敢接触陌生人或者见到陌生人不知道如何接触。如果长此下去，怎么能够做到"临门一脚"呢？

摆脱鸵鸟心态

据说鸵鸟生性懦弱，遇到攻击或在危险来临之时，都只是被动地把头埋在地下以逃避现实，从而不敢直面困难和挑战。其实这就是逃避、这就是自欺欺人。

之所以不喜欢和陌生人主动交朋友，其原因就在于害怕。害怕对方知道自己是一个学习不好的人，从而也像其他人那样看不起自己，从而有了一种"鸵鸟心理"。你不接触陌生人，难道陌生人不会来找你吗？

坏学生终要毕业，而毕业就要面试、就要面对众多陌生的同事。和不和陌生人接触不是自己说了算的事情，而要社会说了算。除非你现在就逃到深山老林中，永远不和一个人接触。但是这样做的话如何？死路一条。为此，必须要和陌生人接触，特别是陌生人将会给我们带来许多。包括思想上的、事业上的、知识上的，如此等等。说不定，你实现理想的贵人，就在他们之中。

六类陌生人

在我们接触的众多陌生朋友中，可能会出现六种人。这些人主要分为：

1. 伯乐。

这些人会在关键时刻给予你支持,他们会因为各种原因,真心地希望你获得成功,并为了这种成功承担某类风险。当你需要指引或咨询时,就可去找他们。他们擅于聆听、整理、分析你心里所想的。他们会让你了解自己拥有或缺少什么能力。

2. 志同道合者。

他和你拥有同一信念,会在你失意的时候给予信念支持,会在你遇到困难的时候给予你支撑和帮助。他们会与你一同缔造成功,与你一同迎接挑战。

3. 精神支持者。

他们可能与你的成功没有任何关系,但是他们可能是你的倾听者、宽慰者。成功路上的失败不可避免,有些可以向亲人、同志者倾诉,有些还可以向伯乐者讨教,但是有些却不能和任何人说,可是这些郁闷又不能不倾诉,所以,与自己没有任何利害冲突的人变成了很好的倾诉对象。也许你们在喜好上面有着共同点,你们可以在某一时间共同做一件事情,在消磨时光的过程中,谈谈你的苦恼。因为,他们和你没有任何利益关系,所以他们的观点往往更加客观。有时候,许多事情正是因为我们"身在其中"。这些人可以在你心情跌到谷底的时候,让你迅速获得成功的精神动力。

4. 资源供给者。

这些人可能在信息上、资源上拥有某种特长,他们会利用自己在这些方面上的优点,为你迅速扩大人脉关系、资源储备。你不能不承认,有些事情、部门、组织,你去的时候,费尽唇舌总是不能获得成功。但是,有些人只需要一个电话、一张纸条就可以帮你把事情做好。

5. 艺术家。

这种人在思维上、精神上拥有先进性,他们在信息、知识的取得上拥有任何人无法比拟的优势,他们可以为我们提供各种有益的参考意见。

善于推销才能成功

为了让陌生人更好地了解你的为人、能力、业绩,必须要积极地进行自我推销。提到某某人,我们总可以滔滔不绝,悉数他的优点和缺点并且分析得头头是道。说到自己,不是找不到合适的词来形容,就是借别人来拐弯抹角地讲自己的成绩。不懂得推销自己,然而这一不足很可能将自己推入死胡同。

善于推销是个人能力、自信等多方面的优秀素质的体现,这些正是很多人看重的。这些优秀品质也是出色完成工作任务的有效保障。推销自己要表现出自身的亮点，就像商品的卖点一样，必须要让对方信任。在进行自我推销时，必须要有自信而且长时间地保持它。

和陌生人打交道很利于个人成长。与熟悉的人打交道，说话、做事都要遵从于已有的游戏规则、社会关系，符合自己的角色定位。和陌生人交往则不必顾虑这些，因为初次相见大多没有切身的利益关系。熟人社会中的各色人等，因为较为熟悉，对对方会有着某种既定的评判。然而，陌生人则不会，他们的判断会更客观。无论对方是否会认同你的观点，都会给与一定的评价。这样，我们就会从中找到自己的某种缺点。

和陌生人交谈，更能锻炼口才和人际沟通艺术。熟人之间，彼此都很了解，不会很注意说话的方式和技巧。而陌生人之间的交往从零开始，需要有意识地运用沟通技巧来建立关系，多次下来，人际沟通能力和口才就会得到提高。

主动和陌生人说话、交朋友更可以锻炼勇气。不但如此，它还可以扩大社交圈子。在陌生人中，有可能是我们成功的关键要素之一，有可能是帮助我们获得成功的贵人，还可能是提供资源、信息的人。在和陌生人交朋友的过程中，最核心的是真诚，其次是学会保护自己。怎么会有人能和不喜欢的人交成朋友？

如何面对陌生人

大部分人面对陌生人，一般都会有所保留。这是从小受的教育使然，小时候我们就被告诫："不要和陌生人说话，不要吃不认识人的东西。"在这种教育下，再加上社会环境的变化，与陌生人交流更是许多人的不足。由此，不妨介绍一下与陌生人交流的基本点。

1. 第一印象很重要。

每个人都应该像珍惜生命一样，珍惜自己美好的形象。每个人都应该有两副面具，一副给外人，一副给自己人。一副用于公关，一副用于对内。这不是为人虚假，而是要想生存必须要做的事情。虽然，人们知道完美不可能存在，但是人们往往追求完美。人们虽然知道自己不是"君子"，但却希望他人是"君子"。因此，每个人只能戴着面具生活。只有那些与"我"毫无利益冲突的朋友，才能看到真实的"我"的面目。这也就是为什么，一直强调要有毫无利益冲突的朋友圈的作用。在诸多印象中，第一印象最为重要。

第一印象的好坏决定于初见时的第一眼感觉，微笑、着装得体等则是决定印象好坏的关键。微笑不但会让人觉得你很自信，而且有助于消除自身和对方的某种紧张。其实每个人跟陌生人交谈时内心都会不安,所以不必自愧自身的不安。

2.形象必须以实力为依托,形象必须是连贯的。

给外人的印象一定要经过设计。设计的前提需要知道实现目的的人希望什么形象?是沉稳还是创新十足?由此根据人家的需要来设计自己的形象,设计之后就需要连贯性。

3.不要只顾自己的兴趣。

在与陌生人的交流中,一定要避免谈论会让人讨厌的话题。也不要只顾自己夸夸其谈,陶醉于自己的见解,要注意倾听别人的建议。在谈论自己的见解时,也要时刻注意观察对方的细微反应。

4.一次失败不算什么。

初次与陌生人沟通,对方没有任何反应非常正常。根本不必要沮丧,也不必为了讨陌生人的欢心而进行各种思考。因为,陌生人之所以没有反应,其原因之一在于你们初次相见,你的为人别人并不知道。与人共同做某件事情,重要的是志同道合。很难想象有人会愿意和一个品德不好的人共事,在一同做事中时刻提防着对方对合作伙伴的算计。其二,他对你的计划并不了解。你对计划很了解,是因为那是你的计划。别人初次接触,自然要仔细思考,进行市场调查。

做个左右逢源的处世高手

"左右逢源"是很多人梦寐以求的人生状态。放眼世界、回顾历史却发现，大凡能够获大成功的人，几乎都是左右逢源的人。但是，左右逢源不是一般人立刻就可以学得来的。如果仅凭意气用事，其结果必然是越左右逢源越里外不是人。

放弃表面原因抓问题的本质

世上许多事情不能用对错来评价，同时，也有许多事情根本不重要。但是因为各种原因特别是性格因素，使人往往不会变通，不识时务。许多坏学生之所以被诟病、许多好学生之所以被人认为是"书呆子"就是这个原因。

有的学生经常爱给别人挑毛病、挑错误。许多毛病、错误根本不伤害他人，也不能证明自己的能力有多高。反而，会让人觉得你狂傲、不会团结他人。这个缺点如果扩展到日后工作中则很不好。

例如打扫卫生。许多爱较真的学生在检查卫生的时候，经常脸红脖子粗地对扫地没扫干净的同学叫嚷。其实，这很没有必要。扫地、擦玻璃等活动中，并不是那些同学不认真，而是确实忽略了。人家勤勤恳恳地劳动，仅仅是因为比手指头还要小的地方没扫干净，便大加斥责肯定会让人心里不舒服。

在这个现象中，斥责者没明白打扫卫生的目的，只是抓住了表面现象，而没有理睬根本问题。打扫卫生的目的表面上是为了校园整洁，根本上则是为了让人养成做事认真的习惯。后者，对于老师、学校、同学来说却是根本目的。既然对方已经很认真了，就应该给予放行。

在上面的例子中，斥责者并没有抓住问题的实质。只要他不是屡次都犯同一个错误，百分之九十九都做得很好，就是差这个百分之一，这个问题的出现，就没必要太过较真。相反，如果他总是因为大意而搞得卫生评比分数低，那么，足可以证明他确实有这个缺点。由此，就应该好好地与之进行交流，让他改掉这个毛病。

改掉不正确的做事方法

许多学生都会当面顶撞老师和家长，这种做法在学生时代不算缺点。如果父母、老师是错误的，那么顶撞还可以算做优点。因为，老师、父母无论你怎么顶撞，都会继续爱你。但当我们步入社会，特别是工作的时候，就应该竭力避免这种现象。许多职场上的"斗士"就是这样，他们面对着各种不公平，往往带头起来反抗老板。或者面对老板说的话、做的事，毫无顾忌地按照自己的想法去说、去做。也许你做的、说的是正确的，但行为方式和方法无疑是错的。

因为，社会上的人们虽然表面上声称喜欢"正直的人""勇敢的人"。但往往那是希望别人如此，对于自身要求却没有这么高。结果，其他同事纷纷鼓励你、支持你，等最后被开除的时候，之前的好同事们会立刻躲得你远远的，并在你走后耻笑你的"螳臂当车，自不量力"。这就是，不懂得左右逢源的后果。

见人说人话，见鬼说鬼话

现实生活中，我们会发现许多坏学生往往拥有一种能力：他只要一说话，别人就爱听。

许多人都不明白他们能够做到这一点，其实很简单，他们会"见人说人话，见人说鬼话"。遇到好同学，他们会和他们谈学校的事情、老师的事情，甚至是学习的事情。见到和自己一样的同学，则会谈他们感兴趣的话题。因为，平时不能得到学习上的认同，他们便在其他方面找到突破口，认真研究他人喜欢什么。

那个人喜欢学习，就说学习的事情；那个人喜欢谈游戏，就说哪个游戏好玩，应该怎么玩；那个人爱捣鼓各种器具，他也就会如法炮制；那个人爱给同学讲故事，他也看本漫画书后有模有样地学说，如此等等不一而足。

这个能力到了社会上，就更能显示出威力。学校期间这种能力代表着有众多朋友，得到精神上的认同感。到了社会上则会让我们得到领导的认同、同事的喜爱，甚至竞争对手的赞扬。因为，工作生活中许多事情并不是"非黑即白"，许多事情的评判标准并不是那么简单。大多数人对这种人并不赞赏，认为没有立场。但是，认为归认为，在实际操作中大多数人还是这样做的。特别是有求于人的时候，更是如此。

但是，正是因为平时没有训练，到了用的时候就往往不能够得体地说，结果还是本想"见人说人话,见鬼说鬼话",但是结果却是"见人说了鬼话,见鬼说了人话"。不但事情没有做好,反而会让别人笑掉大牙。这样,我们就需要平时训练"见人说人话,见鬼说怪话"的本领。

第一,不同性格的人就该左右逢源。

与诚实的人多说诚实的话,与鬼机灵的人多说些虚话。长此以往,我们不但会搞好人际关系。也可以在推销自己的才能、计划的时候更有把握。因为,你面对的能够帮助你的贵人,并不是各个都是天使,其中也有魔鬼。而且,魔鬼倒是更多些。

比如,资金提供者。有些资金提供者会和你一同成长,目标比较长远。而有些资金提供者因为资金不是自己的,而是人家交给他让他帮助赚钱的,所以他就比较看重中短期利益。这里的魔鬼和天使并不是针对品德,而是针对你的态度。有的资金提供者会对你的失利抱有分析的心理,然而大多数的资金提供者却往往以结果为标准,你如果失败了那么没有任何可说的。所以就需要针对不同的对象、不同的事情、不同的时机,说话的方式也要不一样。

第二,不同利益使得必须左右逢源。

俗话说"人嘴两张皮",又说"秦桧还有三个朋友"。两句俗话合在一起,就告诉了我们一个道理:对于一件事情,即使它是非常正确的事情,也会有几家欢乐几家愁的状况出现。做某件事情,必然要伤害或阻碍他人的利益。由此,当我们做某件事情的时候,既要考虑到自己将得到什么,别人会不会失去什么。

再因为同一个事情,因为不同的评判标准也会有不同的评价。你认为对的事情,别人未必认为正确。如果,能够找到具体的对象,那就事前与之沟通。假设,这件事情不是你做的,你作为旁观者去祝贺。这时,你就会发现在你没有祝贺之前,某些人还与你是朋友。祝贺后便对你冷淡了,因此,对于这些事情我们更没有必要去做。这不是世故,而是避免不必要的麻烦,让你少一些阻碍。

第三,事物发展态势使得必须左右逢源。

说话做事要一步步来,先试探别人的口气和想法,之后再决定说还是不说,应该如何说。无论我们做什么事情,只要是需要别人帮助,就需要知道别人对这件事情的态度。千万不能见到对方就把自己的事情告诉他,因为有三个问题你还没有搞清楚。

其一,你可能不晓得这件事情如果做了,会对那个人有利还是不利。如果不利于那个人,别人也就肯定不会支持你。在这种情况下,不妨找些相似的例子给他说说,听听他对这个例子的评价。如果持反对意见,那么后面的话也就没必要说了。

其二,你需要别人的帮助,但他对你是否会真心帮助,你摸不清。这种情况下,不妨拣些小事情请他做,如果小事情都不帮助,那么大事情肯定不会帮忙了。

其三,人家是否有其他重要的事情需要先行处理。如果有重要的事情要做,就应去找其他人帮忙。如果没有人能帮忙,这种情况下不妨先撂一撂,等他把重要的事情做完再说。

上述三个问题,如果搞不清楚,被人家一口拒绝了,惹得你在众人面前丢了面子事小。更重要的是,如果还有陌生人在场,人家就会认为你这个人太轻浮,同时会对你的领导力、沟通力、亲和力等诸多方面的能力产生怀疑。

如果人家有重要的事情先处理,则会使你延误时机。因此,做事情前先试探一下对方对这件事情的态度、是否感兴趣再行决定,只有这样才能找到帮你做好事情的人。

第 **6** 章

成大事的第六种能力：
变通力

常言道,树挪死,人挪活。成功之道,只有变通一条,老办法不是在每个时候都能用得上的。我们做事取胜的办法不能一成不变,即便过去多么奏效的办法,也不能永远使用,必然随时间、地点、条件的变化而变化,这就是懂得变通的道理。只有懂得变通的人,才会对外界敏感,易于挖掘契机,也善于找到解决问题最完美的办法。

　　坏学生是最不懂得循规蹈矩的一群,他们对纪律和规则反感,是其严重的破坏者。遇到什么问题,一般都会沉着应对,将坏事变成好事。他们的信条通常是:规则是死的,人是活的,既然规则是人定的,那么人就有办法改变规则。而好学生则是一根筋,无论是学习还是做事,都死抱着规矩,盲目地坚持所谓的原则,结果陷入死胡同。

坏学生若水，懂得随机应变

随机应变这个词语出自《旧唐书·郭孝恪传》，意思就是随着情况的变化灵活机动地应付问题。举个形象的比喻，随机应变就像是水。你看水往低处流，在某个地方开始积聚。遇到石头它会绕开，遇到高处它会退后。你可能很看不起它，但随着时间的推移，它会慢慢变大成为小水坑、小水池、小水库……在小水洼的时候，可能我们看到了它，之后便没有再注意过。过了几年之后，会突然发现它竟然成了大水池，那种惊讶、那种震撼，是没有经历过的人无法想象的。这就是随机应变的威力。

随机应变的威力无穷

那么，什么样的行为才能算作随机应变呢？我们不妨先听听下面这个故事。

话说，东汉末年宦官误国，大将军何进请刺史董卓进京平乱。不想董卓这个人嗜杀成性、祸害朝纲。特别是收服"天下第一猛将"吕布之后，更是无法无天。竟然废了少帝刘辩为弘农王，第二年便派人将其杀害，而改立陈留王刘协为帝，是为汉献帝。然后，自任相国，飞扬跋扈。

渤海太守袁绍与司徒王允秘密联络，设计除掉董卓。正在无计可施之际，曹操献计刺杀董卓。曹操来到相府，看到董卓正在小睡便抽出刀来准备杀之。但是董卓当时并没有睡觉，于是忽然翻身。

"曹操！你欲意何为？"这时，吕布正好进入。董卓这么一说，曹操灵机一动，举起双刀跪倒在地说："今有宝刀一口，献给恩相。"

董卓作为一名军人非常喜欢兵刃，一听连忙接过端看，果然是一把宝刀：七宝嵌饰，锋利无比。董卓便将宝刀递给了吕布，曹操连忙找了个机会逃之夭夭。

曹操的这个本领，就叫做随机应变。随机应变就是遇到难处、危险就立刻能想出应对的办法。水在流淌的时候,如果遇到难题,往往换个方向绕过去;如果无法解决、越过,那么就长年累月地去攻击它,最终解决它。当它的实力超越一切的时候,就会将一切冲刷掉。

其实,我们都知道的孔子就有水这样的精神。在儒家思想没有成为统治主流思想之前,他走遍各国。哪个国君喜欢、愿意听他的讲解他就去,不愿意了便离开去其他国家。最终,游走天下、流浪各国。教授了不少学生,最终成为实力最大、拥有信徒最多的思想家。其后,最终成为法定的主流思想。

他不拘泥于一个地方讲学,不断地换地方,就很像水遇到难处就找其他路径一样,看似没有坚持;他一生不断地坚持讲学,无论遇到什么难处都不改自己的志向,这又很像水滴石穿的决然。由此,孔子的行为也印证了水的威力、水的随机应变能力与勇气。

环境变,我就变

人必须要像水那样,随着环境的变化而变化,否则就很难生存,或者即使能够生存也不会生活得很好。环境不会为了某个人而变化,这点即使说一不二的皇帝也不能做到。

崇祯皇帝大家恐怕都知道,他是明朝少有的明君。结果如何呢?还是失败了。其实,这怨不得他,而是他当皇帝的时候,明朝已经完了,历史不会再给它重新崛起的时间了。为什么?因为明朝的皇帝普遍不够格,不是几十年不上朝修丹炼药就是在后宫做木匠活,朝中腐败、官员受贿行贿成风。

崇祯皇帝有感于当时的时局,非常痛心地说"居官有同贸易"。当官的和做买卖的一样,卖官鬻爵、草菅人命,不问民间疾苦。作为皇帝,居于所有人之上,他不会杀吗?

然而,皇帝虽然在众人之上,却在集体之下。他也要听从于他所在阶层的整体利益。说白了,他可以杀所在阶层的一些人,却不能杀掉所有人。如果他那样做了,先不说还有没有当官的了,他能否再当皇帝也是问题。因此,环境连皇帝都改变不了,更何况凡夫俗子的我们呢?

随环境变化而变化,就是一种坚持与变通的辩证关系。太执著了不好,太变通了也不好。太执著了处处碰壁,甚至有杀头的风险;太变通了,最终找不到自我,连做人的基本原则——廉耻也丢了,那么这种变通不要也罢。

中国历史上特别执著的人也有,而且历史也很提倡,例如夏朝就有夏桀杀关龙逄(读"páng")这样的故事,关龙逄看到夏桀无道便屡次进谏,最终触怒了夏桀被杀。

懂得变通的人呢？也有。终古也是屡谏不听，看到旁边的商部落首领汤非常贤明，便投奔他去了。

在过去一个人可以改变国家命运的情况下，皇帝、王就是环境，他不改变，其他人再努力也是白搭。历史果然就是如此，熊廷弼、袁崇焕这些人很执著，结果还是失败了。关龙逄、袁崇焕等人的被杀，仍然改变不了最终结果。商汤打败了夏桀，最终夏桀从今天的河南跑到了安徽巢县，被商汤抓住后，终生囚禁在此。崇祯皇帝国破家亡，最终吊死在了煤山上。

其实，懂得了执著与变通的关系，也就懂得了随机而变、变通的真谛。执著与变通的关键就在于这件事值不值得坚守，对最终结局能否产生影响。

好人为何老受害

我们经常看到历史上有许多好人斗不过坏人,君子斗不过小人,忠臣斗不过奸臣的事情。由此,人们便得出许多不好的结论:诸如没有好坏之分,当个好人还不如当个坏蛋,不能名垂青史也要遗臭万年等。

不过,忠臣斗不过小人只适用于历史,仅限于封建社会的政治与官场。不能将这种情况延伸到现实生活中,不能拿历史上的小人、奸臣比照现在,将那种结论硬套在爱说好话的人往往很容易得宠,说实话的人却往往不招人喜等社会现实中。

历史中的忠奸斗不适用于今天

由于愚忠思想,历史给予忠臣的变通之路其实只有三条:第一自杀或病死;第二退隐;第三投靠不是小人的明君。第一个不用说了。第二个隐退其实就是逃避,越王勾践下的范蠡、刘邦领导下的张良等就是隐退活命。第三个例子就很多了,但论其本质也是一种逃避。

有人说,历史上还有成功的变通呀,例如纪晓岚、刘墉等。其实,这些历史人物所发生的事情,不如叫做传说好。这些民间故事,几乎没有任何历史依据。假设那些事情都是真的,也无非是一种极其表面上的变通。与其说他们都斗过了小人,不如说斗过了小人的嘴而已。

再说,以上历史只适用于古代的皇权政治。难道成功只有帝王将相吗?显然按照现在的标准这种思想是错误的。因此,套用历史上的政治事件中的忠臣斗不过奸臣、小人是错误的。

可以说,历史给予忠臣的只有三条变通之路。而现今变通之路有很多,不必悲伤于历史,毕竟社会已经进步到了 21 世纪。

"好人"总受伤缘于不会变通

在校园，许多学生经常对一些在老师面前爱表现，在背后却表现得很不一样的学生报以冷眼。但令人生气的是，这样的学生竟然很受老师喜欢。

其实，这很正常，这样的人不但会在学校吃香的喝辣的，更会在日后的工作中同样如此。那些表里如一的学生大多也会在工作中发现：和上学的时候一样，自己仍然不受别人喜欢。

更为严重的是，工作中的那些表里不一的人很可能变为小人，不仅仅让别人更喜欢他，更会让喜欢他的人讨厌别人。因此，时常有这样的现象：能力不高的人成了能力高的人的领导、上级。其实，这种好人被坏人、小人伤害的事情有很多，之所以发生就缘于好人不会变通。

许多好人和上学时一样，仍然保持着一种朴素的观念：讲老实话、办老实事，是一个人诚实的表现。然而，上学时这种观念尚可博得部分人的好感。但是，工作中这种人则一般肯定是冤大头。因为，工作中的每个人都关系到肚子这个很大的问题。绝大部分人利益在眼前的时候，往往把伤害推给别人。很少有人会主动承担损失。由此，老实的人、真正干事的人就大多成了牺牲品。如果，你不想成为牺牲品就不要固执，在各种情况下学会随机应变的变通才能够立于不败之地。

好人要学会和小人、坏人打交道，甚至要向小人学习。什么是小人？小人并非是那些品德上有问题的人，往往是那些只是为了自己利益，殷勤献媚讨好老师、上级的人。坏人与小人的不同，就在于坏人在献媚的同时也伤害甚至陷害其他人。

提防并远离坏人、恶人

在学生年代，我们会碰到一些边缘学生，他们往往打架斗殴，整日游荡于网吧。对于这样的学生，绝大部分学生都敬而远之。其实，这样的反应是正确的。但是，许多人到了社会上就往往忘记了这种应该做的反应。着实可惜。

古今坏人、恶人的共性就是造谣生事、挑拨离间、兴风作浪、唯恐天下不乱，在混乱中找到自己的利益。看到比自己强的人便使用各种手段陷害。简单的手法就是向领导说坏话，这种情况的威力很明显，因为所有人做事都不可能尽善尽美，只要有一个地方出现纰漏，就会让这种印象进入领导的心中。尽管领导起初不相信，但时间长了自然会有所改变。这就是古人说的"黄钟毁弃，瓦釜雷鸣"。

还有一种恶人应该提防，这种人在学校也能看到。他们做起事情来，总是说"这是老师说的"、"这是某某同学说的"。在老师面前勤劳、懂事，在同学面前殷勤备至，但一出现问题，往往在同学面前把责任推给老师，在老师面前把责任推给同学。在日后的工作中，这种人也会看到。这种人往往被人称做"两面派"。

对于这种恶人、坏人，好人要做的就是提防，他说的话、做的事要认真考虑，以防自己被利用。必要的时候，要义正词严地放在"阳光"下说清楚。虽然坏人往往可以狡辩，但只要行得正他总会理屈词穷。任何人都不是傻子，谁好谁坏、谁对谁错其实大家都清楚。

理解"小人"，远离坏人

请记住，我们学习中、工作中遇到的小人并不见得就是坏人、恶人。同时，小人也并非没有能力。例如那些在老师、领导面前爱说些好听的话的人，其实并非小人。他们只是犯了把上面历史政治中的忠臣总被奸臣陷害的现象，错误地扩大为所有情况下好人都被人陷害、伤害的错误。或者，他们因为家庭原因或者能力原因，为了保护自己的肚子而采取取悦别人的方法。

这些人并非坏人、恶人，当然，坏人、恶人往往也有这样的特征。但人生在世，小人难免不出现，而且因为小人不是恶人，也往往受到老师、领导的喜欢。为此，为了更好地工作就不得不与小人合作，更不能伤害到小人的利益。有一句话说得好："团结智者干大事；团结好人干实事；团结小人不坏事。"如此，才能让我们的学习、工作乃至事业少些阻力。

小人绝对不是我们想象中的无能之辈，否则，小人也就不可能成为小人。没有能力，只会溜须拍马的人其实谁都不会喜欢。即使历史政治中的那些小人也是如此，他们往往都有很强的表演能力。表演得让皇帝误以为他是最忠于自己的人。现在的小人也同样如此，他们的表演能力绝对是我们赞叹的，仅凭这一点就应该向他们学习。更重要的是，许多小人之所以受到重视，其本身的能力就很好。例如北宋的童贯、明朝的严嵩等等都是如此。

取其精华，去其糟粕

第一，学习小人看他人眼色做事，虽不盲从但却有技巧地反对。

其实小人也不是一无是处，例如小人做事情总是看领导的眼色，凡是领导决定的绝不质疑；凡是领导做的事情绝不反对；凡是领导说的话绝对执行。其实，在学习、工作中,听老师话、听领导的话,是某种天职。毕竟,老师和领导在经验、学识上面都要高一些。他们决定的事情,自然会有道理,特别是老师,神圣的职业下面是爱学生。尽管,领导不是老师,但他作为一个集体的带头人,肯定想集体更好。在这个基础上,有什么事情不能变通呢?

小人和好人都要看领导的眼色做事,这是必须的。但二者的区别在于:小人不管这件事情做得对与不对都去做或都不去做。但是好人却是在此基础上,或者与领导聊天或者暗示给领导自己的见解,从而表达自己的质疑。由此,领导就会觉得你很会做事,而且很为他考虑。这样,有什么理由能不喜欢你呢?

第二,学习小人拉拉扯扯走关系,虽这样做但为的确是工作。

在学校,我们会发现一些学生对比自己强大、比自己学习好、比自己家境好的同学殷勤备至,却对比自己弱小的同学冷若冰霜。我们不能说这样的学生,日后就会成为小人,但可以负责任地说,现实生活中的小人往往也是如此。其实,这样的小人在小人中并不算高明者。真正高明的小人,往往对所有人都表现得非常好,就好像所有人都和他是朋友一样。其实,这一点反倒是好人应该学习的优点。

无论是比自己强还是弱的人,你都不能保证日后会如何。今天的乞丐,日后可能就会成为富翁、冠军、艺术家。由此,不能因为自己的能力高于许多人就目空一切,虽然这样做比较符合自己的个性,体现的是一种真我,但确实是不明智的。日后有一天,曾经需要仰视你的人成为了你需要仰视的人,你就会后悔当初的冷淡。因此,高级小人的所有人都是他的朋友的能耐,你也要学。只不过小人的做法是表面的、假的,而你是真心地爱护每个人。

还有一种情况,小人在拉拉扯扯走关系的时候,为了让他人喜欢自己,以备日后为他所用,往往出卖的是企业、公司的利益。而好人则是为了工作更好地完成。小人并非没有能力,也许在这个团体中,小人的某种能力他人无法超越。如此,你团结了他也就使团体多具备了一种能力。

变通，就是找对方法做对事

变通不是一遇到问题就躲闪，如果这样的话，问题永远解决不了，解决问题的能力也永远不会得到提高。更危险的是，变得太勤、太快，就没有了自我和坚持。因此，怎么变便是一个关键的问题。有些事情不是变通的问题，而是能不能变通了，有没有回旋余地了。如果真的到了没有回旋的余地，这时候该怎么办？

实在难变就委婉地拒绝

做事情，一定要找对方法。只要找对了方法，即使没有回旋余地了同样可以有变通的余地。由此，可以说只要方法找对了，就没有什么办不成的事情。例如可以采用迂回战术攻克难关。有这么一个小故事就可以说明问题，两个好朋友要结拜。但是，中途有一个人临时变卦了。这种问题不好直说，如果直说了会伤害感情。其中一个便一边说笑着一边解决了这个难题。

这个故事发生的具体朝代不得而知，反正就是有两个人是忘年交，也就是岁数相差很大的朋友。差不多差了三十多岁，一个可以当另外那个人的父亲乃至爷爷辈的人了。但是，两个人性格都差不多，很是谈得来。

一天，两个人谈得非常高兴。年纪大的便说："咱们不如拜把子，结成异姓兄弟吧。"年纪小的一听也非常高兴，二人便前往关帝庙在关老爷面前起誓发愿。在《三国演义》中刘备、关羽、张飞的故事没有家喻户晓之前，也就是最早在南宋时期，中国人要是结拜的话是拜他们。之前，拜的是羊角哀和佐伯桃两个人，再早可能就是纯粹的拜天拜地了。

结拜的时候，往往有一句套语"不求同年同月同日同时生，但求同年同月同日同时死"。年长的刚说完，年少的突然从地上爬了起来。年老的非常诧异，年少的便对年老的说："我还是跟你的孙子拜把子吧。"

年轻人其实是不想拜把子了,只是拿这句话作为托词。年轻人笑着对年纪大的朋友说:"你看咱们两个岁数相差三十多岁,同年同月同日死,我不赔大了嘛。"说完这句话,年老的人一听哈哈大笑。二人仍然是朋友,关系也一直很好。

变也要有原则

变通,不是说你可以无所谓规矩的存在。这个规矩就是原则,只要不伤害原则,不伤害根本利益,就可以做任何变通。如果不懂得这个,那么变通就成为没有约束的事情了。

历史上的一些反面人物,就是因为没有约束的变通,只为了自己的利益而不顾原则进行随意变通,伤害了许多好人,留下了骂名,难道我们还要去学他们那样无耻吗?

变通是有原则的,只有当变通可以更好、更快、更容易地解决问题,而且不会伤害到既有的法律法规、主流道德、损害别人正当的重要利益的前提下,才可以变通。否则,就会流于形式,让人不齿。

人在社会中生存,必须要懂得各类规矩。法律法规等上面的各项内容,其实被叫做"显规则",还有一种更重要的规则,叫做"潜规则"。对于一个人的成功,潜规则的作用更大一些。

变通的时候,人们也应该考虑潜规则。例如,学校教育中经常出现的"为人要诚实"。在社会潜规则中,却有着一种潜规则:"越是地位高的人,越不能诚实。"

在西方有些人看来,咱们中国人特别不懂规矩,最简单的证明就是国人屡经教育却还总要闯红灯。其实,这是一种误解。中国人不懂规矩其实是始自近现代,因为自清朝后期开始,中国人受了一百五十多年压迫,特别是民国以来。百姓们朝不保夕,命都快没了谁还会关心什么规矩。再说,规矩或者已经荡然无存了,或者是落后腐朽的规矩不但不应该遵守反而应该打破。

其实,中国人最懂规矩,否则,两千多年的封建社会怎么会延续呢?儒家就是非常懂规矩的学派,而它又是中国的主流思想。即使到现在,仍然影响着国人。一次变通一定要出于"原则"下的变通,否则就会流于小人所为。

没有任何借口的借口

其实,国内的一些理论往往曲解国外的一些理论,最明显的就是"没有任何借口"。其实,这种观念灌输的无非是一种"奴才意识",对于工作是没有任何好处的。

没有任何借口不是不允许变通，只是说做不好工作的时候，没有任何推脱的原因。任何人都会犯错误，领导也不例外。如果，按照没有任何借口地执行，领导人说的对了，那么就会有很强的执行力。那么，如果错了呢？就会有巨大的伤害力。

因此，没有任何借口的真谛就在于：当领导者的决策正确的时候，就要没有任何借口地执行；当领导者错误的时候，就需要没有任何借口地变通。不要因为是领导者的决策，就一味坚决执行，即使知道错误了也装做视而不见，这种行为不是好员工而是真小人。

毛泽东、周恩来等人早就说过，如果无条件地百分之百地执行上级领导的指示，其实才是对抗上级领导的最好办法。

任何事情，即使是同一件事情，即使是由一个人在不同时间、地区去做，也可能会出现不同的结果。这就是环境变化的原因，正如人不可能同时踏入同一条河一样。如果不加分析地结合此时此地的因素，怎么可能做好事情呢？

其实没有任何借口地执行，更是一个很好的借口。因为全都是按照你做的，出了问题当然由你来负责。当然，社会中的一些民营企业老板，即使别人完全按照要求去做了，出了问题还是会推到下属身上，以表示自己的才高八斗，这种情况就要另当别论啦。变通一定要根据情况，为了解决问题而变通。如果变通仅仅是出于自己的需要，那就是错误的了。

没有解决不了的问题，只有不会变通的人

请记住：世间没有解决不了的问题，只有不会变通的人。什么样的问题有以弱胜强难呢？我们知道历史上有许多"以弱胜强"的战例，并且对此津津乐道。有些人也觉得"以弱胜强"似乎并不难做，但是，正因为这种情况少见，才会被人津津乐道。

不会变通，好方法也会失效

弱者之所以能够打败强者，首先就是因为任何人、任何团体都有错误和缺点，都不是铁板一块。其次就是利用各种手段，把那些错误和缺点扩大化，使它成为致命的错误和缺点。

历史上每一次"以弱胜强"案例的首要原因都是因为强者骄傲。如果弱者不在这点上做文章同样找不到错误所在。官渡之战、淝水之战，同样都是因为骄傲失败，但是曹操和谢玄所采用的方法都不一样。

曹操在打败骄傲的对手时，所采用的方法虽然也是用"相持"灭掉骄傲，但是因为自身特点，他用的是"夺去对方的粮草"，让敌军产生没有吃的惧怕。

谢玄采用的则是，先以迅雷不及掩耳之势打击苻坚骄傲的气焰后，以各种疑兵使苻坚对以前对手不及十万的判断产生质疑，进而觉得对手的兵力甚至高过自己，由之前的骄傲转化为惧怕。

两者都是让骄傲心理变成惧怕心理，但采用的具体方法并不相同。如果谢玄也去劫粮，不懂得变通，那么其结果仍然是失败。其原因就在于：苻坚的粮草有整个北方作为基础，可以做到源源不断。而且，苻坚的粮草囤积地深入后方并且不是唯一的，即使劫了粮草不能像曹操劫袁绍粮草那样全部劫走或烧掉。

懂得变通的人,往往能事半功倍

据说,某著名跨国公司曾经举行过一次"魔鬼训练"。这种训练方式,在经济领域、励志图书领域被人津津乐道。然而,仔细推敲的话,我们会发现:这种训练教给我们的却是一种很低级的手段。

该公司的要求是:在某个生活地,按照最低生活标准每人分发2000元,最后看谁剩的钱最多。可是,当地生活标准是一罐可乐200元,最便宜的旅馆费用为2000元。本来,剩钱是不可能的,只有赚钱或合作才能生存。但是,该公司的要求是:只能单独生存,不能打工赚钱。

第一个人花了500元买了一副墨镜,又用1500元买了一个二手吉他。在最繁华的地方当起了卖艺的盲人。

第二个人花500元做了一个大箱子,上面写着"将核武赶出地球——纪念灾难40周年暨为加快建设大募捐",又用了1500元雇了两个中学生做现场宣传。

第三个人则找了一个小餐馆好好地吃了一顿,之后就钻入一辆被废弃的汽车睡觉去了。

这三个人的胜负似乎已定,前两个人赚到了许多钱而第三个人一分钱都没有赚到。哪知到了傍晚时分,一名佩戴胸卡和袖标、腰挎手枪的城市稽查人员出现在两个人"表演"的地方。

他扔掉了"墨镜"、摔碎了"吉他",撕破了募捐箱、没收了捐款、赶走了学生,最后还没收了两个人的收费证,最要命的是:他要以欺诈罪起诉他们。经过一阵讨饶,戴袖章的人终于放了他们。

二人回到公司后,惊愕地发现:那个戴袖章的人竟然是第三个人装扮的。不用说,第三个人获得了褒奖。

看完故事之后,有些为两个辛苦工作的人抱不平,为何两个人辛辛苦苦得来的成果,却被懒惰的第三人不劳而获。但是,现实的竞争从来都是这么残酷:劳心者治人,劳力者治于人;会者不忙,忙者不会。

这个故事符合"劳心者定律"。第三人就是典型的劳心者,他懂得根据前两个人的做法变通地作出行动,成功地"吃掉"了他们的成果。懂得变通的人,往往也就是劳心者,懂得用很少的资源,获得更大的收获。

变通也须遵循一定的原则

有时,我们经常听到一种声音"一部好经被人念歪了",这句话背后透露的就是正确的事情,因为不正确的方法给弄坏了。原因很简单,正确的事情在进行过程中,会遇到各种问题,因为解决问题的人找错了解决方法,结果虽然解决了问题,却使事情的行进方向有了偏差。

特别是当正确的事情在进行过程中,由于某种原因不能进行,采取变通方式给予解决这是非常正确的做法,但变通得对不对就需要仔细考虑。例如下面这个案例。

某 A 同学,按照老师的实验要求去做化学实验。突然间,途中发生了一个问题,有种液体泄露了。按照要求,这个实验应该重新做。但是某 A 同学为了更快地完成任务,且被泄露的液体已经没有备用的了,为此他采取了变通方法,将某种与之特性相反的液体替换了被泄露的液体。

由此,我们能说某 A 同学的实验是正确的吗? 尽管有"实践是检验真理的唯一标准"这个说法,但是,实践过程中本身出了问题,真理也会产生错误。在实际生活、工作中更是如此。许多正确的事情就是因为错误的应对方法,而使正确的事变成了错误的事情。

其实,某 A 同学没有真正地按照变通的原则去做。变通也是有原则的,除了不伤害他人之外,就是不要不利于解决事务。无论你怎么变通,只要是有利于问题的解决就可以变通,如果不利于那么就不如不做。某 A 同学在实验中竟然用特性相反的液体替代显然是错误的变通,正确的变通是用特性相同的液体替代。

思路决定出路：变通突破困境

人不可以改变过去的事情，也不可能改变大环境，唯一能够改变的就是现在的自我。只有自我根据环境的要求改变了，并吸取了过去的经验教训，才能够获得成功。

面对困难就要换思路

在企业界有一句非常知名的话叫做"不换脑袋，就换人"，其实这句话，有着很深的道理。如果一个人不懂得如何变通，也就是不懂得动脑筋。在程式化的环境中，也许这点并不会带来致命伤害。然而，如果企业面对竞争对手的凌厉攻势，总是抱守着已经证明是错误的方式方法，那么无异于自掘坟墓。

竞争之外还有双赢。企业会碰到竞争者，个人同样会遇到，例如学习、工作都会遇到。在一个班级里，和你比谁更好或更差的人；在工作中，你和同事谁更优秀。大部分人在竞争不是特别激烈的时候，都懂得双赢，都会在竞争中互相学习。但是，当竞争白热化、利益引诱特别高的时候，比如小刘比小李的工作情况要好的话，小刘可能就会被提升。

在竞争白热化时，就会有人采用一些手段，从而破坏双赢意识。其实，无论竞争多么激烈，都有双赢的成分在其中。小人和好人恐怕是竞争到极致的地步了，但是，当他们面对又一个小人的时候，往往也会合作。小人暂时少了同盟者，好人也为世间除了一个祸害。

双赢在某些人眼中认为是不可能的，但是，丘吉尔曾经说过"没有永远的敌人，也没有永远的朋友"。在社会上，竞争对手在某种条件下，会暂时成为朋友。如果不懂得这个，把竞争对手看做是永远的竞争对手，那么就会丢掉机会，从而增加自己的困难。

面对不可逾越的难题时,改变思路。有时,看似问题不可逾越,其实只要改变一下思路,就可以解决问题。可以说,没有做不好的事情,只有不会变通的人。

打破常规,不走寻常路

走一般的成才道路,确实比较容易获得大众意义上的成功的成功。然而,正是这种"众人皆走阳关道"的思想,才使得"千军万马过高考"的现象出现。可是,我们发现:即使走过了高考,甚至成为研究生、博士生,同样要面对工作、生活的磨砺。由此便出现了:郑渊洁、丁俊晖等令人惊讶的人物出现,可他们竟然成功了。

由此,人们便重拾"读书无用论",更为严重的是:2008 年各地都出现了大规模"弃考"现象,高考受到了一定的质疑。有些人便以某些异于常规道路而获得成功的人作为例子。然而,我们仔细一点就会发现:打破常规可以,但是不能胡乱打破。郑渊洁、丁俊晖等人是在兴趣基础上的放弃,而且这些兴趣显示出了极大的优于普通人的特点。

假设,你没有任何优点和兴趣,而只是看了皮毛就弃学,那么你拿什么来与人竞争呢? 假设你虽有优点,但优点却与他人差不多,如此怎么能够竞争过他人呢?即使你有很大的优点,在追求兴趣的时候,你有条件保障生存吗?一日三餐都保证不了,兴趣没到可以使你成功的地步,如何才能保证肚子问题呢?

变化是绝对的

凡是学过哲学的人都知道,变化是绝对的,静止则是相对的。经济界有个非常著名的观点叫做"除了孩子老婆,一切都可以变"。我们经常谈,遇到困难、问题的时候需要变化,但是,变化是绝对的而且是普遍的规律。即使问题没有显现,即使是强者同样需要变通。

经常听到一句话"穷则变,变则通",变化、变通似乎是弱者的专利,确实,这很令人容易理解。因为,只有到了"最危险的时刻",那些常识、常规的方法,已然被证明失去了作用。这个时候,变通的阻碍最少、最小,形成共识的几率也就最大了。

但是,GE 也就是通用电气公司的经历告诉我们,变化同样是强者应该做的。但是,强者在进行变通的时候,往往容易导致外部和内部的反对。因为,既然过去的做法证明是有效的,那为什么还要改变呢? 正因为如此,五十年代开创的权力分散,历经三十多年证明是有效的。从而也受到了全世界的效仿。

但是,韦尔奇却看到了其间的巨大问题——官僚主义横行,对市场应对速度慢等。如此,韦尔奇进行了变革。开始放弃,凡是做不到行业内第一第二位的就全部淘汰。经过二十多年的发展,历史证明 GE 再次获得了成功,新的管理模式再次受到了全世界的热捧。从而,成为美国历史上少有的长青的公司。

变通能力的划分

既然,变化是永恒的,那么变通的时候,只要遵守变通的原则,那么变通能力的划分也就出来了。一般来说,好学生的变通能力比较差,因为他们认为自己的能力比较高,会对缺点进行无休止的攻坚。即使这个缺点或困难根本不是目前的能力能够解决的也会无怨无悔地去做。结果只有失败。

可是坏学生的变通能力很强,这是因为他们在传统教育下得不到认可,需要结交各类朋友。为了结交他们,就会采用各种方法去结交。失败了,就会换一种方法。换来换去,就懂得了变通。

由此,变通能力分为高、中、低三种情况。

变通能力高的人,会使你在生活、工作中游刃有余,无论出现什么困难、压力都不会放在心上,都不会使你焦躁不安。因为,他们认为世界上解决问题的方法是很多的,只要去思考、观察就可以得到。正是因为有了这种心理平衡,才有了好的心情,做起事情来就会龙腾虎跃,成为生命力很强的人。

变通能力中等的人,虽然不会因为环境的变化、事物的变化、困难的程度、别人的干扰等失魂落魄,但是,如果问题比较大、失败比较明显就会出现较长的心理波动期。

变通能力弱的人,会因为环境变化、别人的干扰,使得本来是正确的事情和做法都产生质疑。面对别人的反面意见,往往很容易改变自己经过深思熟虑得出的见解。

对于变通能力弱的人,应该仔细注意自己出现问题的原因,有意识地锻炼自己的忍耐力。不断地给自己出问题,在解决问题的时候设定时间,每次解决问题时间少一些就应该是值得庆祝的事情。

找对方法，变通做事

苏轼是一位伟大的文学家，同时也是一位政治家。但他的政治生活却并不顺利，而且还非常倒霉。当王安石进行变法的时候，他批评王安石的变法。当王安石的对头司马光推翻王安石变法后，苏轼又批评司马光。由此，他两面不得好。被人贬来贬去，颠沛流离。在这时，发生了一件改变他命运的事情。

寻找好方法胜于蛮干

有一年，他被贬后为一个地方官。当地流行一种很严重的病，许多人都死了。请了许多知名的医生都不能医治这些病，忽然来了一位高人交给了苏轼一个方子。令人惊奇的是，这个方子很快治好了这种病。

其实，这还不算新奇的。更新奇的是：这个方子还可以治许多病，由此，苏轼只要是得了病不管什么病都用这个方子。别人生了病后，也是向其推荐。最终，苏轼得了重病，他仍然如法炮制。可惜，不久之后就病入膏肓了。医生们看到苏轼如此，纷纷摇头，怪他不能对症下药，盲目用药。

其实，苏轼的方法，就是在不懂某种事物的情况下，一味按照之前的经验蛮干。蛮干不是勇气。勇气是什么？勇气是在认真研究之后，找到其中的缺点、不利于现实环境的因素后，进行一种突破。

曾经有这样一个有趣的实验，美国威克教授把一些蜜蜂和苍蝇，同时放进一只平放的玻璃瓶里，使瓶底对着光亮处，瓶口对着暗处。

结果，那些蜜蜂们拼命地朝着光亮处挣扎，最终力气衰竭而死，而乱窜的苍蝇竟都溜出细口瓶颈逃生。而那些瓶口，蜜蜂们其实也可以飞出去。但它们却没有，只是一味朝着光芒飞去。

从表面上看，蜜蜂要比苍蝇强大，但只是在形体上强大而已。人生活的环境，会随着时间的变化而变化,如果只是朝着一个方向去闯,毫不顾忌变化。那么,只有死路一条。

不找方法,好事也会变成坏事

蛮干并不代表勇气还有一个重要方面,就是规矩的改变。规矩可以改变,但如果不具备改变的实力,硬去改变的话,结果受伤的只能是自己。实力代表着地位,代表着分析问题的能力,代表着理解世间人际关系的能力。

小李是一个日用消费品企业的销售员,他有很多好的想法。特别是对于人人头痛的串户砸价行为,他认为只要能够采取稳准狠快的方式,其实可以把问题解决。

串户砸价就是企业为了快速打开市场,把某一个地区的经销产品的权利给予一个客户。但是,这里面就有了问题。客户有大客户小客户之分,也有老客户新客户之别。对于一些大客户来说,他的实力非常大,得到的回扣就多;对于老客户来说,因为和企业的合作时间长,即使实力不是很大,但因为和企业的上层关系很好,也可以得到较高的回扣。

由此,这些客户就与其他客户有了打价格战的基础,同样一件产品,企业给老客户、大客户的也许就是 10 元,给其他客户的也许是 12 元。大客户、老客户为了扩大销量,拿到更高的回扣,可能就会用 11 元甚至 10 元、9 元进行竞争,之所以用 9 元,那是包括将回扣的钱也算在其中了。比如到了一个量,给 3 元回扣,那么它的保本底线就是 7 元了。只要高过 7 元,他就可以赚到钱。

为了扩大销量,他们可能就会进入不允许他们进入的市场。这时候,原市场的新客户、小客户就会被淘汰。因为你的产品是 11 元以上,而他的却是 7 元以上。同样一个产品,消费者当然会选择价格更低的。

面对这种情况,小李经过暗访、假扮消费者等方法,终于找到了一个串户砸价者。上报公司后,公司并没有认真对待。最终,他还锲而不舍地越级上告。结果,虽然获得了重视,但却得罪了不少顶头上司和老客户、大客户。

其实,小李的越级上告不但没有解决,反而激化了矛盾。公司表面上对小李说会严惩串户砸价者,其实根本没有任何反应。之所以出现这样的问题,是小李犯了三个错误。

第一,小李作为一名销售者,地位很低,根本不具备解决问题的能力,他依靠的只是上级解决这一问题的决心。

第二,串户砸价问题并不是一个简单的事情,不是"杀鸡儆猴"这样简单。大客户代表着的是某个市场能否稳定的作用,老客户则和原企业风雨同舟许多年,有一种"帮着打天下"的味道。

处罚前者,可能会导致顷刻间失去某个市场;处罚后者,人们会说"卸磨杀驴,为你们如何打天下,如今公司规模大了就如此如此"。这样对企业的声誉很有影响,不利于日后的开拓。特别是我国,虽然市场经济深入人心,但是在潜意识内中国传统文化中的"忠义"思想仍然影响着人们。

第三,串户砸价是一把双刃剑,它既可以使产品流入新市场,又可以扰乱市场。一个优点一个缺点,使得这种行为只要不妨害企业发展就可以了。因此,公司领导者才睁一只眼闭一只眼。

由此,许多事物、许多观念是随着地位、年龄的增长而变化的。地位低者往往照顾到自己周边的环境,地位到了一定程度后管的事情、看的事情多了,就会照顾到整体利益。有时,面对问题,不要忙于解决问题。先和其他人,特别是年长者、阅历较多者探讨问题发生的原因,之后再商量解决怎样才可以看得更深、更远的问题。万不可以为自己的方法是光明正大的,就可以"为所欲为"不顾一切,这样做最后受伤的只能是自己。

勇于承认不足才能变通

许多人都认为自己很有才华,并且慨叹世间的伯乐是多么地少。其实,殊不知凡是有这样的思想,就有了狂傲的心理。任何人都不应该自满,自满就会使自己不知道变通的做事。

怀才者在勇往直前时,既不顾虑可行性,也不考虑周边人的想法。在做事的时候,往往不知不觉地伤害到其他人,给自己带来麻烦。例如,上个例子中的小李,就非常喜欢诗词歌赋,当他在和其他人聊天的时候,别人说错了或理解错了诗词内涵,他或者给予纠正,或者轻蔑地一笑。这些都不是他有意识地做出来的,却在无意识中让所有人都看得清清楚楚。

怀才不遇者之所以常常受到排挤,就是因为在为人处事上不能检讨自己的行为。如果怀才不遇者能够转变一下想法,承认"人无完人,金无足赤",承认"三人行必有我师",承认"山外青山楼外楼",你就不会目空一切。

自认为怀才不遇的人往往认为自己有才能,做起事情来,不愿听从他人的意见,显得很不合群。如此就多了几分固执,少了几分灵活。由此,他们便懒得考虑为什么不能成功。既然不考虑也就更不会认识到变通的重要性。

可以说,不改变自己怀才不遇的心理,就不可能找到正确做事的方法,就永远不会变通地做事。

进退变通：此路不通，走彼路

人在学习、生活特别是日后的工作中，要懂得变通。否则，就会因为太过较真，而失去许多机会，更会让许多人敬而远之。更危险的是，如果不会变通，许多本来不是问题的事情就会成为问题；许多本来能够解决的问题，就无法解决。

不会变通，知识越多越是累赘

古时候，有位秀才想过河。这条河并不宽，但秀才却惆怅不已。因为，他既想过河，又想保持一个优雅的姿势。为此，对面的一位农人笑道："喂，秀才！跳过来不就行了吗？"秀才一听，看了看左右没人，便跳了过去。可惜，跳的结果是并着的两脚同时落入水中。秀才为此恼怒不已，连声质问农人"为何害我？"

农人一看，只好给他做示范。只见农夫，一只脚朝前一只脚朝后，腾空跳过了这条河。秀才见状怒道："你这不叫跳，并着腿叫做跳，你那个叫跨！"农人一听哈哈大笑，扛着锄头离开了他。

由此可见，秀才的知识不谓不广，但是因为他把知识孤立、凝固住了，因此，知识越多反而对自身的束缚越多。知识要会运用才能起到作用，运用之中关键的就是变通，碰到问题找到解决问题的知识有哪些，从中找到适合的知识，这才是解决问题的关键。

变通的前提在于有多种选择

变通其实说难不难，说它难就在于许多大人物例如屈原、李白等都是因为不能做某种变通，最终失去了某些重要的机会。说不难，变通其实就是一个改变思想的问题，从一个问题只有一个解决方法的误区中走出来，走上一个问题有多种解决方法的坦途。

例如古时候的忠臣们都认为:对皇帝批评甚至直言面圣才是忠臣所为,对于换一种方式对皇帝进行劝说很有一种不屑。结果如何?赶上了圣明的皇帝会得到嘉奖。可是,历史却无情地告诉我们:明君并不多。

现在呢?其实还有许多思想的误区。例如好学生就是学习好,听老师和家长话的学生。甚至,听不听话也不重要,只要学习好老师、家长可以容忍。结果如何?好学生们不是乖乖生就是恃才傲物、唯吾独尊经受不起半点挫折。

老师和家长认为好学生好的地方就在于成绩好,之后可以考取好的大学拥有好的学历,最后便是好的工作。但是,好的工作并未代表能干好这个好工作。做好工作还要有好的人脉关系、经受失败挫折的能力、变通能力等多种因素。而这些,本来在学校期间应该学习到的,但是好学生没有学到,受到冷眼相待的坏学生却学习到了。这就是为什么,许多坏学生在工作岗位上可以获得成功的原因。

由此,老师和家长以及同学就应该思考什么才能成才,有大出息。我们不妨分析一下成才的道路都有几条。

第一条道路:学习成绩到学历。

第一条路是人们常见的成才道路。然而,随着高校的扩招,各类人才大量出现。大学毕业后人们就会发现:其实面试的时候,人们注意的是毕业学校而非具体的学习成绩。因此,只要你具备了某种学历,那么你就和其他人一模一样了。

而在这条路上的竞争者其实有很多,除了北大清华等名牌大学,绝大部分大学也就在同一个起跑点上。每个人面对的竞争者,似乎要比第二条道路要多得多。

第二条道路:以特长为基础的道路。

特长有多种,家长强迫的兴趣和特长其实不是特长,可惜的是现在社会家长们纷纷给学生报这些并不是以特长为基础的班。真正按照特长去做的反而是那些坏学生,他们按照自己心的召唤去做。结果,在这条路上,竞争者相对于第一条路少许多。

第三条道路:以社会发展趋势为前导的职业安排。

在没有特长的基础上,就要以兴趣为基础,按照兴趣看看社会发展趋势会如何。有时候,兴趣和社会发展趋势会不合拍,那么,就应该按照第四条道路去做的同时,把这种兴趣保留下去,等待某种时机的到来。

第四条道路:沿袭社会生活中的要求,锻炼自身。

如果学习并不是太优秀,只是没有特长和兴趣,在这种情况下还有变通的手段。只要有心,同样可以获得成功。向老师、向父母、向长辈求教,用自己的眼睛去观察、用自己的心去体会、用自己的嘴去问询:到了社会上,人们最喜欢哪些品质、能力,最讨厌哪些呢? 找到它们之后,按照社会的要求去打造自己,这样同样可以获得成功。

变通就是懂得迂回

在生活中如果没有变通能力,不知道什么时候该进什么时候该退,不知道怎样做人,那么,失败就会如影相随地跟随着你。许多人在学习、生活中,往往勇往直前,毫不顾忌并顾及到他人的想法与利益。因此,必须要懂得迂回解决问题。

迂回就是指桑骂槐、声东击西、绕弯子说话。之所以出现这种情况,就是因为企业的领导者、能够让自己成功的人、亲人长辈等并没有认识到错误的时候,为了让自己正确的主张得到认可才采用的一种方法。

比如,每个人都有被人误解的时候,如果你马上解释,别人会误会你是在找借口,你越解释人家的误会越深,对你的反感就越强。这个时候你不忍吗?还是得忍。不忍的话这种误会就会更深。所以,你不妨找个别的机会,把他拉到一边去解释,或者等过一段时间再和他解释,或者去找其他人解释,或者给他送些小礼物先承认错误再解释等等。

所以说,做人一定要灵活变通。只有这样才能更好地解决问题。

计划的变与目标的不变

人生肯定要有目标,为了达到这个目标肯定要有一个计划。不论这个计划是订在纸上还是心上,不论这个计划是长期计划还是短期计划,在制定计划的时候,要有一定的宽松度,否则就会因为环境的变化而使得计划失败。相反,人的目标不能随便变动,甚至有些目标是一辈子不能变的,例如——我要做一个在某些方面有成就的人。但是,如何完成这个目标的计划却可以改变。改变就是根据环境、能力得到改变的时候。

一个人不管有多大本事,个人的力量毕竟是有限的。而且环境的变化并不以我们的意志而转化,周边的人也同样如此,改变计划的事情在所难免。如果总是执着于计划而忘记了目标的存在,就会发生得不偿失的事情。

例如韩信,当年韩信受胯下之辱的时候,如果忍耐不住杀了人,杀人者偿命在封建社会也是一条法律呀。因此,他就要死,为了一时解气就会丧失日后干大事的人生目标。

再比如，每个人都有被领导误解的时候，如果你马上解释，领导会误会你是在找借口，这个时候你不忍吗？还是得忍。不忍的话很可能就会丢掉工作。丢掉工作意味着肚子就要挨饿了，这个时候不要说目标，就是计划也要夭折。

所以说，做人一定要灵活变通。有些人说这不是滑头吗、这不是小人吗！其实，宁可被人说成是"滑头"也不能被人说成是"刺头"，尽管，刺头者一般都是有才能的人。滑头和灵活变通者的区别在于：滑头是不敢担当，有了困难就躲、有了利益就上；而灵活变通者则是工作方式上的变通，只是为了更好地、更快地工作。

小人确实具备灵活变通的特点，但它和灵活变通者的最大区别在于：小人只是为了一己之私。而灵活变通者则是为了更好更快地解决问题，或者为了集体的利益。小人和灵活变通者可能都会说话，甚至会说奉承话，同时，也可能会伤害到他人的利益。但是，小人的奉承话只是为了利益，而灵活变通者则是为了更好地工作；小人的伤害他人是有意识的甚至是无情的，而灵活变通者则是正当的竞争或是无意识的。

方圆变通：做人不要太死板

蒋子龙有一篇非常著名的短篇小说，名字叫做《拜年》。有一个副厂长被人评价为"曲率半径处处相等；摩擦系数点点为零"；横批是——又圆又滑。这篇小说说，得用一种批判的思想将矛头对准了那些，不敢担当，一遇到问题就躲闪、虚虚点点的人。

做事情当然不能够见到难处就躲，见到危险就逃，见到矛盾就避，见到好处就钻。但是，也不能处处较真，过于方方正正，这就需要把握一个度。

做人不要太死板

在日常生活中，我们经常听到有人评价某个人说：这个人太死板，不懂乐趣。

如果不幸得到这个评语，那么就需要考虑是不是我们把某些事情执行得过于守规矩了。做事太死板的人，往往是把某些规矩、经验看得过重所致。怎样做人，是一件大学问，许多人终身不得其门，有些人则会在失败中、生活中找到其中的奥秘。

这个奥秘是什么呢？其实就是四个字——外圆内方。这个词语出于五代十国时期，占据南方的南朝中的一个小国家——宋的故事。说某个人表面上外方，实际上内圆，经常勾结他人陷害忠良。什么叫做方呢？方就是言行一致；圆就是处事圆滑。

洪应明著的《菜根谭》中有一句话叫做："处治世宜方，处乱世当圆，处叔季之世当方圆并用。"曾国藩也说过，当方时方，当圆时圆。恰到好处的界限就是领导是什么样的人，事情发展到了什么地步。

在20世纪60年代，某跨国公司疯狂地进行扩张，不想正好赶上了经济萧条，现有产品根本卖不出去，而扩张之后需要的资金又很多，占据了大量的现金。

为此，面对这种情况只有暂停投资，保住现有产品，把有限的资金投放到其他方面，积蓄力量、待机发展。该公司的经理决定停止投资，暂时把各项工程停工。出售一些不赚钱的企业和产品。

为此，该经理和董事会的许多人都发生了冲突。特别是企业创始人的后代们，他们对经理卖掉他们父辈、祖父辈的心血表示了极大的不满。但是该经理却严词拒绝，和之前与董事会每个成员都搞好关系的形象大相径庭。

最终，他们等了六七年后等来了经济复苏。经济复苏之后，产品重新获得了新生。如果没有当年停止投资的举动，公司根本不能够挨过严冬。这就是为什么有的公司在金融危机、经济危机期间"谁拥有现金多，谁就能够生存"的道理。

在企业发展面临危机的时候，就是该方的时候，因为如果过于圆滑、过于灵活只能是延缓而不是解决危险的发生。比如清末李鸿章的政治手腕非常高明，在对内、对外都显示出了高超的政治手腕。结果如何？连他自己都承认，自己只是延缓了衰败时间。因此，当"最危险的时刻"发生时，就应该方了。

方圆之间，大有学问

只有当最危险的时刻来临时才能把"方"淋漓尽致地展现，如果不分时间，在平常也是方得令人惧怕就会很有问题。如果一个人过于有棱有角，处处为了所谓的真理而奋斗，其最终结果只能像屈原那样——自沉汨罗江。这不是危言耸听，而是社会现实。

世人没有傻子，为何天下偏偏只有你"众人皆醉我独醒"？就是因为，这种情况不是个人能够做到的。其他人知道这是怎么回事，而不是别人看不出问题的实质，单单你清楚。

但是反过来，如果一个人过于圆滑，有了好处就占，有了不好的就躲，最终的结果就会总是自己占便宜别人吃亏，那么同样会落得个众叛亲离。如此，就必须处理好方圆问题。

突破规矩和传统思维很重要

方圆之间有两个非常重要的问题，一个是规矩，一个是惯性思维，解决了这两个问题，就可以说懂得了方圆之间的学问。

首先规矩是人定的，切不可过于较真。

俗话说"没有规矩，不成方圆"，还有一句俗语说得也不错，叫做"规矩就是被人来破坏的"。规矩在订立之初，其实就落后于实际情况了。因为，人们只能针对已经发生的事情来定规矩。即使在定规矩时考虑到了日后的变化，也是一种想象，抵不过实际的变化。

正因为规矩落后于实际发展，所以，才会阻碍事物的发展。由此，要改革、要创新，就必须不断地破坏规矩。墨守陈规、萧规曹随的方法在一定时间内有效，并不能证明它是万世不变的法则。万世不变的法则只有一条——根据实际情况发展，进行具体规划。

其次一定要打破惯性思维。

在这之前，先讲一个真实的小故事。笔者上小学期间曾发生过一件趣事。现在的学生很幸福，老师不允许打学生。但是，我小时候可不一样了。家长通常这样认为：打是疼，骂是爱，急了还得用脚踹呢。老师之所以打学生，其实和父母一样是疼爱学生。这种观念，在现在的农村还或多或少地存在着。因此，那时候的学生都非常惧怕老师。

一次，全班许多学生都做错了几道很简单的数学题。之前的学生，老师都这样问"下次不许错了！"每个学生都这样问，等问到我这里了。因为，打得我很疼，只记得别人都点头称是。我也如此回应，点了点头，嘴里哼出个"嗯"。

突然，我看到老师横眉立目起来，吓得我连忙想"是不对？啊，那就是不是了"，想到这里赶紧摇头说"不"。可巧，这时老师的手举了起来。我这一是一不是，全班同学都笑了。后来，我听同学说："老师真是喜欢你，你看你平时学习不错，这回错了，老师还问你，下回还错呀？"

我一听，这才恍然大悟。别人是"下次不许错了！"，我的则是"下回还错呀？"

老师打学生这种教育方式并不科学，因此，也就不可取。但是，从这里面却看出来一个人的问题：就是惯性思维。其实，惯性思维往往可以用这样一个形象的比喻来解释。

惯性思维就好比是一条扎着篱笆的大路，你走在上面一般不会出错，因为大多数人都这么走。但是，如果你推开篱笆向外一看，却会发现四周有许多没有人走的小路。而这些小路往往是通向目的地的捷径。如果一个人总想着在大路上行走，那么，就需要比别人的腿长、身体好。但是，社会上绝大部分人的身高都是相同的，身体素质也不会相差太多。体育健将毕竟是少数。由此，成功的人也是少数。

为了不落在健将后面，就需要走一些小路，拨开篱笆看看有没有小路可走。没有规矩，可成方圆。摒弃不合时宜的规矩，才能创造出更完满新鲜的方圆。

执著，还是变通，以结果为导向

无论是执著还是变通，其目的都是为了成功。然而，什么叫做成功？其实成功就是：认为向着自己最看重的方向进行的努力是否被认可。无论它是否真的成功，只要努力了就可以被看做是成功。有的人认为太过于执著不好，但是，假如这种执著是向着某种我们无法理解的目标进行奋斗的时候，我们要做的只有一件事：你永远成功。

天都会感动的事，执著又何妨

2005年9月23日早晨，一位虚岁93岁的老人病逝了，受到了全国媒体的哀悼。从1986年到1998年，这位老人蹬着三轮车来往于天津市的大街小巷。许多人都可以看到，这个令人心碎的场景。一位老人骑着三轮车，坐在车上的或年轻男女或壮年后生嬉笑着。

我们可以掐指算一算，老人1986年是多大岁数。他1913年出生，1986年已经是73岁高龄。自从1985年这位老人听说许多孩子上不了学的时候，便在冬天骑三轮车攒钱。1986年他把赚来的3000元钱，交给了贫苦学校和师生。那天，全校师生为他敬礼。老人晚上一夜未睡，决定在火车站开始拉活赚钱支援教育。

他捐助了上千名学生，特别是自1994年开始连续资助某个中学200多名藏族学生。截至1998年他骑的距离围着赤道绕至少有18圈。2001年88岁的他已经无力再蹬自行车了，便给人看车。十几年来他没买过一件衣服，吃饭更是节俭。在这位老人逝世后，有人曾经说过这样一句话：总有一种平凡，让我们泪流满面。

对吗？不对。这不叫平凡。这叫伟大，伟大得连苍天都会为之流泪。这位老人叫白方礼，媒体报道的时候报道的是白芳礼。可能是身份证和私下写法不同所致。这样的伟人，还有2006年4月20日去世的丛飞。他只活了37岁，癌症夺去了他的生命。

丛飞 11 年来，参加公益演出 300 多场，义务服务时间累计 3600 小时，累计捐款捐物 300 多万元，先后资助贵州、湖南、四川等贫困山区的贫困儿童 183 名。就是在面对许多非常不道德做法的情况下，他都没有改变初衷。例如有的人认为丛飞有病是假的，只是为了拖着不给捐款等等。许多人都为丛飞感到不值，但他却笑笑置之，认为不怪那些家长和学生。

古代这种人也有，例如清代的武训，是一位乞丐，终生乞讨为的就是给孩子们攒学费，让他们读书。甚至为了劝他们学习，还给一些淘气的学生下跪，恳求他们学习。

他们绝对是太了不起的人！他们为了自己的理想可以放弃一切。可以毫不夸张地说，他们就是圣人！翻看历史，你就能知道，能够被称为英雄的人有很多，但是能够被称为圣人的人却很少。因为英雄往往征服的是困难、征服的是别人。而圣人征服的是自我，征服的是人类的某种欲望。可以说，这样的圣人是在与人类的某些丑恶抗争并战胜了它们。

凡人必须执著与变通相结合

可以负责任地说，不是每个人都能成为白老先生、丛飞先生那样纯粹的伟大的人。我们中的绝大多数人都希望获得世俗眼光中的成功，并且还要生活得快乐一些、美好一些。千万不要为此，觉得我们有愧于白老先生、丛飞等那样的伟大的人。他们是伟人、是圣人，我们呢？凡夫俗子而已。只要我们在生活中、工作中抱着不伤害他人的正当利益就可以啦。

俗话说"山中无直树，世上无直人"。我们是凡人，所以要做凡人的事。凡人世界里的规则要求我们，必须要掌握好执著与变通的界限。掌握好界限就需要明确自我和与他人联系的关系。

丢失自我有三种情况

丢失自我的危险除了过于变通之外，还有过于执著。总体说来，丢失自我有三种情况需要注意。

首先，太容易变通。

太容易变通很好理解，今天一个主意，明天一个想法。看到人家成功的经验就学，看到人家失败的教训就引以为戒。毫不注意自己的实际情况，以别人的做法为自己的做法,这样的人很多。也很容易被人拿出来当做典型案例,进行评说。

例如刘备的儿子——后主刘禅就是一个。奸臣说什么他听,诸葛亮等忠臣说什么他听。结果,听来听去,诸葛亮一死,他的江山就丢了。刘禅很惧怕诸葛亮,据史料记载,刘禅一听诸葛亮来了吓得都有些哆嗦。当然,诸葛亮不是奸臣,而是训诫刘禅做个好皇帝。但本身就不是好皇帝的人,听好话也是听不进去的。

第二,太执著也会丢失自我。

总是变会丢失自我,太执著了也会丢失自我。因为,太执著于某个真理或理想,将一切其他真理或理想全都忘记了,同样没有了自我。我们可以看到,许多海外归来在西方接受了西方式教育的人,往往会对中国文化的不足看得更清楚。因此,也就有了排斥、彻底否定中国文化的趋势;当然,也有相反的情况,但这种情况较为罕见。

他们往往拒绝承认传统文化中的优点,并且以一种"科学的暴力"对待传统文化。要知道,文化主要是一种思维和行为的方式,其中的哲学意味非常浓厚。然而,哲学并非科学,因此,两者根本没有可比性。但是,部分海归人士、拥有某种科学背景的人员,却经常将二者对立起来。

第三,文化上的不自信是最大的失去自我。

人总要有根,对自己的根都产生了全盘否定的思想,难道不是无根之人、难道不是没有自我的人吗?可以说,自然科学有绝对的真理,社会科学基本上没有绝对的真理。因此,如果过于执拗于专家的话、伟人的话,最终受伤的只能是自己。

例如过去有一句话叫做"人定胜天"。其实,人是不能战胜自然的,即使表面上你战胜了它,那也是它看到了你的执著精神而暂时忍耐了自己的报复之心。

自我不是让你与尘世隔绝

著名教授郎咸平曾经说过,中国人是"精英教育"下的可怜虫。对于这一点,本人并不认同。虽然成为精英的道路上会可怜,但成为精英之后你就可以为所欲为。

当从可怜虫变成精英之后,许多精英便痴迷于自己的高贵,往往导致他们,不愿意、不屑于与所谓的非精英人士交往。然而,作为一名精英,必须要管理一大批非精英,以及面对一大批非精英的客户,如果你不接触他们怎么可能理解他们,知道他们的需求呢?所以,不要孤立于世间,要懂得人间疾苦。

人生活在世间必须要懂得结交朋友。人脉关系是一种潜在的财富和生产力,对于商业成功的要素来说，许多人将它列为资金之后的第二大需求。在美国的华尔街，英国邦德街、哈佛班、沃顿班、伦敦商学院班，同样在北京也有北大的、清华的、人大的等小圈子，而这些圈子将使你更快地成功，少走许多弯路。

人脉的获得主要靠主动争取，克服害羞的个性，要明白：作为一名想在商海中成功的人，必须要做一名极端世俗的人。当你成功之后，才能有必要用高雅装扮自己。否则，你也将很难成功。那种被动的遇到，例如当你的简历交给招聘人员后，招聘者高兴地说道："唉呀，原来我们是一个学校的"的情况，往往是可遇不可求的事情。

由此，就需要主动联络人脉关系，无论是在入学前，还是入学后，积极参加各类俱乐部、活动、结交各色同学、参加各类公益活动、临时性地做一些工作等等。只有这样才能结交到人脉关系。

不要认为这种事情太世俗、太做作。既然你想在凡尘获得成功，有好的生活，首先要做的就是先让自己"俗"下来。不食人间烟火的神仙是一种神话，圣人有但不是升斗小民能够做的。

第 **7** 章

**成大事的第七种能力：
激情**

不知你们是否留意，虽然成功者与平凡者在外在的形象上，没有多少差别，但是稍有眼光的人，一下就能分辨出他们中哪些是成功者，哪些是平凡者。究其原因是因为成功者在言行举止上表现出一种感染人的气质，这种气质就像黑暗中的夜明珠一样闪烁着光芒，而平凡者没有这种气质。

　　好学生与坏学生在长相上并无多大差别，但同样可以轻而易举分辨出来。究其原因，就是前面所说的感染人的气质在起着作用，这种气质就是激情。坏学生很容易因为一件小事情而兴奋，做事会投入全部的激情。而激情恰恰是成功所必备的条件之一，正如爱迪生所言：激情是能量，没有激情，任何伟大的事情都不能完成。

坏学生如磁铁，引人注目

有个看似很奇怪的现象，好学生没有几个朋友，坏学生的朋友却一大帮。放到社会上则更令有些人生气啦，以前的坏学生不是当了企业家就是明星、冠军，好学生却当着别人的下属，赚着固定的三瓜两枣。这在有些人眼中，太不公平了。然而，在这背后却有着关键因素：因为坏学生有着某种磁力，吸引着各种人脉关系。在人生路上，会出现各种人来帮他，特别是伯乐。这到底是为什么呢？以前老师看不上，家长长吁短叹的"坏学生"为什么这么有缘！

你需要具备磁力

有些人走在路上，就会惹得众人关注，不是因为他（她）长得帅或漂亮，而是这个人有气质，气质就是激情的外在表现。因为，有了激情就有了必胜的信念。如此，就必然有着兴奋的表情，显得意气风发。由此，便与身边灰头土脸、自暴自弃的人大不相同，自然要受人高看一眼。

有激情的人正是因为有了气质这一外显特征，才初步有了磁力，具备了吸引人的基础。人生一定要像磁铁那样，吸引与你有着互补性的人，才能够组成人脉统一战线，让自己的成功几率更大。无论是在学习上还是在日后的工作上都是如此。然而，好学生和坏学生在这点上往往有着很大的不同。好学生的磁场很强，但是因为他们往往对比自己弱小的人看不起，只愿意和与自己一样或比自己强大的人接触，从而失去了磁场的大半作用。

好学生之所以被称为好学生，大多是学习好。因为只有和自己一样或比自己强的人交流，才能形成在成绩上的共同进退。但是，有些非常好的好学生，则会显得落落寡欢从而彻底失去磁场。因为，在自己的周围只有几个人和自己差不多，他们之间的竞争关系多于互助关系，因此，他们之间不是互相吸引而是互相排斥。

坏学生则不然，坏学生因为学习成绩不好，没有办法得到认同，就需要在朋友那里找到认同。因此，他便热衷于找朋友寻求精神上的支持，由此，他就会使用各种手段来结交朋友。当朋友到了一定数量之后，他就拥有了磁场。类似于他的情况的学生们，就会自觉不自觉地向他靠拢。其实，坏学生这样做正是由于他们自觉或不自觉地采用了磁场四定律。

用自己的热情锻造成激情

人要成功必须要有激情。然而，激情的前提是要对某件事情有热情。有了热情，才能够主动锻造自己的吸引力，从而具备吸引他人的能力。自然界有磁场，这是所有上过学的人都知道的科学知识。但是，人际关系中的磁场，人们未必清楚。好学生有了磁场被自己扔掉了，坏学生本来没有磁场，却因为自己的努力从而有了磁场。这是为什么？难道坏学生利用了什么方法？当然，是一种方法，没有方法怎么可能让弱势变成强势呢？坏学生的这种方法往往是符合人生磁场的规律的。

人之所以被吸引，其原因有四个：其一，那个人所做的正是自己想做的，而因为各种原因自己不能做成，而他做成了因此成为了被崇拜的对象；或者他能够做成，希望和他一起完成共同的理想；其二，那个人具备了自己不具备的能力或资源，只有依靠他才能起到互补作用从而共同完成理想，在完成他的理想的同时也就完成了自己的理想；其三，这个人和自己情况相同，在一起可以互相激励、互相切磋，既可以有了精神上的朋友还可以有事业上的朋友；其四，这个人身上有着某种令人钦佩的品质，与这样的人交往可以有安全感、可以学到某种知识等等。

坏学生广泛结交朋友后形成的磁场，显然属于第三种情况。然而，其实坏学生本身就具备这天然的磁场资格。只不过在应试教育下，家长和老师忽略了这些磁力。在应试教育下的学生们是好是坏，只有成绩这一个判断标准。其实学习不好的学生在创新、在品德、在特长上都有着很好的资源和强大的优势。可惜，在应试教育下的模式中很难令人认同。

因此，这就需要坏学生能够坚持，将自己的热情锻造成激情，在别人都不认可的情况下，耐得住寂寞，持之以恒用百折不挠的精神苦练。如此，当你的能力到了一定程度时，人们就会惊讶于你的能力，从而有了广泛的吸引力。比如大家都熟悉的相声演员郭德纲。许多人都认为他是一夜成名，其实不然。以评书、相声为代表的传统曲艺。在经济大潮中被人看做难以赚钱养活自己的行业，在影视网络的冲击下曲艺也逐渐被人忽视，特别是许多演员失去了创作激情、谋生激情而使其自动消失于人们的眼中。本来作为初中没毕业的"坏学生",学历也没有、好模样也没有,结果如何?偏偏走上了"姥姥不疼,舅舅不爱,爹妈不亲"的曲艺。如果没有热爱,没有激情,显然是不可能成功的。

吸引他人有六种方法

现今社会是一个人才多得难以辨其真假的时代,因此,人们也懒得去辨认、去寻找。这就需要在拥有能力的情况下,懂得一些手段吸引对成功有着支撑力度的人知道自己、关注自己,知道自己的水平。让他们对你感兴趣、有关注,这便涉及到了如何进行广告宣传这一关键问题。

只要你的优点、能力被人认可,就会有人主动与你交朋友。即使你没有任何特长,也没有问题。只要你按照下面的这六种方法去做,你同样会有许多朋友。

第一,借助举世公认的名人,让他向别人推荐你。

大家都知道"卧龙、凤雏得一而安天下"这句话,这句话是由"水镜先生"告诉给刘备的。而水镜先生以及徐庶二人都是诸葛亮的好朋友。借着二人之口卧龙不但扩大了自己的知名度,更利用权威人士之口进行了宣传。由此,可以得知:借助他人特别是借助有一定知名度的人之口,是吸引他人最好的方法。

大家也都知道李白的故事,李白之所以享有如此大名,其一是因为贺知章的举荐。李白到了长安之后四处托人给权贵们献诗,既有大儒贺知章等人,也有皇亲国戚公主王子。

第二,利用突发事件,展现自己的才华。

李白真正得名是因为外国使节来中国进行挑衅。某日,某国的外国使节来中国上奏国书,结果没有一个人能认识国书。中国素来以文明折服周边国家,竟然连别的国家的国书都不认识,那可真是丢尽了脸面。偏偏是李白趁此机会不但识别了国书,还戏耍了一下外国使臣。

第三,看社会最需要什么样的才华。

要想让人知道你,就需要考虑在那个时代最令人看重的才能。在唐朝是诗词歌赋,在明朝就是楹联作对。每个时代,人们看重的才能都不相同,因此就需要仔细考察。例如当今社会最需要什么样的人才?外语、电脑等有些人觉得很重要,但这却不是最需要的人才。现代社会最需要的是创新人才,因此,与众不同就很重要。如何显得与众不同,便是你最需要考虑的事情。

第四,借助最有效的传播途径。

在学生时代,如果想让老师、同学们迅速认识你,就需要成绩好。由此,考试就是最好的途径。最有效的途径，自古至今都在变化，古代，由于交通信息的不便，能让人们广泛而快速知道自己的方式就是儿歌、歌谣童谣。孙悟空在学艺的时候，就是听到渔夫、柴夫等人的歌谣而见到了菩提祖师。扩展到社会，现在最有效的途径就是网络。

第五，借助人们关心的事情，展现自己的才华。

学生时代，会举行各种运动会，体育运动场的冠军便成为人们喜爱的对象。由此，各种举办的竞赛，也是如此。在这些场合，就需要有此能力的人奋发图强、披荆斩棘地尽力展现自我，从而赢得更多人的喜爱。

第六，用自己的热情、爱心、品德吸引他人。

如果在学习中你没有任何特长、学习成绩也不好，在工作中也是如此。那么，也不是不会有所成就。那就让别人认为你是一个好人吧！好人在任何时代都会吸引人，都会让人珍惜。热情地帮助同学、同事，必然会有人与你交朋友，更会有人对你的好念念不忘。用一个好人的"好"字，你同样可以获得老师的喜爱、同学的认可；你同样可以得到一份好的工作、领导的信任、同事的友谊。

激情创造机会，创造奇迹

好学生与坏学生在长相上并无多大差别，但同样可以轻而易举分辨出来。究其原因，就是前面所说的感染人的气质在起着作用，这种气质就是激情。坏学生很容易因为一件小事情而兴奋，做事会投入全部的激情。而激情恰恰是成功所必备的条件之一，正如爱迪生所言：激情是能量，没有激情，任何伟大的事情都不能完成。

学习、工作都要有激情

在本书的大部分内容中，我们都在说学习并不是唯一重要的事情。确实学习不好同样可以干出大事，但并不是说学习不重要。只是因为，学习好的人因为受到了应试教育下众人的赞许，从而失去了很多办大事的其他必备要素。

学习是一个人的能力判断的标准之一；学习是人做事情的基础。很难想象，现在的工作和生活不会遇到知识，而知识的获取过程之一就是学习。社会上人人有知识，即使你不学习你总要生活吧，总需要找到朋友吧，找朋友就需要和人交谈。

交谈就需要理解他人的话，而没有知识的人你觉得能理解有知识的人说的话吗？你如果不信的话，那你就去和没上过学的孩子们好好交流一下吧。谈谈你们的爱好、谈谈你们平时都做些什么想些什么，看看他们会不会理解你们。

尽管，我们总在强调学习不好不是天塌地陷，但我们从来没有说过学习不好不是个弱点。这个弱点并不能阻碍成功，但也更不会促进成功。因此，如果学习能够变好，只需要努力一下就可以学习好，又有什么理由不去努力呢？毕竟，既获得应试教育下的认同又获得实际生活的认同，是一举双得的好事。

在学生生涯中，如果真的热爱学习，扭转自己不行的观念，学习成绩仍然可以很好。特别是不是本身能力不行，而是因为其他原因造成学习不好，就要努力克服。例如，这种落后只是因为家庭条件限制，比别人少学了一些。这对于热爱生活、学习的人来说就根本不是问题啦。

对工作也是如此，改变工作只是一种谋生手段的认识。把自己的事业、成功和目前的工作联系起来；其次，保持长久激情的秘诀，就是给自己不断树立新的目标，挖掘新鲜感，把曾经的梦想拣起来，找机会实现它；再次，审视自己工作，看看有哪些事情一直拖着没有处理，然后把它做完……在解决了一个又一个问题后，自然就产生了一些小小的成就感，这种新鲜的感觉就是让激情每天都陪伴自己的最佳良药。

激情让天堑变成通途

无论在学习中还是工作中，成就成功的不仅仅是才智，更重要的是激情，没有激情就是再好的才智即使是天才，也会受到阻隔。从而不能发挥最佳的能力，也就不能创造出好的成果。正是因为有了激情，才使得人们精神饱满、工作业绩突出，行动坐卧之间透着一种感召力。由此，不论是朋友还是陌生人都会自动来到你的跟前，和你一同奋斗，向着共同的目标而努力。

每个人心中的理想都不一样，有的实现比较难，有的人则相对较为容易，难到一定程度就被人称做"难于上青山"。每个人心中的理想和现有条件之间的距离都不相同，有的人弥补不足后机会立刻出现。有的人则即使弥补了，也没有时机出现。然而，激情却可以创造机会。更可以把"难于上青天"的理想趟成"平坦大路"。

激情让一切皆有可能

激情不但可以解决困难，更可以让危险得到迎刃而解。例如淝水之战，前秦皇帝苻坚领步兵 60 万，骑兵 27 万，诈称百万于公元 383 年南下灭东晋，东晋当时能够调动的军队才 8 万多人。两边军事力量对比非常悬殊，许多人都会说不会"以少胜多"嘛。

其实话说得容易，历史上大多是"以多胜少"。正因为"以少胜多"难得，才被人津津乐道。在这种情况下，东晋朝廷许多人都认为必败无疑，但丞相谢玄却坚定地认为秦军必败。谢玄饱读诗书，非常喜欢乃至崇敬古代名人，例如三国时期大败曹军的周瑜。

再加上战争中的屠戮比较多,人们很惧怕发生战争。面对内外危机,谢玄觉得首先有淮河之险可以拒敌;前秦军队都是由刚刚被灭的各国、各族降兵组成,军心涣散;北方人不习水战而且水土不服等因素在内,只要出其不意迎头痛击,必然会使秦军军心动摇,由之前的骄兵变成焦躁之兵,由此东晋必胜。

后来战争的结果,也证明了谢玄的分析极为正确。前秦25万先锋部队被挫败之后,苻坚等人都不再相信之前东晋兵力不足的情报,反而认为东晋的军事力量比自己还要强。从而由之前的必胜转变成了必败的心理。

激情可以吸引他人与你共同成功

在学校、在社会,你会发现一些人的能力并不高,但在他的周围却凝聚着一批人。这就涉及到了除了能力以外的性格因素、能力划分。能力不仅仅是做事的能力,还包括管理人的能力。刘邦论才华不如张良,论打仗不如韩信,论做事不如萧何。但是,他却知道如何管理人。知道在什么情况下插手,给手下人施加压力或进行鼓励以便让其他人更有精神地去学习、工作。

事情能否成功,需要人脉、需要实力,当我们实力够了,经过观察却发现时机并没有到。其中就是因为能够帮助我们的人还没有出现,因此,就需要广而告之地告诉能够帮助你成功的所有人:我能够成功。

吸引他们之后,各色人等也开始向你靠拢,这个时候就需要看你的真实本领了。因为,随着网络的出现人才多得没有时间也没有办法辨别。正如社会上的许多产品一样,外表很华丽、包装很精美。当人们被吸引过去之后,却发现华而不实。眼睛一溜发现,旁边那件产品反而更好。由此,不但"捉鸡不成反失一把米",给他人做了嫁衣。

广告吸引人只是吸引人的眼球,因为现在这个社会,媒介发达,只要能上网大家在汲取知识上都是平等的。因此,人才的涌现数量是任何朝代都不能比拟的。大家都是人才,放在一起就没有办法识别哪个是真的有才,哪个徒具外表;哪个有大才,哪个有小才,大家都挑花了眼。这时,如果恰当地利用广告的手段把目光吸引过去。那么,就可以从一大堆不知道有才没才的人中,看到你这个有才的人。

看到后人家还要挑选,到底是大才还是小才,是比自己强还是比自己弱。如果不如挑选者,那么人家何必要被你吸引呢?所以,苦苦地锻炼自身能力,用自身的能力去吸引人才是真正的根本。

将这些人才团结在自己的周围,形成人脉统一战线之后,就要根据各自的能力进行合理安排。用自己的激情战胜困难,因为在面对困难的时候,大多数人都习惯于灰心丧气,都往往把困难想得多么高多么高从而有了畏惧心理。但是,拥有激情的人却总能从不同角度去挖掘自己必胜的因素,从而让人们觉得你高人一等,你目光锐利。这就是拥有激情的人的一种能力:能从不利因素中找到有利因素。

没有激情，如同丧失动力的汽车

没有激情的人就像是泄了气的皮球，越来越小。随着骨气的挥发，斗志、才智都会越来越少、越来越小。汽车快不快？快。但是，如果没有了汽油，它他就是块废铁。这汽油就是激情。如果，激情能够爆发，人们的才智就会调动一切可以调动的因素，进行奇怪的、令人无法捉摸的组合，从而形成一种爆发力，就像有如神助一样想出解决问题的各类好的办法。

人生汽车需要什么油

正如有的车需要柴油、有的需要汽油，还有的则需要电力等等相似，只有知道什么是激情的火花塞，才能明确哪种激情会保有时间长，哪些则会比较短。什么是火花塞？火花塞就是点燃激情的基础，基础越稳越牢固激情燃烧的时间就越长。激情燃烧时间的不同，也同样关系着人能否长时间的成功。

短的激情就需要引起注意，防止没有激情，人生动力车失去了动力停在路上，更要防止停到了高坡上，滑下来摔得粉碎。点燃激情的火花塞主要有四种：它们是喜欢乐趣、新奇探索、伟大的抱负、生存本能等是点燃激情的火石。没有它们作为基础，激情既不会点燃也不会燃烧。

1. 生存本能。

许多成大事的人，往往因为家里很穷，为了能吃口饱饭，心中想着锦衣玉食便非常有激情地生活着、奋斗着。21世纪以前的成功者，大部分童年都是差不多一个字——穷。只有努力才能成功，才能不饿肚子。到了21世纪这种情况在中国虽然越来越少，但并不代表已经绝迹了。虽然绝对的穷很少了，但是相对的穷却仍然存在。

之前也许是为了填饱肚子，现在则变成了填好肚子。但是，这种生存本能的激情,却会因为真的填饱、填好了肚子而失去激情。历史上许多干出轰轰烈烈大事的人,日后之所以失败就是因为失去了激情。例如李自成入城之后便开始自毁长城;黄巢入了长安就开始失去了警惕,如此等等不一而足。要知道,从下往上很艰难,从上向下则会因为惯性的原因加速度地下降。

2. 新奇探索。

有的人喜欢探索,其实这是一种挑战心理在作祟,他们的性格往往是倔强的。只要知道自己有不知道的事情,就喜欢刨根问底。但是当新奇感逐渐消失,激情也就逐渐消失了。例如,许多新进入某个工作环境的人,在起初满怀壮志地工作,等熟悉之后便疲疲塌塌了就是这个原因。

3. 兴趣、爱好。

兴趣可以塑造激情,人们都愿意干自己喜欢的事情,甚至为了它们不惜受苦受累。做喜欢的事情,乐在其中。旁观的人认为那是累,但自己却始终认为这是多么的幸福。

4. 伟大的抱负。

每个人从生出来到生命终结,都会有一个人生的榜样。这个榜样可能是你身边的人,也可能是你从来没接触过的人。伟人往往是伟大抱负最常见的标的。每个时代榜样都是不相同的。民族危亡之际,榜样大多是民族英雄,例如李广、霍去病、祖逖、岳飞、韩世忠、文天祥等等;民族建设时期,大多是一些科学家或商人;战争时期往往是一些军人,如此等等不一而足。从小为自己点燃抱负的火光,总让一个榜样伴你前行。那么,无论人生路上遇到什么困难他都会给你以鼓励和支持,从而让你克服这些苦难。因此,伟大的抱负,在诸多火石中是最牢固的,但也是最难坚持的。

激情表现因人而异

不但火石可以影响激情,就是我们自身也会影响激情。这是因为不同的家庭背景、成长经历和教育程度等多种原因,会造成每个人拥有不同的性格和不同的困难。为此,在面对某一表面相同困难的时候,就会有不同程度的表现。

1. 不同性格

有的人天生喜欢挑战,一碰到陌生的事物就欢喜,就愿意去征服难点,从而创造一种奇迹。但是有些人天生就喜欢安逸,不喜欢挑战。这在表现上就是工作选择。有的人喜欢在国有企业工作、有的喜欢在民营或私企工作、有的人喜欢自己创业,在这些选择背后其实代表的就是每个人的性格特点。

性格虽然可以改变,但改变起来比较难,否则也就不会有这样一句俗语"江山易改本性难移"。如果我们不能正视性格的不同非要表现统一,父母和老师强迫孩子们按照大多数人都希望的在国有企业工作,那么,可以说就不会有激情的迸发。有的人就是喜欢冒险、有的人的创新能力非常强,而长辈们却想限制这种激情,那结果如何? 就会归于平凡。

可以说,喜欢冒险、喜欢创新的人很少会在国有企业工作;强烈要求自主、自由的人也不会在国有企业工作。这并不是说在国有企业工作的人不好,国有企业不好,这只是说什么样的人应该看自己的性格适合于什么样的工作。

2. 不同境遇导致激情不同

同样,因为家庭原因,面对困难的时候也会有不同表现。有的人被人称为"懦夫"、"没有自我",因为面对利诱,或者工作中为了赚那个可怜的月工资,往往失去自我,对于斥骂忍气吞声。其实,在这个背后,有着别人的难言之隐,也许他的家里急需要他的钱来开支,也许他现在欠着债务等等。忍辱负重的人的激情不但不比敢于反抗、拒绝利诱的人小,从某种意义上说更强烈。在忍辱负重的同时,他们锻炼了忍耐力,锻炼了理性懂得了取舍。

有不同的激情状态,就会有不同的行为表现。只有充满激情的人,才能对工作、对事业充满激情。由此,才能使得人们更年轻、更有利于进步,由此,就会更好地工作。因为,人的心情好了,才智、能力自然会迸发出来。以最佳的精神状态工作不但可以提升你的工作业绩,而且还可以给你带来许多意想不到的成果。

每个人都会对他感兴趣的事物给予优先注意,表现出相当的积极性而自觉自愿地去了解。无论遇到什么困难,都从困难中看到乐趣,都从丑陋中看到美好,如此就可以将学习、工作当做兴趣,你就会将绝大部分的注意力集中到学习、工作上来,就会自动地认为学习、工作可以体现你的价值。

是谁偷走了生活的激情

有些人的激情很容易消失,其中的原因就在于新奇感的消失。但更为危险的是自己把激情掐灭了,掐灭它的原因在于:抵制不了外界对我们的诱惑。外界的诱惑实在是太多太多了,多得经常在我们眼前晃悠,向我们招着手说:"来吧,来吧,跟我走吧"。

在学生时代,外界的诱惑同样也有,例如一些真正的坏学生,看似快乐地生活。学生时代完结后的诱惑就更多了,坑蒙拐骗偷都可以比正常的工作赚钱赚得快。吃喝嫖赌抽更是要比努力、奋斗来得轻松、愉快。因此,不能拒绝诱惑便成为了激情丢失的最大的最危险的敌人。

诱惑是最危险的敌人

生活中的诱惑实在是太多了。不要说年轻人难以把握,就是许多成年人都难以把握。为此,许多人在不断的诱惑中不断地消磨着激情。因此,就有必要时刻把目标放在心中最重要的位置。我们都知道"头悬梁锥刺股"的故事,那是为了抵御疲倦对我们的诱惑。同样,我们也知道"卧薪尝胆"的故事,那是为了抵御富足生活、快乐消遣的诱惑。同样,我们也知道晋文公仲耳这个人。但他贪慕生活险些把国家黎民的苦难扔掉的故事,却未必人人知晓。

仲耳因为后母的迫害,逃亡到了他国。在此期间,有了妻子,有了富足、快乐的生活。之前的豪迈壮志、为国为民之心消溺于歌舞生平、靡靡之音中。要不是妻子和部下趁着他昏睡之机,带着他离开了快乐的小巢并在路上狠狠地批评了他,恐怕日后,名垂青史的晋文公就根本不会出现。

由此可见,诱惑的破坏力是多么强大,不要说学生,就是历史上的伟人同样有被它俘虏的危险。为此,抵挡诱惑的侵扰便成为防止激情熄灭的最重要的能力。

防止诱惑侵扰最有力的办法就是明确自己将会干什么大事，这些大事会给我们带来什么。有的人喜欢名，那么名垂青史可能就是最大的目标；有的人喜欢钱，赚成个百万富翁那是小菜一碟要做就做个首富；有的人喜欢发明创造，那就和爱迪生拼一拼比一比。如此等等，明确地确立自己的目标便成为抵御诱惑的最好方法。

之后便是，不断地强化它。无论是看影碟还是看图书或是玩游戏，都去找类似的这样的人，不断地强化这种目标在头脑中、心中的地位，直至它是第一。

最后便是，理解诱惑。有些诱惑是正常的，有些诱惑是不正常的。对于正常的可以对他们笑脸相迎，看看能不能损害自己的最终目标，如果不能做做也无妨。对于那些不正常的诱惑，例如，有人非得对你说"天上正在掉馅饼呀！还不赶紧跟我去捡？"对于这样的诱惑，立刻躲得远远的才是正确的做法。

新奇感消失了该怎么办

人们之所以有激情，其主要原因之一就在于新奇，当新奇消失后就会用习惯性思维、行为来对待事物。由此，就会产生倦怠心理。仔细考虑一下，升学、转校的心情吧。每次升学到了新的班级、转校遇到了新的全部陌生的环境与人，此时的心情既激动又忐忑不安。怕丢脸、怕人家不接受自己等等。如此，我们就会尽量地把自己最美好的一面展现给大家。除此以外，还要尽量地忍耐自己的性格与所有人交朋友。等时间长了，朋友也固定下来了。这个时候新奇感就没了。之前的不足、缺点就齐刷刷地袒露出来。更有甚者，如果这个新的环境和之前的环境相比更有为所欲为的土壤的话，我们可能就会更加肆无忌惮。

在新的学习环境里，会因为老师对学生由陌生转为熟悉，关注度就会越来越低，特别是那些学习不好的同学。其他同学也会失去对你的新鲜感，为此，坏学生就会和以前的学校、以前的环境一样故态复萌。

其实，社会上也有这种情况，新员工来到新的环境后。也因为上下级、同事对新鲜感的消失，从而对你的缺点不再隐忍，对你的优点开始视而不见。由此，对现状不满的情绪会油然而生，之前不好的东西会再次光顾。有的人用跳槽的方式来博取新鲜感，正如有的学生用不断转学来保持新鲜感一样。

其实，上述两点都是为了保持陌生感，从而找到双方都妥协的认同，寻求一种心理慰藉。其实，这种做法是错误的，因为在不断转学、换工作中，不但之前的毛病没有改变，反而会让它们得到更快、更强烈的爆发。因为，坏学生知道，这种新鲜感迟早会没有的。所以，对于其他人伸过来的真诚的手，会用虚假甚至直接拒绝。从而，永远找不到朋友，永远改正不了自己的不足。

其实，学校生活中的这种新奇感缺失并不算什么。同学的精力再丰富、思考再多，也不会有社会复杂。学校里面顶多是学习、同学情感，在社会里则要多出物质利益、复杂的上下级和同级关系等等。学校里人际关系搞不搞，顶多是朋友少。只要你学习好老师照样疼爱你。在社会立刻不一样啦，人际关系搞不好，就会丢掉工作从而饿肚子。即使老板喜欢你，也不会因为你而去得罪所有人。最终受伤的可能仍然是你。

不是生活成就了你，而是你成就了生活

不知你会不会唱《国际歌》，这首歌词中有一句非常好"没有神仙皇帝"。世界上没有救世主，无论是什么困难都要靠自己解决。生活困苦、精神烦闷等等都需要自己努力才能解决。俗话说得好"救急救不了穷"。别人对你的帮助再大，也不能替代你的生活。贵人再帮你，如果你自己不努力也不会成功。别人再可怜你，也不会把自己的金山银山送给你。

自强者无敌

不要埋怨、更不能气馁，只有靠自己才能解决问题。等靠要的心理绝不能使我们摆脱困难，这个时候，要有一股"舍我其谁"的霸气。某种意义上，成功就需要霸气作为基础。

社会上总有一些人关心他人的程度要高于关心自己，这些人会在交流中关心起与他们关系并不亲近的人，或冷言冷语或讥讽讪笑。你听了这些如果跟他们争吵，他们更会关心你。并对你的不礼貌、不理智行为进行广而告之。从而，让不知道事情真相的人们更加误解你。

看到、听到这些不要理睬，走自己的路让别人去说吧。等你成功了，就会对他们的话有了绝妙的讽刺。总之，你不能听了他们的言论就去跳楼吧，那样也太不值得了。

有些人总是倒霉，倒霉时间长了就会考虑自己是不是命不好，因此，或者找街边的老头老太太算算命，或者到网上找些星座、八卦九宫等等去研究。更有甚者，神仙老道、出家的僧尼喇嘛、外来的和尚基督耶稣等等是谁就拜。拜来拜去如何？日子还是得过。你不努力，不思索问题出在什么地方，你永远还是倒霉。

为什么别人一找到工作就一干好久，而你却三五个月多者一年半载就离开？

为什么别人到了一个环境就受到别人的喜欢,而你到了一个环境就受人讨厌?这里面既有好的原因也有不好的因素。把好的原因坚持下去,把不好的因素抛去。只有这样才能够成功。

一定要打败消极

自强的过程其实就是不断战胜消极情感的过程,消极就像是瘟疫可以传染到周身上下,使全身酸痛无比,进而使我们的意识对我们说"休息,休息一会再说"。就这样,在不断的休息中,能力逐步降低,诱惑逐步近身,而自强的精神却离我们越来越远。消极之所以出现,就是因为:困难。

无论是上学时期的坏学生,还是工作期间的坏员工。之所以遇到困难之后不能解决,其根本都在于没有解决好交流沟通、思想观念转变。凭自己不能解决的问题,为什么不和别人一起解决呢?也许你解决不了,别人略微一提醒帮助,这个问题就可以解决了。所以说,沟通和交流可以战胜困难。但沟通交流却并不是人人都能具备的能力。

学生时代,如果我们会交流沟通,知道勤奋努力,即使学习不好也会受到老师和同学们的尊敬。如果再有别的特长,那么老师同学喜欢你也并不成问题。

在工作时代,不会交流沟通,则是一个关系到日后能否填饱肚子的大事。如果被别人评价为不合群,没有团结协作的精神,那么,上至领导下到同事都会对你产生各种看法。从而就会一个工作单位一个工作单位地换个不停。特别是和上级的沟通,更是必须要做的事情。工作除了要看能力以外对老板忠心也是非常重要的。能力再好,如果不听从老板的命令,总想着鲤鱼跃龙门,那么即使能力再高在老板眼中也不如能力低的员工。也就不会把重要的工作交给你去做,因为培养出来的是给别人培养的说不定日后还会成为竞争者。尽管书本上有许多虚怀若谷的故事,但是,正因为虚怀若谷的人太少了才能进入书中。

由此,就需要转变态度,换一个视角来看待问题。去结交朋友,去结交上级和同事,在许多人看来是不是溜须拍马呢? 多问几个为什么就可以解决问题,为什么不多问几个呢?解决了问题证明了自己的能力,更何必计较人家是不是出过力呢?每一件事的成功,并不是一个人就可以全部解决的,没有任何人会看不起你。

难道多和上级交流就是溜须拍马吗? 不是的,只是为了做好工作。企业并不是领导一个人,而是大家共同谋取幸福生活的平台。

改变态度换一个视角

观念会影响人的一生,错误的观念更会误导人的一生。学习不是为了家长老师学习,而是为了自己,为了给自己增加解决日后问题的能力和知识;工作也不是为了老板工作,也不是为了"周扒皮、黄世仁"之流工作。即使在日后的工作中,你真的会碰到周扒皮、黄世仁也不要有这种想法。因为,在你怨恨的同时,你的能力发挥就会受到影响。尽管把这件工作当做一个展示自我的平台,他是周扒皮、黄世仁不但你会清楚,而且同行业的人也会知道。如果你能在如此恶劣的条件下工作,那么,由此可见你的忍耐力、你的团结协作精神是多么的高。如果在这个平台上你还能做出令人惊讶的成绩来,那么你的能力会令众人折服。更高的、更好的平台一定会向你招手。

因此,必须要改变态度,既不要消极更不要怨恨地学习和工作。老师、家长批评你是为了你好而不是为了他们好。你一个人好不好,对老师的口袋影响并不大。你好不好,对父母的影响会很大,因为你是他们身上掉下来的肉,是他们生命的延续,他们对你寄予了很高很高的期望。如果你学习不好,生活不好对于他们的打击实在是太大了。

为了学习好,为了日后工作好,就需要你不管什么环境,不管是工作还是学习,从开始的那一刻起到全面熟悉了解后,都把这一种精神贯彻始终——结束即开始。其实,这种观念在之前已经讲到了,那就是一种新奇感,因为只有新奇才能产生兴趣进而催发激情。上述对学习和工作的怨恨,也是因为新奇感丢失了而产生的问题。

许多人最初接触某一项工作的时候,都会因为对工作环境的陌生而产生新奇感。于是,千方百计地了解、熟悉工作。然而,一旦熟悉了工作性质和程序,日常习惯代替了新奇感,特别是因为书本上的社会与现实社会的巨大差距,人心并不同于校园中的人心后,就会产生懈怠的心理和情绪,容易故步自封而不求进取。有激情才能有积极性,没激情只能产生惰性,惰性会使人落伍。许多人之所以失败,其原因就是消极。消极就像是瘟疫一样,感染着人们的思维,当人们一遇到困难或挫折,它就会植根于我们的身体、思想中,最终导致我们全身瘫痪。

拿出激情，全力以赴

过去有一句话叫做"有条件要上，没有条件创造条件也要上"，这就是一种激情，一种做事的激情。许多事情不是你想做就可以成功的，不是一努力就可以成功的。同时，时机也不是随你的心愿想什么时候来就什么时候来。

时机需要激情的拥抱

许多人会说："时机未到"。如果这种观点，是在你经过仔细观察琢磨的情况下得出的结论，那么可以推敲。如果，仅是你不具备某种果敢的搪塞语，那么，问题就很大啦。特别是在大环境不好的情况下更是如此。例如经济危机、就业形势不好、你所在的行业不景气等等。

但大环境不好就是时机未到吗？显然不是。同是大环境不好，为什么其他企业可以兴旺？其原因还在于你对这个行业的把握不是很深。请记住一句话：逆境永远是不存在的，只要是强者，你就永远不会遇到它。

说句不好听的话，真正有能耐的人应该欢迎大环境不好。因为，大环境不好才是有才能的人大显才能的机会。不景气根本不是世界末日，它只会淘汰那些没有才能的人。有才能的人不怕不景气，就怕你气馁、没有激情、没有骨气。人做事一定要有"精气神"，没有精气神做什么事情也不会好。精气神就是激情的具体表现。

有了精气神，任何人都可以成功

精气神首先就是士气。士气又叫斗志。一遇到困难，就像是斗败了的公鸡，脑袋耷拉着，说话声音小小的。不但别人看着难受，就是你自己也会觉得自己难受。

失去斗志的人,任何人想帮你都帮不了。本来可能再努力一次就会成功的事情会彻底失败,本来看好你的人会离你而去,本来是你的朋友也会渐行渐远。

其实,能力就在这甜甜的长吁短叹中消磨掉了。面对困难最有效的武器就是蔑视它,但这是表面上给别人看的。在内心深处,在没有人的时候就应该仔细考虑、秉烛达旦地研究解决的办法。

大家都知道瞎子阿炳的故事吗?伟大的民间音乐家,二十世纪世界音乐史上的传奇人物华彦君,从一出生就是非法的。他的父亲是位道士,他的母亲是个寡妇。封建社会讲究礼教,寡妇再嫁那叫失贞,出家人再娶那叫破戒。

后来,他三岁丧母,十六七岁丧父,二十多岁眼睛失明。从此开始了流浪生活,大街小巷都可以看到他的身影。但是他从不讨饭,他只是用自己的二胡、琵琶等乐器进行演奏,你觉得好就可以给钱。甚至不给钱,你只要说好他也会高兴地为你演奏。这是什么?这就是一种对音乐的极端热爱。

在无锡,许多人都知道阿炳,大多数人也对他抱有同情心。但是,世间就是各色人等都有。有人有同情心,有人就狠如蛇蝎;有人帮助弱者,有人就会欺负弱者。更何况,阿炳是弱者中的弱者。面对这些苦难,阿炳并没有怨天尤人,而是用音乐来抚慰自己的心。更可贵的是,在这样的情况下,他都没有丢弃恻隐之心、是非之心。他帮助比自己更加柔弱的人,从而他找到了自己人生的另一半。由形单影只的一个人,变成了互相扶助、相濡以沫的两个人共同承担苦难。面对日本帝国主义的侵略,他和所有人一样痛恨汉奸,因此创作了《汉奸的下场》。虽然,他受到了毒打,但他的心中却是畅快的。因为,他做了一个中国人应该做的。这就是精气神。

有了精气神,一切困难、一切坏的习惯和缺点都会躲得你远远的。因为它们知道,它们不会在你身上得逞,你将永远是战斗激情饱满。

遇到误解后同样要拿出激情

在困难面前,我们有了激情可以顺利跨过。在失败面前,有了激情同样可以爬起来再次冲锋,从而迎来胜利。失败之后,人们对自己的误解往往会消磨掉激情。

学生时代,因为学习不好,所以很多人对你指手画脚。但时间长了,周围的人产生厌倦后也不会再理睬你。反而,一些有特长的坏学生和好学生在这种情况下更容易受到伤害。因为,你是好学生或特长生所以人们便不习惯于你失败,你失败一次,或者比赛成绩不理想或者考试成绩不好,都会迎来大家对你的口诛笔伐。这时，好学生的心理压力要更大。因为，他从天上被摔到了地上，体验到了什么叫做"冰火两重天"。这就是为什么，许多好学生遇到一次挫折后就爬不起来的原因。

这种情况在日后的工作中同样会出现，工作能力好的人就会被人看做工作永远出色。艰难的任务交给你去完成，完成了人们认为正常，因为你的工作能力好。完不成的话，问题就来了。你是不是不认真？你是不是想跳槽等等问题就会扑面而来。

因为人一旦遇到这种情况，心理承受力就会受到很大冲击。因为，人们没有办法从之前的人人喜欢、人人尊敬时的心态，立刻转移到人人指责、人人苛求时的心态。由此，人们就会对周围人的品德、目的产生怀疑。有了怀疑，就会自觉不自觉地从中找到各种毛病，就会丢失神圣感，从而让人感到厌烦。

厌烦的过程是从新的角度再次看待周围环境后开始的，一旦对周围的一切产生厌恶的感情，特别是周围并不是一切都美好的情况下更是如此。你会觉得自己之前把这个环境想象得过于美好，其实他和其他的团体一样也有这么多毛病。例如这个班级也是好学生看不起坏学生，学习不好的被人忽视等等。这个工作单位的同事，拍马屁、打小报告的也很多，老板和以前的一样表面大方其实小气得很，也和其他老板一样为富不仁等等。

如果，这种心理落差较大，大过了之前的团体，那么，消极情绪就会大范围地出现，从而出现学生年代的逃课，上班时代的消极怠工等等。前者久而久之老师和同学、家长不喜欢你；后者则是再一次的失业。更危险的是，你可能会对老师、上级甚至父母产生抗拒心理。从而怀疑父母和老师是不是真的为我们好，上级是不是为富不仁的奸商，只是把自己当成工具等等思想。

当这种情况出现后，一定要立刻扭转这种不好的思想，重新唤起对周围的激情。首先，要做的就是理解，理解他们为什么会出现这种现象。其实，你不习惯于这种情况，他们也同样不习惯你的失败。因为，之前的你总是那么优秀，结果现在突然失败了，这也同样没有给他们转变的余地。每个人在思想上对于自己喜欢的人，往往会将其捧上天去，把他看成是最好的，永远都是好的。尽管每个人都知道这不可能，但人的心理就是如此。特别是父母，有哪个父母不爱自己的子女呢？"东西永远是人家的好，孩子永远是自家的好。"这句俗语，已经被印证了几千年，再印证几千年仍然没问题。别看，父母会指着别人家的孩子说："你看看人家，再看看你。"如果你让他们换，他们肯定不会换。为什么？他们这样说唯一的目的是在激励你。

其次，当我们理解了父母长辈、老师上级之后，要做的就是去沟通。沟通自己为什么会失败?是咱们都把问题想得简单了,还是自己确实大意。如此,在沟通过程中,他们就会理解你,知道你不是自暴自弃或是对企业不忠诚。之前的爱会重新燃起,在燃起的同时,会对你的品格更加赞叹。因为你没有怪他们,你也是爱他们的。爱自己的人,每个人同样会去回报爱。

坚持 100℃的热度

许多人在面对困难表示决心的时候,都显得非常决然。不是发誓就是找人见证,说自己如果完不成将如何如何。可是这句话说完了之后,没多久就像没事人一样我行我素起来。这就是典型的"三分钟热度",这种人注定是无法成大事的,因为成大事就像开水一样,纵使已经达到了 99℃,少一度都不会沸腾。

"三分钟热度"危害无穷

许多爱读励志书的朋友,往往看完一本励志书后,恨不得给自己几个嘴巴。并对天发誓一定要像某些人学习,并给自己列了要改正的多少多少条缺点,应该锻炼的多少多少条素质。然而,过了几天之后就把这些全都给忘记了。坚持时间长的可能会一年半载,但是遇到了一些急迫的事情,例如年纪大了该结婚了等等,有了这些事情之后立刻把之前的目标给忘记了。

放眼世界,这种情况多得很,就拿所有人都会碰到的理想来说吧。问问周围的人,有多少人还有童年时的理想呢?在小时候我们会发誓要当科学家、文学家。随着年龄和阅历的增加,忽然发现那些需要天才,自己没有天才,所以便修正了目标要当有钱人。工作以后,突然发现钱其实并不好挣,有些时候往往需要你勇敢到不怕犯罪,或者忽然发现挣钱也是需要某种天分的。为此,理想目标再次修正为做个平平常常的人。

当准备做平平常常的人的时候,却发现平常人需要房子、车子、票子才能博得别人的垂青。如果你幸运,遇到一个不太在乎它们的人,还需要你懂得许多。例如要风趣、要体贴、要温柔,这时你才发现做个平平常常的人其实也不简单。

这叫什么"没有长性"。就在一步步的后退间,你逐渐丧失了许多能力。因此,努力到真的认为不行的时候再转型才是正确的做法。在这之前,一定要认认真真地做好每件事情。只有在做每件事情的时候,把它们都看做是人生最后一件事情那样努力才可以。如果,最终仍然没有成功的话,才能说确实不能再做这件事情了。

必须一直保持激情,短暂的激情不但会对问题的解决起到反作用,而且会对人生起到很大的副作用。因为,总是短暂的激情,会使事物刚刚有了起色便夭折。时间长了,所有人都会对你的秉性产生疑问。日后再有什么事情,也不会来找你了。因此,必须保持激情。保持激情同样是说起来容易,做起来很难。难点就在于:有些事情表面上已经成功了,这时,就会产生倦怠这一危险现象。

用 100%的激情做 1%的事

毛泽东曾经说过:"宜将胜勇追穷寇,不可沽名学霸王。"这句话说的意思就是:做事情要彻底,不能留有余患。当年,项羽与刘邦的斗争中,几次都可以消灭刘邦,就是因为项羽顾及这、顾及那,一会儿顾及兄弟之谊,一会儿顾及名声。如果说项羽这个还不能说明留有余患的害处,那么就来看看黄巢这个例子吧。唐末农民起义领袖黄巢,本来已经攻占了长安,如果一鼓作气的话可以将唐朝推翻,但是他开始了享乐没有能够坚持到底。结果,皇帝逃跑之后,重新调集力量平灭了黄巢。可以说,正是一种志得意满、以为事情已经成功的想法,才使得他最终归于失败。

因为,自己觉得事情成功了,便开始倦怠,这就是没有拿出真正的激情来做事。其实,这并不能怪一两千年前的古人们,这些毛病即使到现在大部分人也不能杜绝。他们之所以产生了倦怠,就是没有区分出事情的急迫和重要。

事情分为急迫和重要两种。因此,细分一下就会有急迫但不重要,急迫且重要,不急迫但重要,不急迫且不重要四类事情。好好考虑一下,我们每天的生活都是在什么情况下。急迫且重要,明天就要交作业或交工作成果了,这个事情就属于这类;急迫但不重要,正在学习或工作的时候,一个电话来了,必须要丢掉手头的东西去接电话。但是却发现是找你闲聊天的人的电话;不急迫但很重要,下个月学校有一场比赛,我很感兴趣也报了名参加了,不用放下手头的事情去锻炼身体,锻炼身体要天天锻炼而不是仅仅一天,不急迫且不重要,张三说让我们下星期和他一起去买张他喜欢的游戏光盘。

再回过头来,看一看黄巢、项羽等人就会发现,他们仅是完成了部分紧急和重要的事情。俗话说得好"百足之虫、死而不僵",又说"射人先射马,擒贼先擒王"。在没有彻底打败敌人、捉住敌人首领的前提下,就开始做既不急迫又不重要的事情——玩乐去了。当然会最终失败。这点要向曹操学习,曹操在剿灭了袁绍之后,袁绍的三个儿子逃到了辽东,曹操则不远千里,在当年交通极为不便的情况下,毅然进兵。由于路程遥远,以淮河流域为主的曹操军队,难以忍受东北的严寒,许多人都主张撤退。即使曹操最喜爱、最敬仰的谋士郭嘉病死后,他也依然进兵,结果袁绍三子被灭。曹操统一了北方,日后即使他再怎么失败,有强大的一统北方作为后盾,他仍然处于不败境地。最终,统一天下的虽然不是曹家父子,但是基础却是曹操打下来的。

由此,分清了上面的各类事情之后,如何做恐怕大家就应该明白了。急迫且重要的事情放在最先干;急迫但不重要的事情最好推给别人去干;不急迫但重要的事情,从现在开始就应该着手准备;不急迫不重要的事情根本不必去想它,甚至可以推掉不去做。既急迫又重要的事情和虽然不急迫但很重要的事情,其实在人生中并不是很多,往往是既急迫又不重要的事情大量地充斥着人生。在此情况下,就需要分清轻重缓急,用100%的激情去做那些1%重要的事情。

第 **8** 章

成大事的第八种能力：
自知力

坏学生有自知之明，懂得自己的长处在哪里，短处在哪里，绝不会自不量力去做自己不擅长的事情。而好学生恰恰相反，他们把自己当做了无所不能的超人，追求学业和爱好全面发展，结果反而顾此失彼。

　　西方有一首诗："动物明白自己的特性——熊不会试着飞翔，驽马在跳过高高的栅栏时会犹豫，狗看到又深又宽的沟渠时会转身离去。"人也是如此，你能做什么，不能做什么是上苍决定的。对自己的能力不管是妄自菲薄，还是狂妄自大，都会使你与成功失之交臂。换言之，做任何事情，都需要有自知之明，扬长避短才能发挥自己最大的潜能。当然，认识和了解你自己是每个人毕生都要做的功课。

坏学生为何而逃课

在现实生活中，有一些坏孩子经常逃课，其实这是一个很值得思索的问题。逃课真的怨学生们吗？其实，这反而代表着坏学生很有自知之明，他们知道自己上不好这个课，上了也是白上。由此，不妨深入到坏学生内心深处，去探寻一下坏孩子为什么逃课？

逃课缘于自知

诸如孩子觉得上课没有用，有的孩子认为即使我好好学习，我的成绩也不会很好。这种孩子如果在逃课的时候去做一些对未来有益的事情，那么，这种孩子就能够做出大事来。如果，这个孩子仅仅是在逃课期间在游戏中度过，那么这个孩子就是纯粹意义上的坏孩子。

老师讲课讲得不好只是一个诱因，根本原因还在于他认为这门课对他没用。这时，作为家长、教师就应该明白也许正是因为有了逃课，我们更能发现孩子需要什么，在哪些方面拥有特长。

孩子如果长时间地逃课，那么父母就应该考虑孩子的未来了。如果这个孩子年龄够大，已经懂得了人要靠工作才能生活的话，就应该和他共同探讨日后要做什么样的工作，具备哪些条件才能找到工作。

做多选题别做单选题

人生其实就是在做选择题，而且是多项选择题。学习只是其中之一，除此之外一技之长也是选项。培养孩子自己的爱好作为他的一技之长，在某种程度上比学习对孩子的未来更有好处。我们熟悉的各类体育冠军、明星等等，实际上他们的学习成绩都不是很好。因为,他们的学习细胞全都转化为了爱好细胞,全部心思都转到了自己的爱好上。

丁俊晖这位台球世界冠军,之前也经常逃课去打台球。最后,索性不去上学了。因为,他的脑子始终不在学习上。即使老师和家长强迫他,他的成绩也不会很好。如果你仔细观察,你身边会有一些孩子,学习不好,家长也不怎么管。家长之所以让他上学,唯一的要求只是学校能够给他一个好的环境不要学坏而已。其实,这样做的家长不懂得,如果我们能够和他们进行交流沟通,从而为他找到一技之长,其实,学习好不好对日后的生活所起的作用并不是决定性的。

如果将爱好转化为特长,就会使得他们具备一技之长。在芸芸众生中,拥有与众不同的某种能力,会比学习好的学生还要受欢迎。许多人都知道,越稀有的就越珍贵。因此,特长生既是家长的愿望,又是学校梦寐以求的学生。

自知之明就是明确差距

有了特长千万不要自鸣得意,因为这与成功还很遥远。每个人在明确了特长之后,就需要有一种自知之明的态度,用它来分析自己,为自己如何成功指明道路。其中的关键,就是找到你与成功者之间的差距。差距之所以形成,就是现实情况和完成目标需要的情况之间进行对比,由此,只要把握好这两个基础点,再根据以下七步程序,就完全可以做到有自知之名。

第一步,确立目标。

目标是以兴趣或特长为基础,有的人的兴趣很容易确定,有的人的兴趣则较难确定,因为它经常改变。今天喜欢这个,明天喜欢那个,或者兴趣很多,你也不知道他喜欢哪个。因此,就应该给自己的兴趣定型。确定兴趣不能够指定,我喜欢跳舞、我喜欢音乐;我喜欢跳舞比音乐多一些,那我就跳舞吧等等。确定兴趣应该以一定时限为准,看你到底喜欢哪些。

在学生时代中的中学阶段,兴趣不妨多一些,这样做是为了确定到底哪个兴趣是真正的兴趣。到了高中阶段或大学阶段,就应该固定两到三个兴趣点了。这样有利于找到特长,因为有了特长才能在芸芸众生中脱颖而出。请记住一句话"众星朗朗,不如孤月独明",你看天上的星星很多,它们发出的光芒却不如一个月亮。因此,人们就会注意月亮的光芒而忽略星星的光芒。

第二步,确立榜样。

之所以要确定一个榜样,就是为了让目标具体化、拟人化。如此,才能让每个人看得见、摸得着。榜样最好要知名且健在的人,这样就可以时常看到他并时时刻刻提醒自己向他学习。

第三步，分析目标。

完成目标需要的条件分析：在这里，就需要查找各种资料，完成这个目标需要哪些技能。例如跳舞需要柔韧性好、需要有一定的音乐天分等等。

第四步，现状分析。

找到了目标需要的技能，就需要分析自己可不可以做这个，再如跳舞吧，有没有音乐天分这点并不太重要，因为跳舞又不是唱歌，五音不全也可以跳舞。但跳舞需要音乐伴奏，你没有音乐感也是跳不好的。但这个不足可以锻炼，并不是不可逾越的。柔韧性不好，这一点有些麻烦，年龄越大柔韧性越差。比如看到这本书时你已经是高中生了。在这种情况下，你心里再想学跳舞，恐怕也已经晚了，因为你的柔韧性基本已经定型了。这就是客观条件，没有办法。即使你再喜欢也不能成为兴趣，更不能以此作为日后成功的特长啦。

第五步，榜样成功的原因分析。

正如之前说的，成功并不仅仅需要能力，还要包括各种人脉。利用各种方法探究一下你所确立的榜样是如何成功的，在成功路上他遇到过什么样的困难，是如何解决的？并列出你的榜样具备哪些能力、哪些优点和缺点。

第六步，找出你和目标之间的差距。

根据你的榜样分析，找到自己的不足和优点与他进行对比。如此，就会找出需要如何对症下药。

第七步，弥补解决问题的路径。

做完以上环节之后，解决问题的路径基本已经出来了，此时的重点就是把它进行细化，并能够持之以恒地坚持。这点最为关键，以上各环节做得再好也只是纸面上的努力，一切纸面上的东西都要变成实际才有效用。

没有金刚钻，别揽瓷器活

当人们失败的时候，总会有人对我们说"没有金刚钻，你就别揽瓷器活呀"。金刚钻是什么？瓷器活是什么？瓷器活大家一般都比较陌生，那么装修总看到过吧。金刚石是玻璃一类的"天敌"。装修的工作人员，在安装玻璃的时候，往往就有这种"金刚钻"。拿把尺子或其他东西比着，用金刚石一切，玻璃就会整整齐齐地被割开。

没有金刚石怎么办？刀子？划不动。斧子？一砸全碎了。所以在过去的装修工作中，没有金刚钻，您就甭想做装修玻璃的事情啦。

做某件事情，你得有做某件事情的把握。这个把握之前的内容已经说了很多，简单一句话就是解决问题的能力和知识，以及需要的各种人脉资源和时机。然而，现实生活中总会发现。无论是好学生，还是坏学生都总想干自己能力以外的事情。

为什么做了不该做的事情

小刘一直梦想着拥有一家自己的企业，大学刚刚毕业便风风火火地注册了一家公司。为此，他向同学、朋友借了钱，又把父母留给自己的房子做了抵押，从银行贷了款。虽然，人们都对他的这次创业行为表示反对。但是，他以为凭着自己的能力就可以成功。因为，他笃信"生活由我创造，有激情就拥有一切"。小刘凭借着自己外语能力较好，便开始从事外贸工作。不想，开始时找不到盖章的人，又没有外贸资源。后来，又因为自己没有联系好国内的供货商，违反了合同，在国外被外商告上了法庭。不但为此赔了钱，还在这个行业内丢失了信誉。

小刘为此非常伤心，他不明白的是：自己这么努力，抛弃了一切，为何竟然不能成功。父母和朋友都说他"没有金刚钻，偏偏揽了瓷器活"。其实，之所以出现这种原因，主要是因为过于自信和孤傲。

自信是一种非常好的性格，但是，过于自信则会使人忘记"虚心使人进步，骄傲使人落后"的警世格言，忽视了自己的不足和弱点。从而，在条件、能力没有具备的情况下便一意孤行地去做自己想做的事情。

孤傲的人则是本人确实有些才能，仗着自己的才华轻视别人。学校中这种人也并不少见，他们往往特立独行，不愿与比自己差的人为伍。学校中这类人往往是"死读书"，对于学习以外的一切都予以蔑视。这种人在学校中功课很好或是能作事，但他最容易失人欢心。这种人很难接受同龄人的批评，因此也就没人愿意去帮他。然而，社会上有才能的人多得很。特别是在团体内，多你一个少你一个都不会造成组织瘫痪。如此，有孤傲心理的人到社会上是非常危险的。

其实，没有实力做了不该做的事情，并不令人后悔，反而是，该做某些事情却因为自己的原因丧失了机会。例如以下这些情况：

不要自己把金刚钻丢掉

有时候，做事情我们是有金刚钻的，但因为自身原因而让金刚钻从自己的手里滑了下去。例如浮躁心理。无论做什么事情都需要认真仔细地去做，否则就会因为浮躁而使得做事情流于形式。刚一发现某些成功因素，便迫不及待地向所有人宣告，并风风火火地去做。但这个因素与成功之间的具体关系、有没有其他因素对其有影响？如果不对其进行研究，即使再为之努力，也会因为各种因素的关联作用，而最终导致不能成功。

例如：要同A企业谈合作，A企业领导人的女儿生了某种病，正在找某个权威医生。而我们正好可以很顺利地找到他，结果利用这个因素A企业的领导人对我们很有好感。可以说，事情就要成功了。但是这个时候，A企业的领导人却因为业绩不佳被董事会解聘了。在这种情况下，一切努力付诸东流。能说没有做好工作吗？做得都很好。就是对A企业的领导在企业中的地位没有进行研究。当然，从救死扶伤角度说，即使不与之合作也应该帮助。但是，从事业成功角度来说，不能不说是一种失败。这就是浮躁导致肤浅、研究不到位的后果。

自信让我们扔了金刚钻

有时候，不是我们不能得到金刚钻，而是因为我们过于自信，让金刚钻从自己的手里滑了下去。过于自信的结果是让人变得很武断，做事情不能武断，武断就是不论别人如何说,现实如何,只承认自己的观点是正确的。做事情全凭自己的思考,不去顾及其他,旁人的一切批评和建议统统不予考虑。做事情的时候为了显示自己的能力多么高,常常不加思索地快速蛮干,让人家有一种做事情游刃有余、不费吹灰之力的印象。

其实,这种武断心理非常要不得。武断的基础是盲目的自信,自信没有任何不好,不好的是盲目自信。现实生活中这种例子很多见,许多人都认为百分之百能成功的事情,往往因为一件不起眼的事情最终失败了。老百姓管这种情况叫做"阴沟里翻了船"。有一个流传很久的故事,说有几个人去面试工作。

A的水平、学历、经验等在众人中最优秀,而B的各项条件都是最差的。结果,面试结束时,进来一位女士,这位女士的文件夹掉了,文件洒落一地,包括A在内的众多应聘者没有一个人去帮忙,只有B过去帮她捡文件。结果B被录取了,A很生气地质问为什么。招聘的人说,能力、经验都可以锻炼,但人的品德和互助心却不能锻炼。一个团体不是靠最有能耐的人生存,而是靠所有人的共同努力、互相帮助。

不自信让我们看不到金刚钻

有的人已经有了金刚钻,但是因为盲从和迷信从而使得金刚钻从自己的手里滑了下去。什么是盲从和迷信?它们背后的原因有什么?盲从和迷信就是随大流,跟着潮流走,自己没有主见,愿意以权威的意见作为行动的准绳。之所以出现这种情况,就是不自信的后果。

可以说由此,自信是没有不成,太多也不成。自信只有在实事求是的情况下才能称其为自信。否则前者就被称为"胸无大志"、后者就被称为"刚愎自用"。例如有的人认为自己最擅长说相声,而且说相声的时候也广受欢迎。

但是,老师、家长说"千万别说相声,那被人看不起,没有出路的"。老师是学生的偶像,基本上言听计从,家长呢又是见多识广,那就听从吧。结果等郭德纲出名后,却顿足捶胸,自言自语道:"谁说说相声没有出路呢?谁说被人看不起呢?"但是,能怨得了老师和家长吗?他们是以之前对曲艺演员的看法,而没有与时俱进。作为新时代的年轻人,本来不应该受到这种老观念的影响,但你却接受了。为什么?还是你自身的问题。

知道自己所能，所不能

有些人在分析了自己的能力和不足后，准备放弃自己某项理想。但又怕人们说他没骨气，"做事消极，一遇到问题就退缩"。其实，这种观念千万不能有。

什么叫做消极？就是本来能够成功的事情，因为自己没有斗志，不愿去做或者做的时候敷衍，结果把本来能做好的事情做坏了。这种情况才叫做消极。人生要积极面对，利用自己的兴趣和特长来确定自己能干什么、应该干什么。如果没有特长和兴趣不占优势，不妨根据社会需求来确定。确定之后，就要坚持下去。

掌握人生在世的四个心锚

许多人从事一些不起眼的工作，往往怕被人笑话，其实，这点要不得。一定要用理性去考虑自身发展，不能任由他人的评判和自己的个性去发展。世上没有低级的行业、职业，只有不思进取的人。无论你从事什么，只要努力了就可以获得众人瞩目的成功。

多年前人们看不起销售工作，可是看看现在周围。几乎所有行业都是"销售为王"，大凡做领导的几乎都做过销售工作。捡垃圾够让人看不起吧，但它使张茵成了拥有270亿元的女首富。那些不知名的百万富翁、千万富翁更是有许多。

因此，千万不要轻视自己的兴趣和特长。一定要极力避免，因为别人的目光而改变自己初衷的情况发生。为此，不妨根据自己的经历、兴趣、条件等确定一个未来的核心，也就是"心锚"。

锚就是船靠岸的时候，用以固定船的一种东西。就好像在一个坡上停了一辆车，为了防止车向下滑，人们用石头或砖头卡住车轮。轮船靠岸后也需要有一个东西把它固定住，防止被海风吹走。而我们的心锚就是日后的规划——靠什么吃饭。

一个人如果不具备某种能力,以后吃饭就成问题啦,难道真的要去做苦力养活自己不成?尽管这也没什么丢脸的,但毕竟过于劳累和辛苦,而且受人轻视。因此,必须要有自己的规划,根据自己的特点规划出好的生活来。人能够在社会上活得好,主要靠以下几类心锚。

1. 兴趣特长锚。

有了兴趣和特长之后,无论干什么都会比一般人强出许多。当然也就比一般人更赚得多、更享受些。因此,拥有了这种锚的人比较幸福。

2. 天才锚。

拥有这种锚的人,往往是一些在自然科学上有着天赋的人。社会科学没有天赋问题,只有锻炼问题。这不是芸芸众生需要考虑的,反倒是一些神童需要考虑的人生规划。

3. 技术锚。

人们要想生活就得需要一门技术,大多数技术已经是成型的,所以相对来说有了评判的标准和做事法则,只要你熟悉它们就可以掌握技术。技术虽然是枯燥的,但只有学会它、熟练它才能在生活中立足。

4. 管理锚。

管理锚就是一些人际关系搞得好的人,他们存在于以上四种人中,而相对来说,拥有这种锚的人在众多人才中处于中高等水平。因为,做出了某种贡献,又有人际关系管理能力,所以,他们便具备了管理组织其他人共同完成某一目标的责任。

5. 无锚型。

这种类型的人就是人们通常说的平凡的人。尽管许多人都想干出大事来,但毕竟能干出大事的人还是少数。大多数人还是要归于平凡一类,但是,平凡在今天的社会也并不简单。现代社会竞争激烈,没有一定的技术,你追求安全感想找稳定的工作,人家也同样如此。你有什么资格说"老板,您要我吧,别要他"呢? 所以说,无锚型的人最为危险。

如果不知道自省,没有自知,那么即使你想平凡到了社会上也得不到平凡。最终,社会还得把你逼向上述四类拥有心锚的人。但是,你要明白因为人家早早就有了心锚,而你却要从开头做起。那么,你就会永远都要比人家慢一拍甚至几拍,结果就是多受几年历练。

人贵有自知之明,是几千年前就有的古训,所有人都知道也明白它的重要性。但是,实行起来却未必人人都懂得应用。现在就开始吧,对自己进行剖析、制定发展心锚,一切都还不晚!

208 "坏学生"成功定律
——"坏学生"成大器的8种能力

以兴趣特长选择职业最容易成功

明确了自己的爱好之后,应据需要选择自己的特长并具体确定具体职业了。有些人说选择职业要从大一开始,其实这是一种错误的想法。具体目标职业应该从发现特长开始,只要有了特长就应该着力培养它。因此,小学、中学、大学都可以订立具体的目标职业。

例如本人所从事的文化行业,就有许多中学生乃至小学生在其中进行"工作",早就有了具体的职业目标。他们当然不是放弃学习出来工作,而是利用所有业余时间在强化特长。有些是画画,他们可能去给出版社、报刊杂志社画插图、漫画等;有的文笔很好,一直在投稿;有的很有表演天赋,可以从事舞台艺术或者影视艺术。可以说,他们都抱定日后要从事这种职业的决心。

假如很不幸,你没有特长。或者因为各种原因,例如身体限制你不能从事有兴趣的职业。在这种情况下就应该在某个时间段开始根据社会需求,进行自己的职业规划。上大学的学生从大一开始就应该制定,没有上大学的学生就应该从选择职业技校开始进行自己的规划。只要规划得当,任何学历的人都可以成功。

因此,确定具体职业目标就要从发现兴趣、特长开始。根据第一节提到的"自知之名就是明确差距"进行分析后,就要看这个兴趣和特长都可以应用于哪些职业。之后,尽可能地采用各种手段来了解这个职业,找朋友询问,或者找做这个职业的人来谈心,甚至可以找一些与这个职业相关的期刊书籍来阅读,从而了解这个行业的基本运行规律。

最后,就要先在这个职业内进行实习。有些仍然上学的学生,非常喜欢出版行业。在上学阶段就经常做兼职工作,不但摸清楚了这个行业的特点,还为自己赚取了人脉以及资金,锻炼了意志。可以说,这些人日后不想成功都难。当然,做兼职是喜欢这个行业而不是为了养家糊口赚取刷卡的钱。

当然,如果仍然处于学习阶段,选择余地还很大,可以多利用课余时间进行职业选择,在不同职业类别中挑选一个你最喜欢的职业。如此,就会找到一个既能让你富有激情的工作,还能找到最能发挥你才智的行业。

集中精力，在兴趣之处掘井

有一年高考的作文题是看图作文，画面里有一个人洋洋得意地拿着铁锹走了，身后有好几个深浅不一的坑。原来他正在挖井找水，其中最深的一口井再挖几锹就可以露出水来了，但他却离开了。

看完这幅图绝大部分人都明白了这幅图的含义——做事情一定要执著，不能浅尝辄止。一定要集中精力地去做，不管碰到什么困难都要坚持下去。做事情一定会遇到困难，解决它的最好方法不是绕着走，当然实在不行的话也应该绕着走，绕着走的前提就是你确实已经非常努力啦。

失败后吸取教训再战

请记住：失败次数越多就意味着成功的机会越来越大；失败的程度越深，代表着成功的几率越大。成功就在失败之后，没有经历过失败便成功的人凤毛麟角，同时他保持成功的时间也越短。只有经历过失败，才会明白如何避免失败、如何在失败中取得胜利。

不经历失败，孙中山不会推翻晚清政府；不经历失败，共产党不会打败国民党。任何事物都不要希望一开始便强大无比，因为这很容易造成"仲永现象"。事物成长的一般规律是由弱到强，成功的一般规律也是先失败后成功，因此，失败是件值得庆幸的事情。

但如果失败后不吸取经验教训、不进行学习，不讲势、道、运，只按自己的主观愿望行事，应该被叫做一意孤行而非执著，执著并非固执己见，而是在保证核心价值观的同时，根据当时所在的环境，进行外在价值的改变与变通。

以兴趣为依托执著做事

做到执著很不容易,因此,就需要用兴趣作为依托。对事物有兴趣了,就会有执著。如果不执著,那么就证明你其实并不是真正感兴趣。对于感兴趣的事情不执著,还有一个原因就是认为自己已经具备了这项能力。

大家都知道唐伯虎这个人,这位风流倜傥的才子之所以被人们所熟知,恐怕是因为周星驰的关系。他与沈周、文征明、仇英并列为"明四家"。他从小就显露出绘画的天分,可以说是"神童"。但是,他开始洋洋得意,做事情往往浅尝辄止。

她的母亲便把他送到了邻居沈周家中学画。拜沈周为师两年后,便开始看不起老师来,又开始不专心学习画画想回家。沈周便让自己的妻子为唐伯虎做了一桌子饭菜,把这桌子饭菜放在一间唐伯虎从来没有去过的院子中。

唐伯虎进去后非常奇怪,这屋子四面都有门,每一扇门外的风景都不相同。这一边是姹紫嫣红、鲜花浪漫;那一边则是莺歌燕舞、鸟语花香;这一边是流水潺潺、恍若仙境。唐伯虎一看兴致益然,想到各边去仔细看看。但是,每到一个地方他都觉得前边有什么东西挡住了自己,磕得脑袋起了好几个包。

这时,唐伯虎才明白原来这些都是沈周画在墙上的画。由此,唐伯虎知道了自己和老师的差距。便重新拜沈周为师,几年后出师的时候,唐伯虎便做了一桌子菜。这时,一只猫来偷东西吃,唐伯虎立刻去赶。那只猫想从窗户处逃走,哪知窗户是唐伯虎画在墙上的,猫也接连摔下三次。

兴趣,即便不是事业也是机会

兴趣切不可忽视,因为它即便不是事业,也是机会。很多时候,兴趣在生活中,即便无法成为终身为之奋斗的事业,也能成为对个人发展相当有益的帮手。在学生时代,多参加一些兴趣班也不是坏事。当然,这不是眉毛胡子一把抓,随便的班都报名,还是要根据自己的特点、兴趣来报名,每个人可以根据下面三种方法去进行锻炼。

第一,多参加兴趣班。

参加兴趣班可以使孩子多一些不同于"熟人环境"下的交流机会。因为,大家兴趣都相同,便有了许多共同语言。学习好的孩子可以发现学习不好的孩子,在某方面甚至比自己还要好,从而改掉看不起坏学生的缺点。坏学生也会因为自己的兴趣获得了广泛认同,从而树立信心。

第二，多参加各种兴趣比赛。

参加兴趣班如果有各种比赛的机会，那就再好不过了，首先它可以让学生们尽早接触一些"大场面"，这样有利于提高学生们的处事应变能力。不会在之后因为所要面对困难有多么"神圣"而心里发怵，产生怯阵心理，从而不能发挥自己的长处。

其次，即使日后你不将兴趣当做事业，它也可以在你事业遇到挫折、生活遇到困难产生疲倦心理的时候得到慰藉。在如今竞争的社会里，许多人都喜欢怀旧，怀旧不但是怀念小时候的人和事，有同一兴趣的人在一起聊天、用功，也是一件非常好的事情。在共同切磋兴趣的时间里，忘记一切烦恼和竞争，找到一个静的时刻，从而获得放松。

最后，在各种兴趣班、兴趣团体内，会有将来和你从事同一行业的人，这样，无形中你就有了事业上的朋友。

兴趣有这么多的好处，你还愿意浅尝辄止，不深度挖掘它的价值吗？无论兴趣日后是否会成为自己的事业，它都不会仅仅只成为你的单一兴趣，将每个兴趣的价值最大化的同时，还会对人生、事业有多多益处。

以长处为突破口，挖得金矿源源来

除了兴趣可以作为干大事的基础外，特长同样可以。做自己最擅长的事情，可以大大激发自己的优点。如果再将自己的缺点消除，那么就可以最大化地发挥自己的优点，迎来一步步的成功，在每个小成功的基础上，最终体验成功的快乐，让这种快乐推动自己最终胜利，这既是最快乐的事情也是最有效的做事方法。

如何发现自己拥有特长

认识自己其实是一件特别难的事情，好学生往往沉迷于别人的夸奖中，觉得自己处处是优点；坏学生则又容易痛苦于自己的失败中，觉得自己处处不行。在现实生活中的大部分人，都习惯于听从别人的意见，按照大多数人的规划来谋划自己的人生。当然，如果你有非常明显的特长，例如书画、体育、发明、音乐、舞蹈等，大家的意见也会和你相同。难的是有天分但却是处于休眠状态下的，连你也没有认识到。因为，人们忽视了这种特长，就根本不会有规划。得过且过、自甘堕落成为什么都不管的逍遥派或是真正的坏学生。逍遥派不是一般人能够做的一种人，那需要有殷实的家底才能做到。

对于大部分人来说，只有认清自我，认识到什么是自己最擅长的，并持之以恒地实践它，才能实现自我价值的最大化。认清自我需要公正地对自己进行评价，其主要方法就是根据别人的看法、客观表现、自我剖析这三点进行规整。

他人不经意间的评价。只要你做事情，就会有他人对你的评价，不论是好坏都有非常重要的意义。评价坏，那就将它弥补；评价好，那就证明在这个方面比别人要优秀。

与人争论中的闪光点。在与别人进行交谈、或者做事过程中对别人的做法表示反对，更重要的是如果你有很鲜明的、很令人深省的观点时，更是令人高兴的事情。这说明,你有很强的观察力。特别是,别人认为某件事很难而你认为很容易的时候。

非常愿意做某件事情。无论时间是否充裕、无论你的能力是否具备,你都愿意做这件事情。由此证明你对它有兴趣而且很自信自己能够成功。这样就在不知不觉间,你具备了日后成功最关键的东西。

没有什么比发现自己的兴趣与特长更重要了,因为我不相信一个人能把自己横看竖看都不顺眼的事做到最好。能够发现自己的兴趣与特长是非常幸运的,发现得越早就越幸运,因为和别人相比你可以少浪费一些时间。那么究竟该如何发现自己的特长?

不要怕特长渺小和低微

经过上述考虑,有些人可能会觉得自己的特长太不起眼了。例如女孩子喜欢做剪纸、做刺绣,男孩子则喜欢做木匠活、做饭等。俗话说"三百六十行,行行出状元",没有低贱的行业,全在乎人心。例如,耶鲁大学已经是全世界非常有名的学校了吧,但它却非常注重学生的特长。有一年,一个会做苹果饼的女学生也被隆重向同学们推介出来。耶鲁大学的校长说:"几乎所有的同学都填写诸如运动、音乐、绘画、唱歌、下棋等为特长,从来没有人填过自己擅做苹果派,我觉得这个特长才是真正的特长,如果她填上自己'擅长厨艺',我可能就不会选她了,要知道所谓特长就是真正的擅长。"

俗话说:"纵有良田万顷,不如薄技在身。"又有"千招会不如一招绝",无论你的特长多么不起眼,一定有显示的机会。好好利用自己的特长吧,一定要尽量发挥自己的长处。不要过分顾及别人,过分去注意别人对自己的看法。特别是别人的闲言闲语,更要以平常的心态去对待。

更要有"世界为我存在"的霸气。走自己的路,让别人去说吧,没有人能改变自己,没有人能控制自己。

这一切都在于自己的心态,一个人只要是为了自己的兴趣和志愿去努力追求,就不会觉得苦闷与彷徨了。抛开一切,朝着你所喜欢的方向去努力,才可以有成就。

用特长挖财富金矿

人的生活,不能仅仅靠精神,还要有物质上的保证。用自己的兴趣塑造的特长，不但会给精神上带来好处，更可以在物质上给自己带来利益。

大家肯定听说过诸如《财富故事会》之类的一些电视、广播节目。在这些节目中，往往有许多从事着自己喜欢的事情的同时，利用它们成为自己事业的故事。在做事业，用兴趣和特长实现理想并找到乐趣的同时，也获得了生活上的财富。例如，养鸽子这个兴趣，养到成名、成腕，不但可以参加各种比赛，与他人切磋，还可以让自己发现不足之处，从而实现能力的提升。

还有的人喜欢做NJ（网络电台主持人）。当他们的语言特色和个性内容获得广泛认同后，就会有一些实体的广播电台或更大的网络电台会与他合作。从而，用兴趣找到事业、生活的财富。

用特长挖人脉

任何一项事业都需要人脉开路，海岩大家可能不是很了解，但是他的一些作品肯定会非常清楚，他的成名作叫《便衣警察》。他起初在饭店工作，学历也很低，才小学四年级毕业。然而，在工作期间，他每晚都利用业余时间创作小说。最终，小说一炮而红。在饭店内，他也因为小说的关系而逐渐受到重视。最终，他成为了昆仑饭店董事长兼总经理，他也先后有了《拿什么拯救你，我的爱人》、《一场风花雪月的事》、《永不瞑目》、《五星级大饭店》等知名作品。做到了兴趣、人脉双丰收。

也许你做的事业不是你的兴趣和特长，但是，兴趣、特长确实可以帮助你扩大名气、人脉，从而使得你所从事行业的人对你刮目相看。在这点，娱乐业很明显。除了海岩，还有富人杨子利用自己在娱乐圈的名气扩大自己企业知名度等多个例子。

短处也可变废为宝

俗话说"人无完人，金无足赤"，没有缺点的人不可能有。即使那些有特长的人、能力很高的人也不例外。尽管我们深知一定要改掉缺点，但是，"江山易改、本性难移"呀。如果这样的话，那就想办法让缺点和不足变成好事。世间的事情就是这样，非黑即白的事情很少，长处和短处在某种情况下可以转换。短处用到了正确的地方就会成为长处。更重要的是，有些缺点是中性的，不用太在意。

把短处改变为长处

不要总为自己短处唉声叹气，要学会从其他角度看待问题。有的人性格倔强、固执己见，不肯附和别人的意见，经常和领导唱反调，和其他同事关系也不太好——不合群。但是这样的人，往往创新能力比较高。

还有的人工作粗粗塌塌、生活凌乱不堪，但是，这种人具有很好的规划能力，很有战略眼光。

同样，长处也要从其他角度去看，防止因为过分自信而成为做事成功的阻碍。例如，这个人做事情非常细致、非常严格要求按照规矩和规则去工作，但是，这种人的创新能力就比较差。

有的人创新能力很强，想问题比别人都快，别人还没有想出解决办法他先想到了。但是，这种人很可能做事没有耐性，今天喜欢这个明天喜欢那个。

由此可见，聪明的人之所以聪明，就在于能把自己的缺点变成优点，能在强化优点的同时注意不要让优点变成缺点。

苏轼写的《题西林壁》就非常说明问题，该诗写道："横看成岭侧成峰，远近高低各不同。不识庐山真面目，只缘身在此山中。"前者就是从不同角度看待问题，后者就说明我们之所以不能从其他角度看待问题，其主因就是我们往往深陷在

"自我"中,或者陶醉在自身的优点中或者悲伤于自身的缺点中。

人的生命是有限的,不能浪费在自怨自艾和假设当中。"哎呀,我真不应该,我怎么这么浮躁呢?""如果我没有浮躁,做事认真些,上学的时候学习肯定会好、会更好,工作也会更理想。"不要去过多地考虑这些,想想就可以了。如果把生命浪费在这些问题上,宝贵的时间就流失了。

看看人的一生只有多长时间可以用来干自己的事情。人的生命就算只有七十年,前二十年是学习,后五十年是做事。但三分之一时间都处于睡眠状态,剩余的三分之二也不可能全都做事情。还要休息,还要谈对象结婚,还有与人沟通交朋友如此等等,真正做事情的时间不足五分之一。在剩下的五分之一做事情的时间里,你还要去想一些没有办法改变的事情。不如趁此机会,放在创造价值上。对于那些和做事没有关系的事情、是非不要去想、不要去听、不要去看,学会包容自己的缺点和优点。

请记住,人无完人。人们受到自己的经历、学历等多种因素影响,会有这样那样的毛病和缺点。不要把自己想成完人,更不要奢求去做完人。那样既不能成功,又耽误宝贵的时间和精力,反而更加失败。人的精力是有限的,人的大脑虽然在许多人看来是"使之不尽,用之不竭的",但是真的这样吗?不是的。如果脑袋里装的都是好的事情,往往会激发更大的能力。如果脑袋里装的都是坏的事情,那可不是使之不尽的,坏东西装多了,人的精神就会命令大脑关闭承载事物的大门,如果你强迫大门打开,最终大门挤破了,人的精神就会崩溃。这正是为什么许多智力非常优秀的人,因为各种压力,特别是父母对自己的过高要求而导致精神压力过大,最终成为了病人。

善用缺陷反而会成就好事,世上没有所谓真正的短处,长处和短处是可以相互转换的,短处看用在什么地方,用对了地方就变成长处了

"短处"有时候也是"长处"

老子说:"祸兮福之所倚;福兮祸之所伏。"毛泽东也经常说:"好事可以变坏事,坏事也可以变好事。"因此,不要把自己的短处看得多么危险。塞翁失马,焉知非福哉!日常生活中有许多这样的例子,例如某个地区的果木突然发生大规模严重瘟疫,不但果子无法卖出去,就连果树都必须整株砍掉。所有的果农都在痛哭失声、痛心疾首的时候,他们心里只有痛苦,这时候,一个精明的果农,当机立断把所有果树都砍倒,然后送到木材厂,虽然都有损失,但他基本上是不亏本的。即便在最坏的事情发生的时候,只要保持清醒的头脑,作出正确的判断,人们就能

得到最大的收益或者使损失降到最低。

其实，事物本身无所谓好坏，善用"短处"，让"短处"找到合适的土壤环境，变成"长处"的人是一个理智的人、成熟的人应当锻炼的能力。

例如，有这样一个年轻人小刘。他毕业已经四五年了，但工作总是不断地换来换去，平均每半年就要换一个工作单位。原因大多是他认为他的同事和领导太守旧、不敢创新，只会跟在同行后面跟风、抄袭。

许多人都认为他工作没有长性，不能坚持，干不成大事。他也很后悔，因为四五年过去了，自己跳来跳去老是原地踏步。而之前的同事们都比他干得好，地位高又赚钱多。为了改正这个毛病，他也看了不少励志书甚至心理学方面的书籍，可是总不见效。反而，脾气越来越大，为此经常和同事闹矛盾，因此，辞职、被辞的次数也越来越频繁。

请问，这到底是为什么？如果你是小刘该怎么办？小刘的弱点在别人看来是没有长性，但这个短处如果放在一些要求创新性比较强的行业就是长处了，比如，广告、策划等。最终，小刘也是在职业规划师的建议下从事起了策划咨询工作。每天都面对着各类新奇的问题，小刘的头脑在飞快地运转着，没有清闲过。虽然比过去累了，但他觉得比过去充实了许多。每天都要面对新的事物，使他那颗强烈的探求心得到了最大化的满足。

"坏学生"短处多，机遇也多

每个人的缺点，其实就代表着一种机遇。有缺点就代表着某种能力的不足，如果把它弥补了就会在成功路上获得更多的成功机会和能力。例如，有的人胆子很小，就证明你没有魄力。日后即使有了机会，可能也不会把握住。如此分析下来，不是对成功更有把握吗？只要利用各种机会，采用各种方法弥补了短处，就会使你更快地获得成功。

短处并不是失败的代名词，只要运用得当，处理得当，短处有的时候更可以成为成功的阶梯。对于那些敢于正视短处的"坏学生"来说，短处是一种财富，一种机遇，而恰恰，"坏学生"短处多，于是，各种机会和发展的机遇也随之而来。现在，我们来一一列举一下"坏学生"的 短处吧。

不按时完成作业、不记笔记。需要再次强调的是，这里的"坏学生"并不是真正的坏学生，而是指那些能变通的孩子。比如这一点，我们看他为什么不按时完成作业、不记笔记，如果是仅仅贪玩、"没心没肺"，考试成绩一团糟，那当然是不可取的。如果这个孩子在不按时完成作业、不记笔记以后，至少成绩没有那么糟，或者还能取得比较好的成绩的话，我们就值得推敲了，到底他的那些作业和笔记，真的对于他的学习是那么必要吗？如果仅仅是为了完成形式主义的作业的话，那么这种短处至少就显得不那么"可恶"了。

如果我们能加以引导，让这些"坏学生"真正认识到哪些是必要的，哪些是不必要的，并且这种判断能够越来越正确的话，那么不按时完成作业、不记笔记这个缺点，其实就成为让"坏学生"正确认识自我，走向成功的一个途径。

明智选择,敢于放弃

为什么有些人遇到难题能够"过五关,斩六将",而有些人会"兵败如山倒"呢?难道是前者有什么成功的秘诀吗?其实问题不在这点,而是因为前者有着实事求是的态度,知道自己该去做什么。常言道:"人贵有自知之明",把自知称之为"贵",可见其是多么不容易做到;把自知称之为"明",又可知其是智慧的一种体现。

诱惑,不能不抵制的魔鬼

在实现目标的过程中,会有许多与最终目标没有关系的人或事出现。对于这些人或事,我们称其为诱惑,如果可以战胜这些诱惑,最好的办法就是不要去接触它。这正如懂得如何将钱花在正确地方的人,才可能挣更多钱的道理类似。

2008年南京市破获了一起传销大案,头目之一竟然是一位大学生。其834名下线几乎清一色都是在校大学生,涉及33所高校。能否抵制诱惑与受教育程度、与身份地位并无关系。美国华尔街投行的经理、职员们受教育的程度都很高,然而他们中的许多人,也没有抵制得住金钱的诱惑。或者造假,或者诈骗,或者设计了一些最终连他们都看不懂的"金融衍生品",直接造成了2008年的世界金融危机。

相反,一些生活艰辛、学历不高的百姓抵制诱惑的能力却并不弱。例如2008年辽宁省葫芦岛市一位生活艰辛的投注站主任任晓春,他替人电话购买彩票中得125万元,得知中奖后毫不犹豫地立即通知中奖彩民。

那么,什么影响诱惑呢?从小的习惯,这就是答案。美国心理学家进行了一项果汁软糖实验发现:一个人在孩童时期应对诱惑的表现,影响他日后的人生。20世纪60年代加利福尼亚斯坦福大学的沃尔特·米舍尔教授,在一所幼儿园进行了这次试验。他在数十名孩子面前放了一些果汁软糖，并且告诉他们谁能够等他回来再吃糖就可以再多得一块，十几分钟过后他回来了。结果，三分之一的孩子在他刚一走便吃了糖；另外三分之一则坚持了十来分钟后便吃了糖；最后三分之一则等教授回来兑现承诺多给了一块糖后才吃了糖。

14年后，米舍尔教授对上述的孩子进行了重新调查。此时，这些孩子已经或进入高等院校学习或开始了工作。调查结果是：马上开始吃糖的孩子缺乏自信，与同龄人相处不好；最后吃糖的则交际能力强、有主见且学业出众。由此，米舍尔得出结论：对待糖果诱惑态度与日后成功与否有关，等待的时间越长，以后生活就越幸福、越成功。

上述实验从另一个角度说明了抵制诱惑的重要性，眼前的利益唾手可得，因此，人们便以为先干了这个再去做自己想干的事情也不迟。殊不知，这样做长久下去，就会养成一种只顾眼前利益的缺点。

上面的大学生和华尔街的高级经理们便是为了赚取眼前利益，才禁不住诱惑从而从事了传销。那些没有马上吃糖的孩子，从小就有抵制诱惑的理性，由此长期下去便事事用"长远目光"看待事物，具备了抵制诱惑的能力。

放弃，是另一种选择

有的人，为了眼前利益，对于自己毫不了解的事物也非常感兴趣。结果，贸然进入不但耽误了自己的正事，还损失惨重。例如，周围的人全都投身炒股，但是，你对股市毫不了解，本不应该去凑热闹。可遗憾的是，许多人抵抗不住诱惑，看到别人都赚到了钱，自己也忍耐不住开始炒股了。结果正应了股市中的一句顺口溜："地球进去也会变成乒乓球出来。当我们没进入股市的时候，傻子都在赚钱；当我们兴冲冲地闯进去之后，才发现自己是傻子。"

其实，放弃也是一种选择。每个人都有自己的强项和弱项，如果抱着自己的弱项不放，那就荒废了自己的强项。人生的成功，很大程度上取决于自己对强项和弱项的抉择。除此之外，还有诸如兴趣与生活。做那个特长比做这个特长赚取财富和名声更容易，但它却不是自己的最爱。因此，就产生了先做哪个的问题，人生路上会有多种选择，选择并不简单，它既不能洒脱得像脱一件衣服那么简单，也不能蹒躇得像游走于油锅与火海之间那么困难。只能凭借对自己的了解，从事自己有特长的、自己有兴趣的事业才是最好的事业。不能看别人如何生活，就改变自己的生活。

也许在某一时间段，这种改变会起到小的促进作用。如果长期沉湎于自己不熟悉的行业、职业中，就会出现很大问题。特别是奋不顾身地进入更是危险。放弃一些选择，把你的精力、财力放到更需要的地方，会更有利于你的成功。

放弃，是对勇气的一种磨炼

有一句话叫做"英雄征服世界，圣人征服自我"。英雄在历史上会有许多，但能够称为圣人的可不多，因为征服他人容易，征服自我可就难了。难就难在不知道放弃。放弃是对自己毅力的考验，更是一种挑战。因为，你放弃的东西往往是所有人都重视的东西、都追求的东西，例如成功。许多人都梦寐以求成功，然而，成功如何定义呢？

其实成功，每个人的定义都不一样。《钢铁是怎样炼成的》中，保尔曾经说过这样一句话："当他回首往事时，不因虚度年华而悔恨，也不因过去的碌碌无为而羞耻。"只要，我们对得起自己、对得起爱你的人和支持你的人就可以啦。

有时，放弃一种对成功不切实际的追求也是一种毅力，更是挑战。要记住一句话：只有放弃，才能抓住你想要的、对你更重要的事情。

适合的，才是离成功最近的

人不是万能的，必然会有自己喜欢和不喜欢的事情，必然会有擅长和不擅长的事情，必然会有有条件和没条件做的事情。因此，人不能什么喜欢的事情都去做，必须要有取舍。人不应该以别人的标准去衡量自己的生活，只能按照自己的心、自己的兴趣和特长去挑选事情。因此，无论是好学生还是坏学生，都要选择适合自己的道路去工作、去学习。既不能完全由着自己的性子，也不能盲目选择热门的行业和专业。

冷门也会变成热门

现实会随着时间的推移不断地变化，今天热门的行业几年之后未必热门，因此，不能以现在的标准去看未来。变化是不能跟随的，就如同你若追求时尚，那么永远追不上它。原因很简单，因为你是跟风者而不是引领者。对于自己的生活，自己应该是引领者而不是别人或社会。社会的环境在变化，今天的冷门日后可能就会成为热门。例如，郭德纲所从事的行业，在他辍学开始从事曲艺的时代，全国范围内曲艺属于真正的冷门。但是随着时代的发展，凡是传统文化都有一些起色。更何况他所从事的相声行业，一直是曲艺中的强势。对于全国来说，它的影响力还是非常大的。因此，郭德纲借用传统的表现手法便切合了环境的要求。

曲艺是郭德纲的最爱，受家庭影响，他从小热爱曲艺，认识到只有曲艺才是他的最爱，即使中途退学也毫不在乎。当然，中途退学这种极端做法并不应该效仿。即使你效仿了，而不知道他为何成功，那么最终等待你的一定是一生一世的后悔。

郭德纲这个人恐怕许多人都知道，因为本人从小喜欢曲艺的缘故。所以笔者对于曲艺这个冷门行业了解一些。郭德纲十几年如一日地坚持自己的特长、爱好,中途退学在许多人眼中更是落后、坏学生的代名词。但是最终他成功了,相反,他在传统文化造诣上的深厚,连大学教授都要甘拜下风。

在现代社会,一个中学没毕业的人竟然能够靠着传统文化获得很大的成功,这并不能说是一种奇迹。其实他的成功,就印证了以上诸多内容。郭德纲之所以成功,主要靠六大力量。

其一,自己的热爱,锻造了扎实的功力。在同龄人中,有他那样的功力的人并不多见。

其二,他在奋斗过程中,所积累的各种苦难。苦难是一种财富,放眼历史,只有经历过大苦难的人才可能成就大的事业。郭德纲曾经为了省一两元钱走几十里路,曾经为了干自己的事情几年倒贴钱,这恐怕不是一般人可以做到的。

其三,事业钻研能力。毋庸讳言,自从建国后,以讽刺为主的相声,逐渐让位于歌颂型相声。歌颂型的相声主要是歌颂现在生活、歌颂真善美等。然而,这类题材虽然可以作为相声的素材,但却不能成为主体,因为它们不适合相声的语言特点——辛辣、幽默,直击人性弱点。因此,相声越来越不逗人笑了。再加上许多相声从业者日渐脱离生活,而郭德纲正是在此基础上以传统文化为外衣,以现代人只要求乐、好玩的诉求为表现手段进行了升华。

其四,环境的契合——天时。正因为近十年来国内环境的变化,对西方文化的反思加深,传统文化日渐壮大。人们在竞争激烈的同时,想去享受一下休闲的乐趣。再加上诸如反权威以及草根文化的兴起等多方面原因,使得大环境产生了变化。

他的一些相声就借鉴了许多漫画的表现形式。比如戴宗到梁山请人救宋江,晁盖和吴用想模仿蔡京笔迹。他们请来了肖让和金大坚。这两人是良民,根本不想上山,是被骗来后看人家梁山还挺客气,还给银子,就答应帮一会忙,他们也自信自己的手艺不会让朝廷看出来。但是,戴宗走了以后,吴用突然一拍脑袋:"哎呀,坏了,不该用印,这样会被蔡京识破。"也就是说查出来,肖让和金大坚谁也跑不了。这时候,肖让和金大坚异口同声:"寨主,咱梁山入伙都需要什么条件?"

再比如《三国群英赤壁》中,周瑜鲁肃定下苦肉计,责打黄盖,打重了,黄盖没声了。鲁肃一拉周瑜衣角:"打死了吧?"周瑜一听脸都变了,转到前面,跟鲁肃蹲了下来,双手托腮(非常明显的卡通式表情和动作):"要不咱跑吧!"

其五,父母和朋友的支持与理解——人和。如果郭德纲所从事的事业是其他的,而不是他父母知道并理解的曲艺,那么很难获得家人的支持。而家人的支持是事业的重要影响因素,如果父母、亲朋好友不支持,那么你在失败的时候就没有倾诉的对象。胜败乃兵家常事,因此,倾诉便成了必须。

其六，他选择了北京这个文化制高点，占据了地利之便。他生于天津，天津的曲艺氛围比北京要浓，但有实力的竞争对手更多。而北京类似于郭德纲式的表演者很少，观众也很不熟悉。因此，他利用人们的新鲜感俘获了北京的观众。

天时地利人和再加上自我努力与实力，这几点是成功的必备因素，也是适不适合的真谛所在。每个人所做的事业，无论他的兴趣多么渺小和看似卑贱，只要他做到了这几点就会获得成功。

适者不仅生存，而且可创造奇迹

环境不会为了某个人而改变，个人也不可能改变环境，即使他是伟人也做不到，因此，只有适者才能生存。在环境好的时候积极进取，在环境不好的时候可以先暂缓前行，停下脚步来勤练内功。对于变化就需要有正确的态度，有的时候，需要以不变应万变。就像郭德纲那样，无论你怎么变化，我就是爱这个行业。

有的时候就需要跟随环境的变化而有所变化，因为不是每个人都可以像他那样获得天时、地利、人和的协助，以及卓尔不群的自我能力。为此，还必须要看环境的变化而有所取舍。无论如何变化，都需要根据自己的特点、特长进行取舍。只要做好你自己，时机没到也无妨，只要别去刻意地模仿他人，就一定会成功，就会在天时地利人和都具备的情况下创造奇迹。